魅丽文化 桃夭工作室

良辰美警

五更大雨
著

百花洲文艺出版社
BAIHUAZHOU LITERATURE AND ART PUBLISHING HOUSE

图书在版编目（CIP）数据

良辰美警 / 五更大雨著. — 南昌 : 百花洲文艺出版社，2015.10
ISBN 978-7-5500-1538-8

Ⅰ. ①良… Ⅱ. ①五… Ⅲ. ①言情小说—中国—当代 Ⅳ. ①I247.5

中国版本图书馆 CIP 数据核字 (2015) 第 233798 号

良辰美警 LIANGCHEN-MEIJING

五更大雨 著

出 版 人	姚雪雪
责任编辑	杨 旭 胡志敏
文字编辑	曾 枰
封面设计	刘芳英
出版发行	百花洲文艺出版社
社 址	南昌市红谷滩新区世贸路 898 号博能中心 A 座 20 楼
邮 编	330038
经 销	全国新华书店
印 刷	湖南凌宇纸品有限公司
开 本	880mm×1230mm 1/32
印 张	10
版 次	2016 年 6 月第 1 版 2016 年 6 月第 1 次印刷
字 数	220 千字
书 号	ISBN 978-7-5500-1538-8
定 价	25.00 元

赣版权登字 05-2015-393

网 址 http：//www.bhzwy.com
图书若有印装错误，影响阅读，可向承印厂联系调换。

目录

CONTENTS

目录

CONTENTS

楔子

吕男男火了，以一种非常奇怪的方式。

除了自认倒霉之外，她无话可说。

如果你这两天有看新闻的话，那么你会看到一条让人不知道该笑还是该哭的消息。警察在街上抓逃犯，结果由于逃犯跑得太快，警察便朝天鸣枪三声警告，故事就是从这里开始的。总之面前这个平头警察到底有没有抓到逃犯吕男男是不关心的，她关心的是，你警告犯人就警告，可你朝天开枪前看准了好不好！她只是在阳台上浇浇花也能被击中！

此刻她已经气得一句话也说不出来了。

小警察站在吕男男面前几乎要哭出来了，他哀求道："姐，我错了，我枪法不准还乱开枪，你跟我上司求求情，让他们别给我记大过。"

吕男男捂着受伤的胳膊咬牙切齿地看着他所谓的上司——这个帅到没边却黑着脸看似比她还有理的警察，不正是她曾经最仇恨的那个人吗？没想到几年不见，这家伙竟然升职了，还是大队长。吕男男艰难地开口，对那小警察说："看来不仅是你瞎，你们局长也没好到哪里去，给你选了这么个领导教出了你这么个歪把子。"

不是她故意攻击陆弘，实在是两人之间的恩怨太深。

而此刻陆弘就像是得了失语症似的站在病房里一直抿着嘴一句话也没有，活似吕男男才是开枪的那个人，这两个人根本就是在演双簧嘛！

那个小警察听到吕男男骂陆弘，一改先前的唯唯诺诺，挺起胸膛跟她对峙："我们队长才不是我这样的，姐，我跟你说……"

吕男男没好气地冲两个人大喊："你别叫我姐，我今年才十八！"

"是是是！妹！我求求你了……"

吕男男觉得他聒噪得很，想她年年十八一朵花，被人喊姐那一刻恨不得也给他来上一枪解解气，而追其根本，她觉得最让自己生气的是陆弘的态度。

她甩甩手示意他闭嘴，然后看着陆弘道："你倒是也表表态啊！你手下拿我当活靶子射击，就算不赔偿我个百八十万，至少也给我送一块民族英雄的牌匾吧？"

陆弘微微蹙眉，然后终于开了"金口"："这件事我会负责的。"

吕男男看他一副"事不关己，高高挂起"的态度，一口银牙咬碎："怎么负责？以身相许吗？"

她故意恶心他，明知道他最不待见她。

陆弘一愣，竟然没有反驳她，反而上前走了两步。吕男男吓得往后缩了缩，以她对他的了解，他不会是想杀人灭口吧？可他只是扶了扶吕男男背后的靠枕，然后低声道："我会照顾你的。"

啊？吕男男愣了愣，这话可有些暧昧，他是不是也太幽默了一些……很快，她便发现自己想多了，因为陆弘说："直到你出院为止。"

吕男男面色红了红，故意大声道："不用！我就只有一件事要你们做，你们做好了我们就算是扯平了！"

打伤她的平头警察江文立刻跳到她面前闪烁着他的大眼睛看着她："姐，你说！你说！"

吕男男脸色黑了黑，决定忽略他那声“姐”：“既然现在全世界都知道这件事了，趁着我还没把事情闹大，你们赶紧把医药费、精神损失费等赔偿款到位了。”吕男男说闹大了绝对不是逗他们玩的，想她好歹也是省电视台《谍案迷踪》栏目的编导……的助理，加上这么多天联系她的无数记者，只要她想闹，没有闹不大的。

“要多少？”陆弘问，一如既往地惜字如金，听得吕男男很不舒服。让她不舒服了，她自然有办法让陆弘更不舒服。抬眼瞪着陆弘，吕男男伸出一根食指。

陆弘的眼神在她的食指上瞟了一眼，淡定道：“十万？”

小警察江文瞪大眼睛，结结巴巴道：“十……十……十万？”已经把这个小崽子吓得说不出一句完整的话了。

吕男男朝着陆弘灿烂地一笑：“一百万。”

江文眼珠子一翻，差点儿晕过去。

“闷葫芦”陆弘忽然笑了起来，这在吕男男看来无疑是要杀人的前奏啊。这陆弘几年不见，精神怎么就不正常了？正在胡思乱想的时候，陆弘开口了：“你知道你哪里最美吗？”

美？吕男男愣住了，这是什么意思？以前他可从来没觉得她美过啊！

陆弘很快为她解惑了：“你想得最美。”

吕男男被他的话气到了，陆弘以前不是这样的啊！什么时候变得这么毒舌了！

“是啊，我不仅长得美，想得更美，这会儿我可以想得再美一点，你要是觉得少了……”

陆弘低头看了看表，打断她：“你要得太多，警队不会批的。”

吕男男心情畅快地翻了翻白眼：“关我什么事？”反正她只要一百万。

陆弘没有答应，也没有拒绝，一直到他离开，吕男男都没有松口，其实她就是在故意为难他而已。

至于他们两个之间的孽缘说来话长，总之吕男男和陆弘之间的关系用一句话来说就是：他不待见她，她更不待见他。

第一章
忆那些狗血的曾经

【吕男男不乐意让人知道他们认识，便把他约到了偏僻的小树林里。陆弘一如既往地惜字如金，直奔正题：“你和安一正不合适。”】

事情要从哪里说起呢？遥记当年吕男男刚考上大学，就像一头野马挣脱了束缚，觉得自己终于变成大人了，可以谈恋爱了，便死缠烂打把他们班的班草安一正给追到手了。而事实证明，男人那张好看的脸就像那张不靠谱的嘴，永远都是最靠不住的东西，这一理论后来被安一正验证到了极致。

吕男男当时偏偏不信邪，觉得自己肯定比别人运气好，找到了一个内外兼修的男朋友，可安一正成功地打破了她的幻想。

吕男男刚和安一正在一起的时候，就跟所有刚开始谈恋爱的男女那样着实甜蜜了一段时间，至于具体行为，大概可以分为两种：吃饭和逛操场。

后来吕男男一度想要骂人，到底是谁说的，校园恋情就一定要逛操场！而他们学校的垃圾池又为什么要放在操场外！本来在那个夜黑风高的夜晚，她和安一正逛完操场，准备趁着夜色去小树林把初吻献给他的，结果，竟然一脚不慎掉进了垃圾池里……

还有比这个更悲剧的事情吗？

当然有。

安一正这混蛋不想着把她拉出来也就算了，竟然看着她的窘样捧腹大笑起来，笑声有多么丧心病狂她已经不想形容了，他直到笑得肚子疼才蹲在垃圾池旁边对吕男男说："说好的一起走到天长地久，你怎么半路掉了头？"

吕男男毫不犹豫地把他也拉进了垃圾池，然后便听到安一正的尖叫声，吕男男觉得他绝对比自己刚才掉下来的时候叫得更女人一些。

也因为这一声尖叫，从操场出来的人陆续朝这边看过来，安一正还在那里大吼着："快来救救我们！"加上他挥舞手臂的动作，正好应和着他那一副"我掉进悬崖，快来救我"的韩剧表情。吕男男看呆了，这真的是她男朋友吗？而安一正还在那里眉飞色舞地呼救，吕男男狠狠恶寒了一把，觉得脸都丢回老家去了，自己找男朋友的时候肯定暂时性失明了，竟然找了这么个瘪犊子！

正在吕男男愤愤不平的时候，一只手递到了她面前，修长宽厚且看起来很有力道。吕男男心中一喜，以为自己马上就可以摆脱猥琐男走上和白马王子在一起的康庄大道了，谁知道一抬头便看到了陆弘，原本脸上欣喜的表情便消失得无影无踪。她狠狠地瞪陆弘一眼，作为一个有原则的人，她宁愿待在垃圾池里也不愿被垃圾人救上去。

陆弘微微蹙眉，声线动听："我拉你上来。"

吕男男斜着眼看他，要知道，这可不是两人第一次见面，她上高中的时候陆弘就是她的家教了。本来吕大鹏是希望她英语成绩能够突破一百分大关考上更好的大学的，可是谁知，被陆弘教了两个月之后，本来还能考八十分的她，最后却只考了二十分！

结局自然不怎么美好，陆弘被吕大鹏拿着大扫把打了出去，而吕男男为此得意了许久，“高岭之花”陆弘也有这样狼狈的时候，私下里她给吕大鹏竖了几十次大拇指。

就在她准备拒绝陆弘的时候，余光看到安一正竟然跃跃欲试去拉陆弘的手想先上去。这可把吕男男气坏了，毫不犹豫地拉住陆弘的手借他的力两三下就出了垃圾池，出去之后却没有松开他的手：“走吧，回宿舍咱们正好一条路。”

她故意要把安一正那个瘪犊子留在了垃圾池，而陆弘竟然没有反驳她，真的拉着她的手走了。

走了一段路，吕男男忍不住甩开他的手，气愤地说：“要不是你，我也不会考了这么烂的一个学校，以后不准让我看见你，不然我见你一次打你一次！”

月光照在陆弘脸上让他看起来更加俊逸，他没有反驳，也没有认可这句话，只是说：“那就是你男朋友？”

虽然这句话他说得很平稳，但是吕男男还是从他这平静无波的语气里嗅出了丝丝讽刺，吕男男气结：“你懂什么？！这是情人之间的趣味！谈过恋爱吗你？！”

更让她气结的是，陆弘竟然回她说：“没有，不过我觉得你们这应该是恶趣味吧？”

她斜着眼看他，咬牙切齿道：“滚蛋！”吕男男私以为陆弘比安一正更混蛋，为什么呢？因为之前她对陆弘表白过许多次，都被他无情地拒绝了，活该他一辈子单身！

说完之后吕男男便气冲冲地风风火火地往前跑走了，陆弘似乎跟了两步，最终也没有追上去。

回到宿舍之后，吕男男把写有陆弘生辰八字的小人扎了足足两个小时才解气。张琳琳斜眼看她：“你说你，都说了一百八十回以后再也不搭理陆弘了，还是忍不住了吧？这次他又怎么招惹你了？”

张琳琳和吕男男已经是老相识了，张琳琳她爸是吕大鹏的下属，两个人自小就在一起玩。吕男男觉得自己已经够嘴欠了，但在张琳琳面前她便只能自称“江湖第二”了。

当吕男男把晚上的遭遇告诉张琳琳之后，张琳琳的重点完全不在陆弘怎么招惹吕男男这件事上：“你说安一正真的有这么怂？那敢情好，跟你这个暴力女多配啊，以后他要是敢顶嘴你就打他，敢反抗就打死他！”

对此吕男男表示很无语，张琳琳还好死不死地提醒她：“你当初不就是这么打陆弘的吗？人家不肯接受你的表白，你二话不说上去就把人来了个过肩摔，你那姿势我现在想起来还觉得特帅气。你知道不，我也是在那个时候封你当我的偶像的。”

吕男男瞪大眼睛气鼓鼓地看着她：“你闭嘴，你明明知道我不喜欢他！”

张琳琳点头：“对对对，你就是觉得他当你家教太严格了，所以才想方设法追他，可人家不喜欢你。”

吕男男点点头：“你想啊，我就是背错了两个单词，他竟然让我举着凳子在雪地里站了两个小时！这是老师吗？这简直就是仇人！我跟吕大鹏说了一百次要换家教，他都不肯，我要是再不采取点措施，还不被陆弘给逼死？”

“那你就去追他？觉得追到他了他就不好意思对你这么严格了？”

吕男男给了她一个孺子可教的眼神。

张琳琳抽了抽嘴角：“大脑简单、四肢发达的人的想法果然与常人不同，你想陆弘是什么人物，会被你这种雕虫小技难倒？倒是你，还真是越挫越勇了。”

吕男男点点头，在陆弘给自己当家教的最后几个月，她对他几乎就是骚扰了，可陆弘偏偏能坐怀不乱。想到这里，她颇有些失落地看了看自己：“那时候就是拼着一股气，谁知道他的心是石头做的，脾气更是茅坑里的石头，又臭又硬，我打他那是他活该。”

张琳琳打开一本书头也不抬地道：“你还喜欢他吧？”

她这个说法把吕男男吓了一跳，激动道：“你可别这么说，幸好他以前没答应，答应了才是我的世界末日，也就是高墨琪和他最配了，一个假清纯，一个真高冷，多合适。”

张琳琳呵呵冷笑一声：“我看你是羡慕嫉妒恨吧？”

我……我呸！让她吕男男羡慕嫉妒高墨琪？也不看陆弘配不配！她那个时候不过是想和陆弘打好关系，可她每次开玩笑说喜欢陆弘一次，陆弘的惩罚就更严重一次。到了后来也不过是因为不甘心，加上那天她庆祝毕业喝醉了，陆弘去接她，她趁着酒劲就把陆弘给打了，还一边打一边骂。由于醉酒得厉害，吕男男丝毫不记得当时的事情，都是张琳琳复述的。总之在那天之后，陆弘就再也没去过她家了，吕男男对此感到无比痛快。

不过话说回来，她是真的没有喜欢过陆弘，看到他那张“冰山脸”就够晦气了，还喜欢他？更何况要不是他，自己的英语成绩也不会从八十分降到二十分，说起来全是辛酸泪啊！

所以对于张琳琳的说法，吕男男的回答只有两个字：呵呵。

不过话虽如此，吕男男还是默默接受了张琳琳的讽刺，一直忍着到半夜都没睡，等张琳琳睡着之后把脱下来的一身臭衣服放在她脸边，让她知道得罪自己的下场。

第二天安一正到吕男男宿舍楼下对她说了一箩子好话，然后说：“昨天是我太失态了，主要是你掉下去的动作实在太好玩了，要不你再去演示一遍，我保证不笑。”

吕男男怒火攻心，毫不犹豫地一脚把他踹出去好远。就在吕男男以为安一正会奋起跑过来跟她打一架的时候，她呆了，因为这家伙竟然眼泪汪汪地站在那里看着她，哭了！

呃……剧本不是这么写的啊！

最后的最后，吕男男左手打了右手，右手又打了左手，给他赔礼道歉：“小正正，不要哭了，是我错了，我错了还不行吗？”

安一正委屈地看着她：“那你发誓从此以后再也不会打我。”

吕男男觉得自己是做不到的，但是看着安一正的帅脸，她一狠心，道：“我发誓，从此以后我再也不打你了！”

“假如你再打我你就是什么？”

“再打你我就是猪。”

安一正说：“那我原谅你了。”

吕男男抖了抖嘴角：“您还真是宽宏大量。”

没一个小时的工夫，全班人都知道安一正被自己女朋友打了，至此，吕男男觉得自己要是离开安一正的话就再也别想在学校找个如意郎君了。想来想去，她决定在没有找到“备胎”之前不能和安一正分手，况且看安一正的态度，也没有要和她分手的意思，吕男男便干脆默认两人和好了，虽然安一正一无是处，但是最起码他帅啊。这么一想，好歹心理平衡了些。

日子一天天过去，陆弘依旧是那个离她们这些大一学妹很遥远的风云人物。吕男男远远看到他就扭过脸去，连一个多余的眼神都不愿意给他，让他明白自己有多讨厌他，当然陆弘也从未主动和吕男男说过一句话，两个人就像是谁也不认识谁似的，这正好合了吕男男的意。

反倒是安一正和她的关系越发密切起来，吕男男觉得现在他们完全就像是调换了身份——每天送爱心餐包，站在操场围观她打篮球，在射击比赛时鼓掌加油的那个人是安一正；而吕男男则负责各种近身搏击、远程射击第一名，甚至连她去网吧玩 LOL（《英雄联盟》），他都要陪在她身边。简而言之，安一正比她更像女朋友，而他却像是从来没发现这一点似的，乐此不疲、风雨无阻地扮演着女朋友这个角色。

这种日子过得久了，连吕男男自己都麻木了，觉得男人大约都是这样子的。想到当初陆弘拒绝她，吕男男心里觉得无比庆幸，她可不想看到陆弘变成安一正这样，想想就一阵恶寒。

而她和陆弘的关系是什么时候开始变得更恶劣了呢？大约就是在操场事件之后。

没错，每次丢人都和操场离不了关系。

这天吃过晚饭之后，趁着天还大亮，吕男男便领着安一正去操场上转悠，然后一不小心就遇到了一群持刀歹徒。

不要怀疑，吕男男看得真真的，还是开了锋的刀，绝对货真价实。联想到最近新闻报道的几次事件，吕男男下意识地就要把安一正挡在身后，可是安一正的反应比她想象的激烈了许多倍，在看到那些蒙面人的时候他撕心裂肺地尖叫了一声，二话不说掉头就跑。平时操练的时候只见他一副昏昏沉沉的样子，谁知道这会儿跑得比兔子还快，怎么说呢，当时她就震惊了！

然后吕男男和安一正就再次出名了，虽说人在遇到这种事情的时候会有下意识的反应，但是反应过来之后总是能意识到这里是警察学校，不是什么乱七八糟的地方，随便瞪大眼一看就知道是演习了吧？可是安一正逃走之后就再也没有回来过。

一个逃跑的男友，和一个一口气打趴五个大男人的女友，怎么说呢，用四个字来形容：极品情侣。

好吧，吕男男承认自己不是很喜欢这几个字。

更让吕男男没想到的是，陆弘竟然因为这件事情来找她了。吕男男不乐意让人知道他们认识，便把他约到了偏僻的小树林里。陆弘一如既往地惜字如金，直奔正题：“你和安一正不合适。”

吕男男打了个哈欠，以为他有什么要事呢，原来是这个：“我和他合不合适跟你有什么关系？”

陆弘好似听不到她的冷嘲热讽：“他不能保护你。”

吕男男一愣，想起来参加演习的“蒙面歹徒”中就有陆弘，最后还是他把自己擒获的，对，当时吕男男完全控制不住自己体内的暴力因子，无比勇猛地打趴了五个人之后最后败在了陆弘手里，当时的姿势有多难看她已经不想回忆了。咬咬牙，吕男男道：“我以一敌五，能保护他就行了陆弘永远都是一副冰冷的表情：“你不能自暴自弃，他配不上你。”

吕男男最烦的就是陆弘这副说教的样子，不耐烦地看着他道：“陆弘，咱们认识多少年了？只要我认识一个男人你就说对方配不上我，在你眼里到底是别人配不上我还是我配不上别人？敢情我得交打一辈子光棍你才能如意？我说你到底安的什么心啊？是不是你不要我，我也得给自己立一个贞节牌坊你才觉得倍有面子？我告诉你，你不但长得美，想得也太美。”

好吧，事实就是这样子，其实她和陆弘已经认识很多年了，他年少有为，不但长得帅还学习好，永远的第一名。至于他们两个是怎么认识的呢？关键还在于吕大鹏。吕大鹏堂堂一个市领导，最大的爱好吕男男说出来都觉得特傻，他最喜欢的竟然是去路边或者公园里摆摊下棋。而他和陆弘便是这么认识的，一个几十岁的人就这样和一个十几岁的少年成了莫逆之交，吕大鹏还把人带到家介绍给吕男男认识。吕男男第一次见到陆弘就特别不喜欢，原因是吕男男是个话痨，而陆弘是个闷葫芦，无论吕男男说什么，陆弘的回答总结起来可以分为三类——“嗯”、“差不多”、“是这样”。

再后来陆弘来她家，吕男男就不怎么待见他了，直到后来他高考考了全市第一名，几年后他就变成了吕男男的家庭教师。

真是一段孽缘。

吕男男这会儿正陷在回忆中不能自拔呢，便听到陆弘道："我答应你。"

吕男男愣了一下："答应什么？"

"和你在一起。"

吕男男觉得陆弘就像永远活在自己的世界里，无论你多么明确地说了自己的意思，多么努力把话题引到月球上去——来吧来吧，你看月球多漂亮，你倒是来看啊，对方都能无视，成功地把你拉回地球。吕男男气极反笑："你还真是自信心爆棚，我追你那都多久的前尘往事了，别人都说你智商一百三，你别总搞得让人以为这说的是你的身高，少年，不要放弃治疗啊！"

吕男男的一席话成功地让陆弘的脸黑了下来，他上前一步就想抓她的手，吕男男毫不犹豫地抬脚往他膝盖上踢了一脚："对不住了，我可不是高墨琪，可以任你招之即来，挥之即去。以后你要是再来找我，我也就不打你了，我去打高墨琪，你找我一次我打她一次，看最后谁心疼！"

高墨琪是陆弘当初为了拒绝她找的临时女友，也是他们学校的校花，不但长得美，还比吕男男厉害，各种比赛的名次都在她前面，只除了一项，近身格斗，只这一点就够吕男男嘚瑟的了。

明明吕男男的力气很大，陆弘却只像是被猫抓了一下似的，大树一般站在那里一动不动。看他还想开口，吕男男估摸着不是什么好话，就对他说："我现在还挺喜欢安一正的，你要是实在想和我在一起，就先当着'备胎'吧，等我什么时候和安一正分手了，我就跟你在一起。"

说完吕男男毫不犹豫地转身走了，走了几步，又回头跟他说："你各项成绩都那么优秀，想要进分局不是什么难事吧？不用为了这种小事把自己也赔进去。更何况，你讨好我也没用，我爸是不会给你‘走后门’的。”

看着他的脸色一点点黑下去，吕男男的心情越发舒畅，哼着歌越走越远。她才不想知道陆弘听了自己的话会不会气爆炸，她只知道昨天看到吕大鹏给他发的让他追自己的短信时，她气爆炸了，吕大鹏能不能不要闲着没事乱点鸳鸯谱，就算要点，好歹看看对方是不是陆弘再说吧？要知道在她最讨厌的人里，陆弘绝对是第一名！

回家之后吕男男把吕大鹏臭骂了一顿，结果吕大鹏笑呵呵地说：“我看人家陆弘哪儿哪儿都好，就是不喜欢你这点不好。”

吕男男第一百零一次宣布和吕大鹏断绝父女关系。

就在吕男男以为这件事已经过去的时候，她发现自己想多了。

第二天校园网的帖子上她就上了“精华版”，题目是这样的：《吕男男二次求爱不成，再打陆弘》。

除此之外，吕男男高中时候打陆弘的视频不知道被人从哪里翻了出来，只见她一边对陆弘拳打脚踢一边逼问他：“你到底答不答应？”

张琳琳翻来覆去把视频看了十几遍：“你看你这身衣服还是我送你的，这发型可真好看，就是嘴巴张得太大，不好。”

吕男男捂着眼无语，这视频到底是谁拍的？里面那个女疯子真的是她吗？据她所知，自己真的没有这么丑啊！

越想越气，加上张琳琳眉飞色舞的配音，吕男男一拍桌子怒气冲冲道：“别让我找到拍的人，我一定打死他！”

又过去了两天，吕男男本来还寄希望于陆弘能够出来澄清一下，结果她竟然得到消息，说陆弘和高墨琪在一起了。校草和校花在一起好像天经地义，没有任何人觉得诧异，仿佛都乐见其成，而吕男男则变成了一个大笑话。

陆弘绝对是上天派来专门在她伤口上撒盐的坏蛋。

吕男男气得足足骂了陆弘三天“伪君子”。前两天还说要她做他女朋友呢，今天就换了对象，真是不要脸，不就是戳穿他想靠吕大鹏进个好单位吗？不就是恼羞成怒了吗？唉，在这个虚浮的世界里做个诚实的人可真不容易！

没多久陆弘便毕业了，一直到他毕业两个人都没有再见过面，不过陆弘可是学校的风云人物，毕业的时候他还被邀请上主席台发言。大家都很开心，除了吕男男，她恨不得冲上主席台撕烂他那张虚伪的脸。

原本以为他毕业了，两个人之间就再也不会有交集了，可是人算不如天算，谁能想到他上着班还能考取研究生，竟然还因为工作能力太突出被邀请回学校给他们讲课，而且最倒霉的是，竟然还被分到了吕男男的班。

知道这件事依旧是在一个月黑风高的夜晚，而且依旧是在操场，不过是在操场外面，吕男男正猫着腰准备跳上操场围墙翻进去，她已经在心里无数次后悔考了警校，管得比高中还严格，连出去上网都要偷偷摸摸的。

可她才刚有了动作，就被十几个人从墙上拉下来死死摁在了地上。

对此吕男男只能说一句：运气可真好。

她还没想完呢，就听到抓住自己的人粗声粗气地问：“连警校你都敢闯？”

吕男男有些无语：“有什么不敢的？”

那人冷哼一声：“连国家队的车子都敢偷，也的确没什么不敢的。”

吕男男听着这个声音耳熟，一扭头便看到了陆弘的脸，黑夜把他的黑脸衬得越发黑了，陆弘愣了一下：“怎么是你？”

再然后吕男男听到另外有个人说：“老大，抓错人了啊？”

吕男男立刻便知道这是什么情况了，敢情这一群警察把她当贼抓了啊！她有些愤怒道："还不松开手铐？我要报警！"

结果远远不如人意，陆弘还没来得及松开手铐呢，就听到一个气如洪钟的声音："都站住别动，大半夜的不回宿舍想被操练是吧！去，绕操场跑二十圈！"

其他人都不是学生，只有吕男男双手背在身后戴着手铐，她刚想上前呢，就被校领导喝止："戴手铐的，跑完之后站在升旗台上不准动。"

我……这么好的运气到底是怎么来的？！

陆弘上前和校领导搭讪："张主任，怎么半夜还不休息？"

那个张主任明显是认识陆弘的，见到他便眉开眼笑道："陆弘啊，你怎么回学校了？大半夜的也不早说给你安排一下。"

吕男男见这情形，立刻觉得自己有救了，用求救的眼神去看陆弘，再看陆弘，还看陆弘，你眼瞎啊！你倒是看我一眼啊！

陆弘直接无视了某人的目光："我们在抓一个犯人，结果追到这里就看到有人想翻墙。"

吕男男白眼一翻，就差倒地吐血了。

张主任听了这话立刻对吕男男横眉冷眼："这么晚干什么去了？无视校规，该好好罚！"说完又对着陆弘笑道："现在的年轻人越来越娇气，可不像你们那个时候好管理了。"

陆弘终于转头看了吕男男一眼："是啊，学校没网，现在的年轻人大多耐不住寂寞，课业不好，觉得家里条件好就放松自己，这个可要不得。"

吕男男想把陆弘咬死，有这么落井下石的人吗？有这么锱铢必较的人吗？她不就是踢了他一脚，讽刺了他两句吗？

张主任仿佛找到了知己一般，拍着陆弘的肩膀："对对对，我看还是你们那一届学生好，没事多回学校来，给大家做做榜样！"

陆弘点头："那是当然。"

张主任再拍陆弘的肩膀："那就这么说定了，我明天就去安排。"说完便去看吕男男："明天升旗你就站主席台上，小姑娘啊，以后可要多多努力，不管家里有没有钱，自身优秀才是最重要的啊！"

然后在某个星期一，吕男男便像个犯人似的站在升旗台上被全校师生"瞻仰"了一番。吕男男暗自在心里发誓：陆弘，我同你势不两立！

你以为事情就这么完了吗？升旗结束之后班主任便通知他们班要进行为期一个月的现实案件侦查分析课程。这门课表现突出的话，对未来的去向是很有帮助的，比如上一届的一个男生，平时一声不吭的，但是在某个重大案件分析的时候他竟然一下子比别人多分析出了十几种情况，而真相也恰恰就是这十几种中的一个，于是他便"土鸡变凤凰"，考上公务员之后面试部分出奇顺利，直接被某分局录取了。

吕男男觉得以自己的推理能力，定然能超过这个师兄，所以去上这堂课的时候也是信心满满的，可是谁也没和她说过教他们的人是陆弘啊！

两个相看两厌的人到了一起别提有多热闹了！吕男男除了自己捣乱之外，还强迫安一正陪着自己一起捣乱，不肯的话就威胁要打他，以至于后来陆弘上课最喜欢说的话便是："吕男男，你来分析一下。"然后就是："你的推理太过偏颇，不过连犯人都想不到的事情你都想到了，分析得不错。"

吕男男咬咬牙，这到底是夸人呢，还是夸人呢！

安一正每次都在桌子下握住她的手："别跟他一般见识，他这是故意给你难堪呢。"

吕男男有些无语，安一正在知道她和陆弘的那些破事之后，便抓住一切发生的或者可能发生的机会离间她和陆弘的关系。当然，其实她和陆弘早已水火不容了，他只是让他们更加不容而已。

陆弘除了在课堂上为难吕男男之外，私下里和她没有任何接触，不过即便是如此，吕男男也没能逃得过陆弘带来的厄运。

关于那个黑色的星期天，还有吊在门口的女尸，吕男男觉得已经是上辈子的事情，再也不想回忆起来了，而她和陆弘也因为这个案子变得彻底水火不容。那天在雨里吕男男再次把陆弘给打了，发泄一般狠狠地打他，自始至终陆弘都没有动一下，任由她打，而吕男男一边打他，一边骂道："要不是你，她也不会死！你这个人怎么这么冷血，我当初真是瞎了眼才认识你。陆弘你真让我恶心，以后都不要让我看到你！"

陆弘自始至终都没有说一句话，而吕男男打他的结果就是被学校开除了。

真是冷笑三声。

自此吕男男再也不相信什么正义了，她小时候的梦想就是长大之后当警察为人民服务，可是就在这么一个雨后的清晨，吕男男被警察队伍抛弃了。对此吕男男深呼吸一口气，深刻地明白了一个道理：雨后的空气可真清新啊！

安一正则对这件事表现得相当无所谓："你做事这么冲动，即便以后当了警察，迟早也是要被开除的，让这一天早些到来也好。"

于是吕男男又把安一正打了一顿，这是她平生第二次打他。

安一正难得地男子汉了一回："这次看你心情不好，我不跟你计较，但是下次你再打我你就真的变成猪。"

吕男男心情平复之后有些苦恼地问他："我被开除了，以后出去我就是高中毕业，我该怎么办？"

安一正一拍大腿，难得地像个男人一样豪爽了一把："这还不简单！出国啊！你英语那么好，去美国，去英国，去澳大利亚！"

吕男男觉得和安一正说话随时都有脑供血不足的危险，先不说她高考英语只考了二十分，出国难道可以不花钱吗！

安一正拍着吕男男的肩膀，眉飞色舞道："我跟你说，虽然你认识我这么久，但其实你不了解我，我从小就有小股神的称号，别看我文不行、武不能，但数学可是一等一的，你只管开个账号就行了。"

于是安一正给她垫了本金，没一年时间，吕男男就出国了，念的是播音主持，晃晃荡荡四年才回国。然后才刚工作不到三个月，就碰到了这么狗血的事情。

怎么说呢，真是洒狗血的缘分。

第二章
队长，写张欠条吧

【吕男男就像是被踩到尾巴的猫一样跳起来：“总之你得写欠条！不写的话就现在给我一百万，还得在上面注明，在把钱还清之前你要不辞劳苦、毫无怨言地随叫随到。”】

受了枪伤之后，本来吕男男想让安一正来照顾自己，偏偏事情就是这么巧，他出国公干了。

毕业之后，安一正并没有从事为人民服务的行业，而是选择了自主创业，有事没事还总飞去英国看望吕男男。看他总穿得人模狗样，连买奢侈品都不眨一下眼睛，吕男男还以为自己看错了他，他可能是个有本事、有能耐的，可是很快她就知道为什么他能创业创得这么成功了，原来他根本就是一“富二代”！

而且最让吕男男咬牙切齿的是，某天她好奇心起想要去查看一下自己的股票账户的时候，才发现自己根本没开过账户！什么小股神，这家伙估计连股票有几支都搞不清楚！

换句话说，吕男男在不知不觉中欠下了巨债。

幸好发现的时候她还在上大二，后来的学费都是自己努力打工挣回来的。不然想一想，安一正可真歹毒，假如她每年欠他三十多万，四年那就是一百多万，如此巨债，到时候她除了嫁给他还能有别的选择吗？想想就恶寒。

不过即便如此，吕男男还是欠了安一正将近五十万。所以吕男男暗暗决定，不赔偿她一百万，这事儿绝对不能了。她也知道警队肯定不会给她这么多钱，她这是明明白白赖上陆弘了，要不是他，今天她也不能欠下如此巨债啊，所以对此吕男男很是心安理得。

这之后，江文就待在吕男男的病房里再也没出去过，端茶递水别提有多殷勤了，恨不得连厕所都帮她上了，一脸期期艾艾地看着她："姐，咱能便宜点不？"

吕男男斜他一眼："你以为这是菜市场买白菜呢？还能讨价还价？"

江文苦着脸："可是我没这么多钱啊。"

吕男男懒得搭理他，他的唠叨能力和安一正简直有一拼："你没有没事儿，陆弘有就行了。"

江文一脸正义："你这是讹上我们队长了啊！你这是犯法的，你知道不？"

吕男男朝他嘿嘿一笑："我可不就是讹上他了，他要不是陆弘说不定我还不屑讹他呢，谁让你运气这么好，摊上这么个好领导。"

江文愣住了："你是为了我们队长才要这么多钱的？而我只是'炮灰'？"

吕男男点点头，赞赏地看了他一眼："难得你今天出门带了脑子，还怪不容易的。"

"为什么啊？我们队长可是大好人！连犯人都说他是好人！"

吕男男嘴角抽了抽，霸气道："不为什么，我就是看他不顺眼。"

江文忽然贱兮兮地笑了："其实你是看我们队长长得帅，想勾搭我们队长，让他多来见你几次吧？可惜我们队长有女朋友了。”

吕男男嘴角抽得都要僵硬了：“果然跟了陆弘之后自信心全部爆棚了吗？”

江文对吕男男的讽刺视而不见：“我看你就是看上我们队长了。”

吕男男用自己那只完好无损的手指着桌上的杂志：“来来来，你把杂志拿起来看看封面。”

江文将杂志拿起来随手翻了两页，是那种大街上随处可见的妇科杂志，上面乱七八糟写着“无痛人流，三分钟做完即走，包干价 228”，这还不是最耀眼的，最耀眼的是“包皮手术：一刀在手，天下我有”几个大字，吕男男颇有些得意地对江文说：“看见这封面人物了吗？我男朋友。”

江文看了半天，说：“看来你们还真是缺钱缺到一定程度了，竟然连这种广告都接。”

“滚，这家医院是我男朋友开的！”

江文眼中立刻浮现出羡慕的神色来，正要说什么，便看到了墙上的影子，还有衣服的一角，下一刻陆弘便往前走了一步，对江文说：“江文，你先回去。”

然后江文就像兔子一样跑走了。看着他的背影，吕男男嘴角抖了抖，自己又不吃人，怕什么啊！

“麻雀”走了，病房里瞬间便安静下来，吕男男看到陆弘的目光在杂志封面上扫了扫，便猜到他刚才听到自己和江文说的话了，一时间脸上泛起潮红，不知道他听到她说自己就是讹上他之后是什么感想。不过管他呢，要不是他，她也不会落得今天这样的下场，想到此，吕男男故意恶狠狠地凶他：“一百万准备好了？”

陆弘收回自己的目光，没有回答她的问题，而是自顾自地倒了杯水才问她：“今天还疼不疼？”

看着他那淡定的目光，吕男男气不打一处来，怒气冲冲地用她那只完好无损的手拿起手机就艰难地拨了出去：“喂，张记，我……”

话还没说完，手机就被陆弘抽走了，吕男男抬头看他，挑挑眉不说话，暗自决定用气势压倒一切。果不其然，陆弘很快就提起话茬了：“先给你五十万，剩下的分期付款。”

瞧这笃定的语气，仿佛料定了吕男男会答应似的，还分期付款，真拿她是发放贷款的了？

吕男男暗自压下心中的悸动，这果然是要自己掏腰包的节奏了？真是万万没想到啊万万没想到，竟然也有她吕男男占陆弘便宜的一天，真想出去放鞭炮庆祝一下。无论心里有多么高兴，吕男男嘴上却还是很淡定：“分期怎么个分法？”

“以后每个月还五千，当面给或者打卡由你决定。”

吕男男有些纠结，她实在不想再见陆弘，可是这么大一个便宜她又不能不占，想来想去她不放心地问：“那你以后赖账了怎么办？毕竟你人品这么不好，我可不敢相信你。”

吕男男个人还是比较倾向于网上那句话的——男人的嘴，母猪的腿，没有可信的。而且她也实在不大相信陆弘的人品。

陆弘也不反驳她：“是没你人品好，朝天开枪都能被打中。”

吕男男愣了一下，终于明白陆弘和之前有什么不一样了，虽然他依旧是沉默寡言，但是说话明显犀利毒舌了许多，按说“高岭之花”不该是这种画风啊？不过此刻吕男男没空和他计较这些：“那还不是因为你射击手法太好，教出来的徒弟无人能比！”

“一般一般，你们师兄妹的，没事多切磋切磋也不是坏事。”

吕男男愣了一下，陆弘不说她几乎都要忘记自己还跟着他学过一段时间的射击呢，她这是典型的搬起石头砸了自己的脚，也懒得和陆弘辩驳：“不说这些有的没的，你就说假如你不还钱怎么办吧？”

又扯上这个问题，陆弘的耐心用完，径自坐在沙发上开始看手里的文件了，漫不经心地说着："你这么不放心的话，我就每天来医院让你看到我怎么样？"

吕男男打了个哆嗦："可别，天天看到你我怕折寿，你还是给我打张欠条，顺便在欠条上写上你要是不还钱就猪狗不如。"一边说着，吕男男一边跳下床用完好的那只手把他手里的东西夺走，"还得把你所有的银行卡号还有密码都告诉我，还有支付宝密码、微信支付密码、手机锁屏密码等各种密码都告诉我，还得给我配一把你家里的钥匙，方便我随时找到你。"

陆弘抬眼看她："难不成江文说的是真的，你看上我了？我那些密码可是只给未来老婆知道，不过我不喜欢你这样的。"

吕男男："……"

吕男男往后退了一步，还没来得及说话，就听陆弘说："而且你也别搞得跟我欠了你五百万似的，就算欠你五千万，我也不会跑。"

吕男男一口血差点没吐出来："大哥，你这么盲目自信，你领导知道吗？"

陆弘上下打量了吕男男一眼，还没开口，吕男男就像是被踩到尾巴的猫一样跳起来："总之你得写欠条！不写的话就现在给我一百万。"想了想，又加上一句，"你得在上面注明，如果我有任何后遗症你都要负全责，而且在把钱还清之前你要不辞劳苦、毫无怨言地随叫随到。"没办法，谁让她是债主，她想到此后就可以一雪前耻，就忍不住血液沸腾起来。

虽然陆弘说话很刻薄，但是经过一番讨价还价之后他最终还是拿出纸笔写下了欠条。除了没有那句猪狗不如之外，所有吕男男说过的话他都按照原话写上了。抱着欠条，吕男男嘴都笑歪了：哈哈，姐现在也是百万富翁了啊！

吕男男美滋滋地把欠条看了一遍又一遍，又小心翼翼地收进口袋里，一抬头，看到陆弘竟然还在，她愣了愣，问他：“你怎么还不走？”

陆弘用一种看神经病的目光看着吕男男：“你没事吧？”

吕男男假咳一声：“怎么能没事？没看我这胳膊还绑着绷带呢？”

陆弘毫不客气道：“我是指你的精神。”

吕男男气歪了嘴：“你才神经病，你全家都神经病！”

“精神头这么好，还有力气骂人，要不要再去鉴定一下伤口？”陆弘永远都知道怎么能够拿捏得住吕男男。

吕男男变脸如翻书，倒在床上呻吟了两声：“哎哟，头疼，你们的子弹是带了生化细菌吧？我怎么浑身都不舒服？陆弘，你可得负责到底啊！”

陆弘挑挑眉不说话，坐在那里拿起文件再次看起来。

吕男男思来想去觉得不放心，便把欠条拿出来艰难地用手机拍了照，然后又拍了陆弘的照片，拍完之后便自顾自地翻弄着手机。看到照片上的陆弘紧绷着脸，好似谁欠他一百万似的，对此吕男男非常不满意，单手艰难地用美图秀秀把照片修了修，还不忘给他加上一对猫耳朵，PS 一个大红唇，别提有多妩媚了，最重要的当然是要把他和欠条的照片 PS 在一起，然后发到朋友圈，还不忘提醒陆弘：“你去给我点个赞。”

陆弘只见到吕男男自己在那里捣鼓了半天，加上她的微信之后才知道她在捣鼓什么。看到照片之后陆弘变了脸色，伸手就要去抢她的手机，幸好吕男男早有准备，把手机放进了被窝里，他抿着唇道：“把照片删了。”

吕男男得意地朝他笑笑：“我偏不！你也不用怕，我微信没加高墨琪，我和她比咱们之间还互相看不顺眼。”想到当年陆弘是怎么对自己的，吕男男就各种不舒服，必须趁机报复啊。

他二话不说就伸手进被窝去抢，两个人拉扯一番，吕男男一个不稳往后倒去，陆弘伸出胳膊去搂她的腰，然后两个人便莫名其妙地抱在了一起。这样也就算了，吕男男瞪大眼睛看着陆弘，怎么就亲上了！哎哟！

接下来就是你看看我、我看看你，谁也不开口说话，吕男男心里不耐烦，大叫一声，怒气冲冲朝他道："你弄疼我了！我胳膊疼！"

陆弘一愣，迅速退开身体，转身就往外走，吕男男大骂，这是什么反应？不过很快她就知道这是什么反应了，还没过去一分钟呢，竟然进来了五位医生……

折腾到最后，吕男男因为精力不济就睡了过去，连陆弘是什么时候离开的都不知道。

本来吕男男只是想着除了要钱之外，让陆弘偶尔来给自己端茶倒水为难他一番便罢了，可谁知第二天正主便找上门来了。高墨琪一身警服，笑容如沐春风，因为她个子高，看起来特别飒爽。

高墨琪对吕男男也并不陌生，本身也是个爽快人，便直接道："我是今天才知道受伤的人竟然是你，听说之后就跟局长申请过来照顾你，毕竟大家都是女生，照顾起来也比较方便。以后我每天都会过来，至于那些男的，来了也没用。"

哟，听听，这才是说话的艺术，拐弯抹角地在告诉吕男男让她离陆弘远一些呢，可吕男男偏偏不如她的意："你还是女生啊？"

高墨琪愣了愣，吕男男又道："你跟陆弘在一起这么多年了，还是女生呢？"

高墨琪脸色红了又白，白了又红："这种事就不拿出来讲了，你这几年都在忙些什么？我们都好久没见你了。"

吕男男对这些试探性的问话表现得蔫蔫的："只是你没见我而已，过年的时候陆弘还来我家了呢，我妈特喜欢他，亲自给他做了饭呢，要不是碍于我爸，都想养他当小白脸了。"

高墨琪明显很意外，后面那句话又让她嘴角抽了抽，但是她很快便收拾好了自己的情绪：“怎么不见伯父伯母来？”

吕男男终于没忍住，白了她一眼：“你调查户口啊？”

高墨琪抿着嘴笑了：“你和陆弘还挺像的，他也特讨厌外人问他家的事情。”

三句话不离陆弘，没意思，吕男男不想搭理她了。

高墨琪却一点自知之明都没有：“说来也奇怪，陆弘明明是很好相处的人，可你们两个就是处不好。他倒是和你爸关系挺好的，上次我去德国学习还特意给伯父带了一把军刀让陆弘带过去呢，听说……”

吕男男对于这个丝毫没有眼力见儿的人已经彻底无语，干脆打断她：“什么军刀，在我家没见过呢。”

“可能是伯父收藏起来了。”

吕男男嘴角抽了又抽，真当是古董呢，还收藏？她拿起放在小桌子上的电话对高墨琪道：“你等下，我打个电话。”

没一会儿电话便拨通了，吕男男毫不客气道：“你在哪里？”

电话那边不知道说了什么，吕男男直接道：“我胳膊疼，你快来，现在就来，记得给我买德林街上粉色猫盒子装的奶昔。”

说完也不等那边说话，就直接挂了电话。

高墨琪给她倒了一杯水，揶揄道：“是男朋友吧？”

吕男男简单地回答：“仇人。”

“你还和安一正在一起呢？”高墨琪仿佛丝毫感觉不到吕男男的冷淡，继续问道。

吕男男这才终于露出了见到她以后的第一个笑容，回答的却是上一个问题：“我刚给陆弘打电话呢。”说完她毫不意外地在高墨琪脸上看到了惊愕。

高墨琪脸上的笑容有些挂不住：“男男，你想吃什么我去给你买就行了，陆弘他忙，不用让他来。”

“你买的我喝着不习惯，我就喜欢陆弘买的。”吕男男才不管高墨琪是什么表情，她觉得自己现在就是“恶毒女配”，可谁让对方是陆弘和高墨琪呢，她偏偏就看这一对璧人不顺眼。

不出十五分钟，陆弘便到了，如果说高墨琪穿警服是英姿飒爽的话，那么陆弘穿的警服就像是量身设计了，把他衬得更加俊逸，他手里还提着粉红色盒子装的奶昔，跟他整个人完全不搭调，却又莫名其妙地和谐。在他看到高墨琪的时候，眉头微蹙：“你怎么在这里？”

“张局说以后让我来照顾男男。”

陆弘愣了一下，显然还不知道这件事，吕男男趁机火上浇油：“不是你自己申请要来照顾我的吗？”

高墨琪脸色不变：“女生照顾女生方便一些。”

陆弘没有说话，把奶昔递给吕男男，还不忘帮她插上吸管。吕男男吸了一口，和记忆中一模一样的味道。以前陆弘给她当家教的时候，她最喜欢在还没上课之前给他打电话让他带奶昔到家里，陆弘每次都很不耐烦，最后却都带来了。喝着奶昔，吕男男故意恶心两个人道：“陆弘，你昨天还说要每天来照顾我呢，这就不算话了吗？”

“算话。”陆弘想都没想，直接回答。

“可是……”高墨琪还想阻止。

陆弘道：“没事，我一个人忙得过来，你们科室不是要做档案归类吗？忙的话就不用过来了。”

看高墨琪还想开口，吕男男趁机继续恶心她：“对对对，你不用来，让陆弘来就行了，我最喜欢吃他做的饭了，晚上还得让他回家给我做饭吃呢。”天地良心，陆弘做的饭绝对是天下最最最难吃的，吕男男永远都搞不明白一个人怎么能把泡面放几棵青菜都做得那么难吃。

高墨琪看着陆弘，陆弘却没有看她，而是对吕男男道：“别闹了。”

吕男男一阵恶寒，这声音咋还隐隐透着温柔呢？难道说陆弘根本不喜欢高墨琪，而且想趁此机会甩开她？想到此，吕男男一个鲤鱼打挺，身子调转一百八十度对高墨琪露出一个真诚的笑容：“墨琪姐，你可别生气，刚才我和陆弘说着玩呢，昨天我拍照他都不让，就怕让你看见，还说他想向你求婚来着。你们俩男的帅女的美，还是同事，别提有多相配了。”

哼，陆弘想占她的便宜？没门！

倒是陆弘，在听到吕男男的话之后抿着唇看了她半晌，在她还没反应过来的时候就把她手里的奶昔迅速抽走了，语气颇有些不高兴：“胡说什么呢。”

吕男男恶狠狠地瞪着他，小人！她两只手都完好的时候还打不过他呢，这会儿趁着她只有一只手能动就欺负她！她伸出手在陆弘胳膊上狠狠拧了一下，然后笑着对高墨琪道：“你看，他还害羞呢。”

陆弘做了一个要把奶昔丢垃圾篓的动作，成功地阻止了吕男男继续说下去，吕男男在心中大骂：小人，小人，小人！

高墨琪看着两个人之间的小动作笑了一声，倒也大方，直接说回局里有事，便走了。

待到高墨琪一走，吕男男的恶女本质就露了出来，半跪在病床上张牙舞爪地朝陆弘吼：“把我的奶昔给我！”

陆弘长得高，上身微微往后靠着，半是威胁道：“以后不准在高墨琪面前乱说话。”

吕男男没想到自己还真猜对了，陆弘这厮和高墨琪之间果然有猫腻，她好奇地问道：“你俩都这么多年了，你也不对人家表示表示？她长得那么美，你再不抓紧人家可就跑了。”

陆弘抿着唇看她：“不喝我真的扔了。”

吕男男丝毫不受他的威胁，而是停止张牙舞爪，身子往后一靠，把自己丢进软绵绵的靠枕里，半笑着对陆弘说："陆弘，说真的，待我日后寻得良人，定要谢你当年不娶之恩啊！看高墨琪跟你在一起过得如此悲催，唉……"说罢她摇摇头，果然长得帅都是靠不住的。高墨琪和他在一起这么久，他连承认她是他女朋友都不愿意，更别说结婚了，要是当年他答应了自己，那现在那个整日以泪洗面的人可就是自己了。

想到这里，她看陆弘的目光又带了一层嫌弃。

陆弘听了这话果然又变成了"黑面神"，不过他似乎永远都知道怎么拿捏吕男男的软肋，只见他不咸不淡地开口："昨天我算了一下，每个月还给你五千，要八年才能还完，而且……"

吕男男迅速打断他："我不说了不说了，您长这么帅，还这么孔武有力，高墨琪哪儿能配得上您不是，您的择偶标准就应该是范冰冰那个级别的……"

啪！她的奶昔终于被扔进了垃圾篓。

让你嘴欠，自打嘴巴了吧！

陆弘看着一脸无语的吕男男笑了笑，然后说："晚上想吃什么？给你煮泡面？"

吕男男吓得就差掉下床去了："可别，我是病人，我得吃肉！有营养！"

陆弘点点头："那我给你炒肉。"

这下吕男男真的掉下去了："医院食堂就挺好吃，护士天天在楼道喊'走过路过，千万别错过'，我都想吃好久了。"

陆弘揉了揉吕男男的脑袋："难得有你想吃的东西，我和护士说这几天都让你吃食堂的小炒肉。"

报复！赤裸裸的报复！

吕男男被迫吃了小炒肉之后便看陆弘越来越不顺眼了，又不敢开口撵走他，她现在可是他的债主，把他撵走了，自己的"大金库"就没了！

而陆弘就像是没意识到某人不时射过来的带着小箭头的眼神，自顾自地在翻看着桌子上的档案。终于，吕男男累了，决定出去转转，可明明是自己的病房，陆弘却像是主人一般，就连吕男男说自己要出去走走，这家伙都头也不抬地让她早去早回。吕男男无语，难道他听不出她语气中浓浓的“你走吧，你走吧”的意思吗？

管他呢，她现在可是再也不想看他一眼了，等她回来的时候，他总该走了吧？

下楼在医院的小广场坐了一会儿，翻了一会儿微博看笑话，正好看到某个女生在微博上说“哭晕在厕所”，男朋友劈腿，还是跟自己闺蜜在一起了，真是有够悲惨的！在吕男男还没感慨完的时候，就发现自己碰到了比这个女生更悲惨的事情，而现实里哭晕在厕所的那个人竟然变成了自己。

本来吕男男在呼吸了新鲜空气之后是准备回病房的，可是好死不死的，她半路想去个厕所，于是就听到了两个小护士之间的对话。

“你听主任说了吗？那个枪伤送医院的女病人情况好像不太好。”

“怎么会不太好，我今天还见到她了呢。”

小护士向四周看了看，压低声音说：“现在医院的记者都盯着这件事呢，听说就算是好了以后也会变成残废。”

另一个人惊呼一声：“不会吧，那女人看起来还很年轻呢。”

“那谁知道，总之就是运气不好呗。”

“走走走，生命这么美好，不要再说这些了。我觉得我可能熬不过实习期了，每天看这么多病人，我自己都要吓死了。”

两个人说话的声音飘远，吕男男坐在马桶盖上看着自己受伤的手完全不能思考了。那个护士的声音她记得，上午的时候她还来查过房呢。

残废？她吕男男会变成残废？她受伤醒来第一时间便问过医生，医生明明说过没事的，等伤口长好就可以出院的，怎么变成这样了呢？

不可能，说的肯定不是她，可是还有其他人也和她一样是枪伤吗？又不是感冒，怎么可能这么短的时间内两个人都中枪？

“叩叩叩。”

“小姐，你没事吧？”不知道过了多久，有人叩了叩厕所门关心地问道。

吕男男这才发现自己竟然哭了，可是听了这种问话吕男男却一个字都回答不出来，要她怎么说？有事，她要变成残废了？还是没事？可她明明觉得自己就要死了啊。

外面呼喊的人越来越多，吕男男却自顾自地把自己蜷缩在马桶上，仿佛只有这里才是安全的，直到一道男声传入耳朵：“吕男男？”

是陆弘，他不出现还好，听到他的声音吕男男就想起了自己为什么会被大学开除，为什么会受伤，干脆“哇”地一声大哭起来。

门外有急切的推门声，还有陆弘略带焦急的声音：“你先开门，有事可以和我说。”

吕男男对他的话充耳不闻，只是越哭声音越大，简直像死了全家似的，直到陆弘“砰”地一声踹开了厕所隔间的门，便看到吕男男竟然……哭晕在了厕所。

众人纷纷拿出手机准备录下这颇有纪念性的一刻，还有人小声说着：“快看快看，这可是真实版的哭晕在厕所，赶紧拍赶紧拍。”

吕男男本来是怕这么多人看着太丢人才装晕，谁知道大家竟然这么没有爱心，就在她在心里画小圈圈的时候，陆弘开口了：“抱歉，大家让一下，我爱人得了绝症，如果有人侵犯她的名誉的话，我一定会追究到底的。”

“绝症”二字可真是戳心，一口气没提上来，这下吕男男真的晕了，是被气晕的。

待到吕男男再醒来的时候，果然看到陆弘正皱着眉头摆着一张“死人脸”坐在病床旁边看着她呢，吕男男怒从心中来，直接把陆弘那关爱的话给堵了回去，凶巴巴地对他道：“陆弘，你可真是我的扫把星，我自从认识你之后就没见过好事发生。要不是你，我说不定就考上清华北大了，说不定已经当上白富美，出任CEO，走上人生巅峰了。要不是你我也不会受伤，你能不能行行好，以后就别再出现在我面前了？”

痛快地骂完之后，吕男男才懒得看他的大黑脸，刚想要请他出去呢，就看到病床另一侧的几个医生。众人皆是一脸错愕地看着她，吕男男也惊讶，这群人是鬼啊，明明在屋里怎么连呼吸声都听不到？

空气中一阵沉默，其中一个医生打破了尴尬的气氛：“吕小姐，你的绷带可以拆除了，今天就能出院，十天后来拆线就可以完全康复了。”

吕男男愣了愣，完全康复？说好的变残废呢？

接连确认了好几遍，每个医生都肯定地说十天后能完全康复，吕男男懵了。

待到众人都走了出去，吕男男看着陆弘一张颇有杀气的脸，然后小心翼翼地问：“听说医院里又来了一个受枪伤的患者？”

陆弘居高临下地看着她：“你知道得还挺多的。”

“那当然，刚才我在厕所……”说到这里，吕男男住了口，这不明显是不打自招嘛，她干笑两声，“是怎么回事儿？”

陆弘手插在口袋里：“既然某人不想再看到我，那我就走了。”

……亲，你走了谁还我钱啊！吕男男拉住陆弘的胳膊：“大哥，都是我太年轻、太冲动，你可得原谅我，我……”

陆弘依旧是一副“我要气死你”的脸：“放心，你变不了残废，一会儿自己回家吧。”

说完便摆着他的大臭脸走了，吕男男撇撇嘴，在他身后喊道：“说好的每个月一号别忘了啊！”

陆弘原本已经走到了门口，听到这话便又转身走回来淡定地看了吕男男一眼，然后将桌上放着的一沓百元大钞拿起来放进了口袋里："既然说好了，那就下个月一号见吧。"

结果就是下午吕男男要回家的时候发现自己身上连坐公交车的一块钱都没有，想到陆弘离开时那揶揄的眼神，吕男男就恨不得一拳把他给打扁了。

陆弘这一消失，就再也没有出现过，就连还款日都没有出现，如果不是银行发来的汇款短信，吕男男几乎都要以为陆弘已经把自己给忘了。

不过有钱万事不愁，吕男男才不关心陆弘在干什么呢，倒是高墨琪，神经病似的把她的微信加上之后就一直发关于陆弘的信息，内容总结一下可以分为两大类：陆帅抓犯人好帅啊；陆帅吃饭也好帅啊！让吕男男想看不到都不行，而且每次看到都要忍不住恶寒一把，找这样一个女朋友真的好吗？

在吕男男把这个事情和安一正说了之后，隔着越洋电话，他语气淡淡地说："她比你漂亮那么多，胸还比你大，有什么不好的？"

吕男男沉默了半天之后终于认可了他的话，觉得陆弘竟然也是个有福气的人。

如果不是两个月后吕男男的主任找她谈话，她都觉得自己已经忘记世界上还有陆弘这个人了。主任一见到她就毫不客气地说道："你和陆弘认识。"

假如他用的是疑问句，或许吕男男还会否认一下，可是他直接说："听说你们还是校友，早就认识了，这次的任务你要去做。"

吕男男摆出一副"你要杀了我"的表情，让她去找陆弘做公关，还要让她去讨好陆弘，跟拍这次的连环杀人案，还不如让她去死比较直接。于是吕男男摆出一副义正词严的嘴脸："主任，我和陆弘只是认识，他手下可是不小心开枪伤了我，当初为了赔偿金我们两个已经撕破脸了，我去求他肯定只会适得其反。”

主任点点头，然后笑眯眯地说：“只要你能做通陆弘的工作，让他同意我们跟拍，就给你五千块奖金。”

吕男男瞪大眼睛，五千？！要知道她一个月工资才三千！几乎是一瞬间，吕男男便回答：“主任您放心，就算前面是刀山火海我也会圆满完成任务！不就是区区一个陆弘嘛，虽然他是破案界的小神童，但是凭着我们这么多年的交情，我一定能将他拿下！”说完唯恐主任后悔似的，吕男男直接站起身：“那主任我先出去了，您等我好消息吧！”

看着兔子一样溜走的吕男男，主任脸色黑了黑，现在的年轻人哦，哪里还有稳重又不爱钱的？让她当自己儿媳妇的话，还不如要了他这条老命来得痛快。

另一方面，吕男男连片刻工夫都不肯耽误，直接找到了陆弘单位门口，可惜看大门的大爷一看到吕男男便说：“姑娘，多的是比你好看许多倍的女孩子来找陆队长，你趁早回去吧，别瞎耽搁工夫了。”

吕男男再三保证：“我真的和陆弘认识，你看我这胳膊……”说着就要去撸袖子。老大爷瞪大眼睛，就差拿扫帚赶人：“走走走，现在的小姑娘怎么越来越不知道廉耻了！”

……

说到口干舌燥之后，吕男男终于说道：“大爷，我手机没电了，要不你电话借我用一下？”

大爷怀疑地看着她：“我看你不是手机没电了，是根本没有陆队长的电话号码吧？”

……大爷，你听我说！我真有！

在大太阳下面站了半个小时之后，吕男男终于有些气馁了，就在吕男男准备离开的时候，离大门最近的一个窗户里传来一个声音：“吕男男，上来。”

吕男男心里一喜，这么巧陆弘就正好看到她了啊！她兴奋地朝大爷道：“大爷，你看到没，我真认识他！”

大爷嘴角抽了抽：“陆队长这眼光可不怎么好啊！”

吕男男气得嘴角都歪了：“大爷，我和他只是朋友！普通朋友！普通朋友要那么好看干吗！”

大爷抬头看了看二楼已经紧闭的窗户，然后小声说：“你不知道，陆队长可挑人了，他们队里能力不好的不要，长得不好的也不要。”

吕男男恍然大悟地点点头：“原来是这样，大爷，其实我是他妹妹，同父异母的，我妈没他妈好看！”说完之后她便一脸神秘地走了进去，留下一脸抽风的大爷怎么也想不明白同一个爹怎么生出一个金刚葫芦娃、一个豌豆姑娘。他更想不明白的是，陆大队长都在窗户后面站了半天了，怎么偏偏小姑娘要走的时候才出声呢？看来是家庭关系不太和睦，有待提高啊！

进到陆弘办公室的时候他依旧是在看材料，似乎比上次在医院里的材料还高了一倍，吕男男“啧啧”两声，人民公仆不好当啊！

陆弘头也不抬地道：“什么事？”

吕男男“咳咳”两声清了清嗓子：“没事，就是来看看你。”

“哦？”

“我们认识这么多年了，我还从来没有哪次像这次一样这么想见你呢！最近我对你是日思夜想，总觉得咱们之间的关系得提高改善一下，就算做不成最好的朋友，也得是第二好啊，所以今天终于忍不住来找你了。”

陆弘抬头看了她一眼，目光深得要将她看穿似的，看得吕男男浑身不自在，只听陆弘道：“说人话。”

“听说你接了个新案子？”

陆弘挑眉：“消息还挺快。”

“那是。”吕男男得意道。

结果她还没得意完呢，便听陆弘道：“别想。”

吕男男怒目一瞪，咬牙切齿：“我要加利息。”

“再加本金也没有了。”陆弘放下手中的笔，靠在椅子上悠闲地看着她。

吕男男气不打一处来，恨不得对他抡上几拳头，结果她只是想想，便听陆弘说：“打我一下扣十万。”

……还能再要脸一点不？

深呼吸，深呼吸，然后吕男男露出一个便秘般的笑容：“商量一下嘛。”

“没得商量。”

吕男男一咬牙：“少你五百！减掉你还给我的一万块，你只用给我四十八万九千五百就可以了！”

五百块钱在她面前飞走了，一顿大餐，一件好看衣服，吕男男的心都在滴血。

陆弘挑眉：“你们主任给你多少？”

吕男男想都没想：“五千。”说完她恨不得咬掉自己的舌头，这种事怎么能让陆弘知道呢！

“要不平分，要不免谈。”陆弘的大拇指轻轻敲着桌子，嘴角噙着一抹笑，似乎笃定了某人会答应，还毫不客气地加上一句，“你还得请我吃饭。”

吕男男拍案而起：“凭什么！”

陆弘用手指了指门口：“门在那里。”

作为一个有骨气的人，吕男男二话不说站起身就走出了他的办公室，想她一个正义人士，怎么可能会被陆弘吓到。出了门，她毫不犹豫地拨通了主任的电话，不等对方开口便开始抱怨：“主任啊，陆弘说了奖金让我和他平分，还得让我请他吃饭，他简直就是警察里的败类、公仆里的吸血鬼啊！你快带上摄像机来曝光他啊！”

主任在那一头气定神闲地说：“最多再给你加五百。”

“要不我就让我们主播来好了，她最喜欢这种爆料了，我还认识《楚南日报》的总编辑……什么？饭钱也报销？主任啊，怎么说奖金也得再加一千，而且不能告诉陆弘，成交不？”

主任在那一边吼着：“赶紧滚去做事！”

“遵命！”吕男男笑嘻嘻地挂了电话，心里想着就算给陆弘两千五，自己还有三千五呢，还能蹭顿饭，也还不错。

结果一转身，便看到陆弘正站在那里看着她呢，她脸上的惊惧还没退下去，便听陆弘道：“涨了一千？”

吕男男捂着胸口倒退一大步：“刚才我们已经说好了！”再加她的小心脏会受不了的！

出乎意料地，陆弘竟然没有反驳：“既然这样，就等着吧，晚上一起吃饭。”

吕男男不放心地重复了一遍：“两千五？”

陆弘彻底懒得搭理她了，转身回了自己办公室。吕男男在他背后恨不得对他大吼一声“少侠，请接我三百个白眼”，紧接着又摇摇头，陆弘以前就难伺候，现在是更难伺候了。

陆弘让吕男男等着，她便像是植物人一般坐在那里死死地瞪着陆弘工作，等她终于明白陆弘连一个眼神都不想分给自己的时候，她放弃了在陆弘身上瞪出三百个窟窿的打算，干脆出去转转，然后便转到了案侦区的大办公室。

江文一扭头看到她吓得差点从椅子上摔下去，跑到她身边：“亲姐，我的亲大姐，咱们的事不是已经结了吗？你怎么找到这里来了？”

吕男男无语，她来就一定是来要钱的吗？她明明是来送钱的好吗！而且为什么江文就是记不住不要喊她姐这件事呢！看着江文，吕男男幽幽地开口：“你再喊我一句姐，我就给陆弘加一万块钱赔偿金。”

“别啊，姐，不不不，妹子，你饶了我吧，我现在天天都加班，你看我深陷的眼窝，再看看我瘦削的身材，我现在比黑煤窑的工人都还辛苦啊！”江文一边说一边扒拉着眼窝给吕男男看。不知道为什么，吕男男在江文身上看到了安一正的影子，同样爱耍嘴皮子，同样不要脸。

“那我去跟陆弘说他这里连黑煤窑都不如，让他去开黑煤窑得了。”对于打伤自己的江文，吕男男从来没想过给他好脸色看。

两人正抬杠呢，便听到有人插话进来，语气颇有些激动的意味，目光更是炯炯有神：“女侠！你就是敲诈了我们陆队的那个女侠是吧！”

吕男男抖了抖，真想去问问陆弘，他这里真的是警队而不是马戏团吗。不过在某件事上她还是要据理力争的：“小哥，说敲诈可不大合适，咱们这叫合理赔偿。”

“对对对！总之您现在就是我们全队的英雄！我叫孙库，您叫我小孙就行。”那小哥点点头，亲热地同吕男男握了握手，“英雄，请允许小的跟您合张影。”

吕男男一副看神经病的眼神看着孙库，正要拒绝，便听到孙库说：“英雄，晚上还请您赏脸一起吃个饭，如何？”

话音才落，吕男男便蛮横地拉了一把他的胳膊，高兴道：“来来来，先合影！”说着露出一个甜美的笑容：“你把相机举高点，你往前一点，不然显得我脸大，对对对，来，换个姿势。”

其结果就是他们全队人马挨个过来和她合影了，一时间吕男男有些飘飘然，仿佛自己真的是英雄了，直到陆弘把她的美梦打碎：“吕男男，再耽搁别人工作你就去大门外等着。”

几乎是一瞬间，刚才争相合照的她的“粉丝们”消失得无影无踪。说好的最崇拜自己呢，说好的要为她英勇就义呢，最后怎么变成了她小尾巴似的委委屈屈地跟在陆弘身后回了他的办公室？

陆弘可真是作孽啊！这个不要脸的，简直妨碍她向警队一枝花方向发展啊！

“一枝花？”走在前面的陆弘忽然停了下来，看向身后的吕男男。

吕男男微愣，自己说出来了吗？脸上瞬间红了起来，紧接着便听到陆弘说：“其实你说的是一奇葩吧？”

明明是疑问句，陆弘愣是说出了陈述句的感觉。

吕男男一口银牙咬碎，如果不是有求于他，如果自己不是他的债主，真想噼里啪啦把他打扁啊！可她现在能做的只有默默跟着他。

最后，吕男男到底是在陆弘办公室干瞪眼了一下午，人都要蔫了，一直到了晚上要去吃饭的时候才满血复活。

不过陆弘看着眼前全队人马一个个都已经换装整齐就待出发，挑眉道：“你们事情都做完了？”

吕男男很快便发现形势不对，陆弘这明显是不想让他们去的意思啊，那怎么能行，孙库不去谁付钱啊？“做完没做完都要吃饭不是，而且看你这样子也好久没带他们聚餐了吧？权当大家一起热闹一下增进感情了。科学家说过……”

陆弘打断她：“既然你这么热情好客要请客，那就都去吧。”

吕男男愣住了，她这算是搬起石头砸了自己的脚吗？目光一转，她很快看向孙库，正想开口便听孙库一脸兴奋地打断了她：“原来你要请客啊，下午怎么不说呢？既然这样我下次再请。”

吕男男一脸焦急道：“其实……”

陆弘再次打断她：“那走吧。”说着便伸手推了一下吕男男，生生让吕男男变成了领头人。

吕男男哭丧着脸，我们说好的明明不是这样啊。

因为人多，到了分车的时候就出现了大难题，车少人多，需要有人去打车。孙库一把揽住了吕男男的肩头：“英雄，走，咱们一起去打车。”

吕男男有些嫌弃地想要拍开他的手臂，便见陆弘已经将孙库的手臂从她肩头打掉，淡淡地说道：“她坐我的车。”

吕男男有些气愤刚才他设计她让她白花冤枉钱的事情，当下便道：“我和孙库还挺投缘的，正好我有事和他说，我们去打车好了。”

陆弘看着吕男男：“你确定？”

吕男男点点头：“非常确定。”

陆弘点点头：“有件事本来想待会儿在车上和你说的，刚才有个地方台给我打电话……”

吕男男迅速截断他的话：“我刚才又想了想，觉得出租车毕竟没有私家车舒服。孙库，咱们还是饭店见吧！”说着不待两人说话，便钻进了陆弘的车里。

陆弘的车体现了他的性格，沉默且稳重，是黑色的SUV，内饰也很简洁，座椅是真皮的，坐起来确实要舒服许多。不过一路上吕男男和坐在后排的人说说笑笑，偏偏陆弘开口的时候她便不说话了，很明显是针对他。

她必须得让他知道，她不开心了！

到了吃饭的地方，吕男男也故意坐得离陆弘很远，不过陆弘就像是没发现似的，连一个多余的眼神都没有给吕男男。

饭桌上众人七嘴八舌地问吕男男：“听说你和我们陆队很早就认识了，我们陆队以前也这么酷吗？”

酷？吕男男不觉得：“反正和现在这样差不多……就是话挺多的。”其实她想说的是他嘴毒挺会压迫人的，可是考虑到种种，她换了一种表达方式。

众人炸开了锅："开什么玩笑，我们陆队是最沉默是金的那个人，恨不得整个人都变成金。"

"你认识的陆队和我们认识的肯定不是一个人。"

陆弘打断众人的七嘴八舌，道："嫌我话少？以后我多给你们布置点任务。"

众人齐齐沉默了一下，有人插科打诨说起了别的话题，众人不约而同地竟然都有了共同语言，吕男男终于明白原来陆弘在他们心中真的是"黑煤窑窑主"。

孙库和人换了座位，坐到了吕男男身边，偷偷问她："英雄，你和我们陆队在一起这么久，有……"

吕男男客观地打断他："是认识这么久。"

孙库点点头："对，认识这么久，他有没有什么特别丢人的事情，你快给我讲讲。"

吕男男认真地看着他："你真想知道？"

孙库重重点头。

吕男男看了眼陆弘，不巧正和他看了个对眼，可能是因为他太严肃，平时和下属关系也一般，这会儿正自己在那里喝闷酒呢。吕男男有些得意，看来不止自己和他相处不下去，是所有人都觉得他难相处啊。

吕男男收回眼神："你还记得你下午说过什么不？"

孙库一愣："哪一句啊？"

"最重要的那句。"

"英雄，我要拜你为师？"

吕男男翻了个白眼，虽然也觉得不好意思，但是为了钱包，她豁出去了："你说要请吃饭的，还算数不？"

孙库恍然大悟："算，当然算。"说完眼睛亮晶晶地看着吕男男，大型犬摇着尾巴一样，好像在说："快来曝光我们陆队的隐私，快来快来吧！”

不知道为啥，吕男男恶寒了一把，不过人家已经答应请客了，她也不好藏着掖着：“你知道陆弘学习很好的吧？”

“知道，全市第一。”

“学霸，长得又帅，多的是女生喜欢他，但是人家是‘高岭之花’啊，没人敢去表白。有个女生估计是特别喜欢他，正好两个人是前后桌，那个女生每天无论上课还是下课都要扭头看着他，然后他就告诉老师这个女生脑子有问题，让老师劝退那个女生。你说他多恶毒啊，竟然还有那么多人喜欢。”

孙库估计是第一次发现竟然有不喜欢陆弘的姑娘，惊奇地问道：“你不喜欢我们陆队？”

对此，吕男男只回了他两个字：“呵呵。”

孙库一下子就兴奋了，握住吕男男的手：“英雄！偶像！我要封你当偶像。你不知道，我们周围的姑娘全部喜欢陆队，害得我们一直打光棍。你找男朋友这事儿包在我身上，一定让你满意！”

吕男男抽回自己的手：“别，我有男朋友了。”而且她可不想自己的男朋友和陆弘有什么关系。

孙库拿出手机存好吕男男的号码：“以后任何我们队长的糗事都可以卖给我，一个消息一顿饭，怎样？”

吕男男大喜，伸出手和他击掌：“一言为定？”

孙库点点头：“一言为定！”

两人相谈甚欢，不知道谁提议玩游戏，因为是包间，喧哗声再大也不会打扰到别人，吕男男和孙库也加入其中。

说是玩“万里挑一”，但其实性质和“真心话大冒险”差不多。这种游戏吕男男最在行，可是某些时候，她在行没用，有人不在行啊！

这话还要从陆弘输了说起，本来事情也不会发展到后来那个样子的，结果偏偏陆弘输了之后，高墨琪来了，一番调笑之后她便坐在了陆弘身边。高墨琪是警队之花，众人早已把她和陆弘看作一对，两人也都没有否认过。逢此机会，便有人揶揄陆弘：“陆队，你输了，就得去亲在场最丑的姑娘！”

就在所有人都把目光投向高墨琪，而且高墨琪丝毫不介意被众人调侃成最丑的姑娘，甚至还一脸娇羞的时候，只见陆弘站起身笔直地站在那里，高墨琪也在众人的怂恿下站了起来，陆弘却没有去看高墨琪，而是转身了。在场明明有三四个姑娘，而且吕男男虽然不算顶级漂亮，但也是和漂亮有亲戚关系的，总之一句话，她绝对不认识“丑”这个字。

可是陆弘走到她面前，二话不说捧住她的脸就吻下来是什么意思！

如果她是高墨琪，和陆弘传了许久绯闻的那个人，或许她不会多想什么，可她不是啊，在这种情况下陆弘亲她就有点别的意思了，好像她真的长得有多丑似的。

于是，最后，她把陆弘给打了。

也不算打，只是推了他一下，奈何她天生力气大，加上陆弘喝了点酒，一个没站稳，便被推倒了，正巧碰到了额头。

悲剧就是撒狗血的动力啊。

吕男男最近过得很不好。自从发生陆弘被她推倒额头缝针的事件之后，虽然陆弘依旧说话算数让他们来录制节目，但俨然是把她打入冷宫了，就像是不认识她似的；加上一起出来录制节目的同事都知道她得罪了陆弘，有些牵扯案情的东西他们问不到就把原因归结到了吕男男身上，特别是主播白婷，每次看到吕男男都恨不得杀了她似的。

顶着大太阳买了盒饭回来，再把盒饭分发给每个人，吕男男已经累得一句话都不想说了，白婷身边的得力助手小曼却开始发难了：“吕男男，你怎么没买水？”

吕男男无语，刚才你们也没说要买水啊！而且他们来荒郊野外查案，只去买个饭她就走了足足半个小时，他们又不肯让她开车去，原因是他们要在车里乘凉。如果再跑半个小时去买水的话，她怀疑自己会中暑。

纠结来纠结去，吕男男又去威胁江文了："江文，你还记得我这条胳膊吧？"

江文他们也正在吃盒饭，听到吕男男的话，他赶紧道："姐，有事你说。"

吕男男往车里看了看，虽然陆弘不待见她，但是他队里这些人和自己关系还是很不错的。看到陆弘没在，她才压低声音开口："早上的时候我看到你们往车里搬了好几箱水，给我一箱成不成？"

"那得跟陆队申请……"

吕男男抬抬自己的胳膊，江文立刻道："来，我给你搬过去。"

事实证明，他们果然不是想要水，只是看她这个新人不顺眼而已，因为五分钟后吕男男又出发去给白婷买卫生巾了。

她绝对不相信世界上有这么巧的事情。

吕男男用手搭在额头上，一边走一边抱怨，三千五百块钱，可真是不值得啊！太阳这么大，晒黑了要白回来，三千五可不太够。

要知道，她平生最厌恨的就是陆弘和晒黑。

现在两样她占全了。

荒郊野外，车子都很少见，吕男男一边恨恨地提着卫生巾走着，一边咒骂陆弘是扫把星，突然她看到一辆车子停在了自己身边。吕男男眼睛一亮，这么巧也有人出来买东西？

然后她便看到了陆弘的脸。

心沉了下来，她幽幽地看着陆弘不说话，倒是陆弘，像是忘记了过去的恩怨似的问她："你怎么在这里？"

吕男男举了举手里的东西："来买东西。"

陆弘点点头，就在吕男男下了好大决心准备抛弃前仇旧怨原谅陆弘一回，去坐他的车的时候，却听陆弘道：“那你赶紧回去吧。”

然后，竟然，开着车走了？

说好的风度呢？说好的男人就是为照顾女人而生的呢？

好一个陆弘！吕男男只觉得自己的牙都要被咬碎了，要是安一正敢这么对她，早被她打死了！

说起安一正，他后天就要回来了，这算是她在这一段时间里听到的唯一的好消息。

幻想着有一天她能像奴役安一正一样奴役陆弘，吕男男在这种自我催眠中回到了车队里，然后便看到白婷站在陆弘的车外跟他说着什么，那嘴就差笑歪了。虽然看不清陆弘的表情，但是陆弘似乎不是很愿意和白婷聊天，因为他很快升起了车窗。吕男男忍不住给陆弘点了个赞，完全把他刚才是怎么对待自己的给忘了。

特意控制了情绪，等着白婷走近了，她才将手里的东西递出去：“白姐，买回来了。”

谁知道白婷刚才还一脸笑，看到东西却皱了皱眉，有些嫌恶甚至是粗鲁地将东西扯了过去，什么都没说就回车里去了。

吕男男无语，这也太差别对待了吧？

结果一抬眼便看到陆弘的车窗不知道什么时候又降了下来，她刚才的窘样完全被他看去了。

吕男男赏了他一个大大的白眼，没风度，就知道看她笑话！

上了后面一辆车，平时待人比较温和的几个同事悄声告诉她：“这已经是白婷第三次吃闭门羹了，明明去问其他队员也是一样的，结果她非要去问陆队长，你说她是什么意思。”

能是什么意思，不就是看上陆弘那头猪了吗，真是瞎了眼！

吕男男不想听和陆弘有关的事情，便问身边的同事赵璐：“咱们都来了两个小时了，他们怎么还没有动静？不是来破案的吗？”

赵璐朝不远处已经拉起了警戒线的地方努了努嘴：“因为陆队长说了要照顾我们的情绪，怕一会儿挖了之后我们吃不下。”

刚捧起饭盒的吕男男瞬间便失去了胃口，陆弘绝对是故意的吧！虽然胃口不是很好，吕男男还是强迫自己把饭盒里面的饭吃完了，最起码要保证下午的体力。

中午略微休息一会儿天气没那么热之后，陆弘队里的人便开始了挖掘工作。他们很认真，似乎害怕会破坏什么，而挖掘这个现场之前曾发现了一只断手还有一根肋骨，此刻摄像大哥正在拍那些已经装进透明袋的残肢。

现场还有另外的警力协助挖掘，还带了狗来，每一寸土地都挖得很细致。吕男男正看得入神，陆弘不知道什么时候出现在她身后：“你们留下一个摄像的就可以，其他人可以去车里等。”

众人好奇心正旺盛，纷纷拒绝，陆弘单独问吕男男：“你也不去？”

吕男男斜着眼看他：“我为什么要去？”

陆弘轻讽道：“怕你看了晚上睡不着。”

“你才睡不着！”吕男男反驳，“我是阴差阳错没能当上警察，不然我现在可是破案小能手，这种场景对我来说就是小 case，我……”

陆弘打断她：“那你站远点。”说完就去忙了。吕男男气歪了嘴，觉得陆弘就是故意来气自己才这么问的，要是她的心再脆弱一点，可不就要被他虐惨了？真是讨人嫌。

不过很快吕男男便明白陆弘可能真的对自己存了一些善意的，因为整个现场很快便挖掘好了，这场景就像是拍美剧似的，浅坑里埋了足足一排尸骨。

这完全超出了心理健康的人的承受极限，当下便有几个人直接回了车里。

吕男男站在烈日下，都觉得脊背发凉——这还只是一处抛尸点，这连环杀人凶手到底杀了多少人？

不远处正在现场播报的白婷面色就像她的姓氏一般，如果不是她的手微微在抖的话，吕男男会觉得她还是挺胆大的，事实上吕男男的腿也在抖。

待到最后，白婷也白着脸走了，只剩下吕男男还站在现场仔细观看。陆弘正在检查尸骨，扭头看到吕男男便皱着眉头对身边的人说道："把电视台的人都清出去。"

吕男男听到了却没有反驳他，反而上前一步："这不是人骨！"

她的话让所有人都耐人寻味地看了过来，吕男男紧紧盯着排列整齐的骨头开口道："这具尸体除了其中一根大腿骨，其他的都不是人骨，肋骨应该是牛羊之类的动物的肋骨，比正常人的肋骨长太多，腿骨也和整个身体不成比例。而且这些尸体里面只有两个有趾骨和掌骨，其中一具还缺失指骨，正是之前被人发现的那些。所以这里应该只有一个人的尸骨，因为拼上动物的骨头，才成了多具尸体。"

说完吕男男发现看自己的人还挺多，她有些不好意思道："以前上学的时候摸过好几个月的人造骨，就熟悉了。"

一个大叔笑呵呵地看着吕男男："作为一个外行，小姑娘分析得还不错。"

陆弘闲闲地拿着一个带角的牛头骨开口："作为一个外行，能看出这不是人的头骨，还挺不容易的。"

吕男男差点被气翻过去，虽然她刚刚看的时候已经发现很多头骨都对不上号，但是大家都看到了她便没有开口，她只是说自己分析出是一具人的尸骨而已，这样陆弘都不放过她，果然是积怨已深啊！她不退反进："我是说，这里统共只有一具尸体。"

本来吕男男没在意，说完这句话才深入分析了一下，凶手要把人的每一块骨头拆开，还拆得这么完美，完全没有断裂或者破碎痕迹，可见是个老手。吕男男已经不想去想象，凶手是怎么在短时间内让一具有血有肉的尸体变成一堆完美无缺的骨头的。

“小姑娘你来指一指哪些是人骨。”大叔的话拉回了吕男男的思绪。

陆弘先一步拒绝了：“我们是在破案，无关人员还是先出去。”

吕男男本来还有些害怕，但是听了陆弘的话，不服输的性子又上来了，走上前接过别人递过来的手套戴上，弯腰拿起了两根人的肋骨放在了一旁的空地上，不，不是放，几乎是扔。手里拿着这么个东西她差点儿就哭了，但是为了不让陆弘贬低自己，她硬是咬着牙又去拣了其他的人骨，没一会儿竟然真的拼好了一副人体骨骼结构图。吕男男正要洋洋自得一番，便见陆弘走上前调动了几根骨头的位置，然后又把脊椎骨的位置打乱重新排序，末了还对吕男男说：“上学时候就让你好好学，不懂就不要出来丢人现眼。”

吕男男一口气差点没憋死过去，还是那大叔出来解围：“外行人能做到这样已经不错了，小陆你也别要求太严了，这可不是你手下。”

陆弘轻哼了一声没有说话，指挥着众人把现场收拾了送去给法医鉴定，吕男男本着不服输的精神愣是从头参与到尾，再苦再累再害怕也没有多吭一声。不过，你以为这样陆弘就会放过她吗？

如果会的话，那就不是陆弘了。

工作结束之后吕男男正要回电视台的队伍里，便见陆弘追上自己的脚步，若无其事地问：“你说凶手是怎么用最短的时间把一个活生生的人变成一堆骨头的？”

吕男男感觉像是被人泼了一盆冷水。她故意忽略不去想的事情就这么被陆弘提起来了，如果有人告诉她陆弘不是故意的，打死她也不信：“我不知道，也不想知道。”说完又加一句：“你也不准告诉我！”

陆弘嘴角勾出一抹嘲讽的笑：“既然害怕，明天就不要跑那么靠前，你只是个助理，胆子也只比蚂蚁大一点，老老实实待在大后方就行。”

吕男男懒得搭理他，既然他们电视台来了人，参与破案没有资格，但是录制现场还是有资格的，总不能两眼一抹黑什么都不知道吧？陆弘这帮人是绝对不会主动告诉他们案情的，只能他们自己来摸索。

原本吕男男以为这样就能蒙混过关，谁知陆弘也不是好对付的，他问：“听到没有？”

吕男男没好气地道：“没有。”

“你要是不听话，我现在就打电话给你爸，让他来把你领走。”陆弘语出威胁。

吕男男像青蛙似的瞪大眼睛看着陆弘，咬牙切齿道：“知道了！”

随便他说，反正她都是要去的，吕男男才不怕陆弘。

挖掘结束之后众人并没有回市里，因为下午案情有了新发现。连着三个村子里出现行为异常的人——购买动物，然后剖尸刮骨。对于寻常专供人们食用的猪牛羊来说本来没什么，屠户多得是，可问题就出在对方传来的解剖照片，每一根骨头上都看不到血丝，可见对方刀法有多好。在这样紧张的时期，陆弘肯定是要亲自去看看的。

众人开车去那僻远的矛丁村，天色渐黑的时候，车队在一个宾馆外停了下来。电视台这边的人出门的时候也都带有行李，知道随时有可能不回台里，这是常有的事情。可吕男男不知道这件事，她除了带个包，什么都没带。

看着破得就快要塌下来的宾馆，吕男男有些无语问苍天。更让她无语的是，临着下车的时候，就是这么不巧，陆弘的车子和他们的车子停在了一起，然后陆弘一下车，便对他们车上的人说：“你们有空闲的人帮我拿一下东西吗？”

除了吕男男，所有人都觉得可以，于是这件事就落在了吕男男身上。

陆弘提着一个大箱子，吕男男抱着一堆看似很重的东西跟在他身后，恨不得用目光给他戳出个大窟窿来。陆弘步子很快，等到吕男男把东西抱到他房间的时候，便看到陆弘正在换床单、被罩！

这厮什么时候这么讲究了！要讲究的人是她好吗？住宾馆不换自己的床单、被罩就睡不着的人明明是她啊！

而且，她眼睁睁看着陆弘在把床单、被罩换完之后，竟然又从箱子里拿出了一只小熊！小熊！吕男男讽刺道："看不出来其实你心里住着一个少女啊。"

陆弘抬眼看了她一眼："是住着一个女人。"说完又补上一句，"好看的女人。"

吕男男气得七窍生烟，这厮分明就是故意的！真不要脸！"好看女人才不会喜欢你。"

陆弘丝毫不觉得自己被挑衅了，道："喜不喜欢我知道。"

……还能更不要脸一些吗？

眼看着陆弘把一次性牙具也拿出来摆好，吕男男却丝毫没有要离开的意思，反而坐在椅子上和陆弘聊天："陆弘，咱们认识有十年了吧？"

陆弘像是永远都停不下来，这会儿竟然又去烧水了："不记得了，想要套交情你找错人了。"

吕男男咬咬牙，这厮绝对不知道口德为何物！

"你记不记得你以前对我有多坏，我一个英语单词没背出来，你就让我举着凳子在雪地里站了两个小时，到现在，我的手在冬天还出冻疮呢。"

某人却丝毫没有悔过之心，只是问吕男男："然后呢？"

吕男男愣住了，然后他不是应该一脸歉意，继而让她提出要求吗？这人怎么总是不按常理出牌？吕男男默默地站起身，耷拉着嘴角："然后我就回我自己屋子了。"

一直走到门口，吕男男彻底绝望了。想也知道这厮绝对不会把有干净床褥的房间换给她，而且还有她睡觉必须抱着的娃娃，还有干净的牙具，这厮绝对是故意的。很快她的想法就得到了验证，因为陆弘喊住了她，吕男男心中一阵狂喜，这家伙终于良心发现了吗？

结果就听到陆弘说：“根据床单、被罩的颜色和磨损痕迹来看，这家宾馆的东西绝对用了超过三年。一年假如三百天待客，一个房间住两个人，那就是说有一千八百个人用过他们的床单，想想还挺不舒服的。”

吕男男瞪着他：“那又怎样？”

“不怎样，就怕某人睡不着。”

“睡不着你就和我换房间了吗？”

陆弘抬抬眼：“做梦。”说完还火上浇油，“对了，那只小熊是我侄女给我的，让我睡觉的时候一定要放在床头。她跟你一样，看不到熊就睡不着。”

吕男男觉得自己要气爆炸了，真是大大的贱人啊！就在吕男男爆发之前，陆弘的目光又移到了一次性牙具和一次性杯子上，这绝对是为她准备的啊！

“砰！”

吕男男重重地把陆弘房间的门关上了。陆弘看着门，挑了挑眉，手背在脑后躺下来，仿佛什么事情都没有发生过。

第三章
队长，亲一下吧

【吕男男心情愉快地道："你要换内裤就早说啊，你不说我怎么能知道，我不知道怎么开门让你拿……"她的话在打开门的那一瞬间仿佛被人生生切断了，为什么门外站了那么多人！】

半夜，吕男男无论多么努力，都睡不着。

第一是吓的，白天触摸尸骨的战栗她到现在还记得；另外一个关键因素是，她有睡前强迫症，一定要去厕所，可是这家宾馆的厕所不在房间里，而在楼道里，最最最重要的是，楼道没有灯。

不出门不知道，吕男男现在才发现自己的毛病真多，没有干净的床单、被罩睡不着，没有小熊睡不着，偏偏还怕黑！力气大也挡不住她怕黑啊！她连厕所都不敢去，如果让安一正知道了，会笑死她吧！

可是，不去厕所似乎也很难受。

经过了半个小时的心理建设，她终于忍不住要去厕所了。

开门，一步一步不知道是吓别人还是吓自己，总之吕男男汗毛都竖起来了，特别是从卫生间出来在走廊上迎面便碰上了什么东西！吕男男忘了自己学过的各种武术和搏击动作，下意识地就要尖叫，然后嘴巴便被人捂住了。

她的第一个念头就是，连环杀人凶手！

连环！白天才接触到，晚上就要来杀人了吗？她要死了吗？

“是我！”黑暗中有人低声开口，“手从我的脸上挪开！”

吕男男愣了半晌，僵硬的身体慢慢缓和，小声问：“陆弘，你怎么在这里？”

“怎么，只有你能半夜来厕所？”

吕男男有些恼怒：“你快把我吓死了你知道不！”

“哦。”陆弘不以为然，“那我不吓你了，我走了。”

吕男男拉住他的胳膊：“等下等下，既然大家这么有缘在这里碰到了，就要惜缘，我们一起走。”

嘴里这么说着，吕男男却在不死心地想着陆弘房间里干净的床单、被罩和小熊，她故意和他搭话：“陆弘，你额头没事吧？”

陆弘在黑暗中沉默着，似乎很不想回答这个问题，就在吕男男耐不住准备再开口的时候，他发出了一种类似于冷哼的声音：“缝了七针。”

……这个我已经知道了，真不用您提醒了。

吕男男假笑两声：“人们不都说伤疤是军人的荣誉嘛，你也和那个差不多意思吧。再说你这么帅，别说摔了额头，就是被泼了硫酸，照样有姑娘喜欢你。哎，我说，你走那么快干吗啊！”

再然后吕男男撞到了陆弘的背上，吕男男捂着鼻子发誓，如果给她一次重来的机会，她绝对不会选择认识陆弘！

而陆弘已经转过身子，黑暗中他的眸子微微泛着光亮，声音冷清：“吕男男，你……”

吕男男抓住这个机会踮起脚往他唇上吻了一下，果不其然陆弘愣在了那里。吕男男二话不说绕过他就往前跑，毫不犹豫地跑进他的房间一口气完成锁门、关灯、把自己丢到床上的动作。

心惊胆战地等了许久也没等到陆弘来敲门，吕男男琢磨着陆弘不知道又在想什么诡计，不知不觉间睡意来袭，一觉睡到了天明，然后在还没有睡醒的时候便听到有人敲门："开门。"

是陆弘的声音。

吕男男对他的声音向来免疫，也不急着开门，只是翻了个身："什么事？"

"拿东西。"

"什么东西？"

外面沉默了一会儿，语气强硬了一些："开门！"

吕男男终于有些清醒了，这世界上竟然还有让陆弘这么不要脸的人不好意思说出口的东西？跳下床，她在屋里转了一圈，然后把他的箱子翻了一遍，很简单的几件衣服和洗漱用具，撇撇嘴，这有什么不好意思说的？

陆弘在外面压低声音语带威胁地喊她的名字："吕男男，快开门！"

吕男男不耐烦地走到门口，然后一不小心瞥见了某人的内裤搭在椅子靠背上，她贱笑两声，对着门外说："你要换内裤啊？"

门外沉默了。

吕男男心情愉快地道："你要换内裤就早说啊，你不说我怎么能知道呢，我不知道怎么开门让你拿，你应该早点……"她的话在打开门的那一瞬间仿佛被人生生切断了——啊啊啊啊啊！为什么门外站了那么多人！而且你们那表情是什么意思啊！

陆弘黑面神似的站在那里，简直就是恐怖狰狞的代名词，只听他咬牙切齿地道："我来拿文件！"

吕男男一把将内裤丢到他脸上，说："你要的内裤！"说完迅速后退一步，把门啪地一声重重地锁住了。

哎哟，陆弘，你可真是我的大大的扫把星，我为什么要认识你！为什么！

片刻后，吕男男将陆弘所有的东西都丢进箱子里直接扔到门外，恨恨地瞪着他道：“你的东西！”

就是他，每次都害自己丢人！

门外传来江文的声音：“陆队，你们俩没事儿吧？”

这事儿是什么事儿，大家都心知肚明。

陆弘瞥了他一眼，将内裤慢条斯理地塞进箱子里，仿佛放的是一个再普通不过的东西：“你说呢？”

江文吓得后退一步：“我什么都没说。”

众人皆是一哄而散。

吕男男觉得丢人，连早饭都没有吃，可是有些人并没有忘记她。临着大家都去坐车的时候，小曼就站在楼道里大喊：“吕男男，来帮白姐搬东西！”

她是白婷的女佣吗，为什么每次脏活累活都让她做？对此小曼的解释是：“你力气大，多干点，不然多浪费啊。”

吕男男给她的逻辑点了个赞，二话不说，提着箱子就下楼。可是，这箱子里是装了石头吗？这重量可绝对不止五六十斤：“做女人就是麻烦，出个门都像是要搬家。”

陆弘那扫把星的声音从她背后传来：“你以为谁都像你这么汉子吗？”

吕男男扭头瞪他：“也没人总像你一样扫把星似的！”

陆弘的目光从箱子上挪开，不咸不淡地道：“本来想帮你搬的，既然你不领情，那就算了。”说完便加快脚步轻快地下楼了。

别啊，壮士！都是我错了还不行吗？

一步一步将东西挪下去，吕男男觉得自己已经累瘫了，结果又听到小曼说："别忘了还有我的行李哦。"

吕男男望天，这可真不是一个愉快的上午啊！

上午队伍很快便开到了矛丁村，现场比起图片有过而无不及，从走进院落开始便散发着一股浓郁的血腥气味。

刚开始现场勘查自然是不能让电视台这边的人进去的，即便他们可以跟随拍摄，但是案情进度除非等到案情明朗，否则是不会透露的，更不允许破坏现场。

吕男男钻到最前排探着头往里面看了看，然后便对上了陆弘没有情绪的眼睛，吓得她赶紧往后退了一步，嘴里嘟囔着："这种时候了竟然还有空盯着我，他对我绝对是真爱。"

另一面，她也没闲着，偷偷又打量了几下现场指挥，便去了村口。村口坐着三三两两的老人，年轻人一个都看不到，吕男男走过去和他们唠嗑："大爷大娘，怎么天这么热还坐在外面？"

其中一个牙都掉光了的大爷说："坐在家里也整天不见个人，还不如出来和这些老货们说说话。"

吕男男听着这漏风的声音抖了抖："家里没有其他人了吗？"

"年轻人都走光了，只剩下我们这些老货了。"

又有个老奶奶接话道："那可不是，小时候老师总让我们写作文，以后梦想当什么家什么家，现在可好了，终于当上老人家了。"

众人哄然大笑，吕男男也笑起来，这些老头子老太太说话可真好玩。她蹲在地上拔了一根狗尾巴草，貌似随意地问他们："平时你们有什么趣事儿不？"其实脑子高速运转着，琢磨该怎么开口问那间废弃宅子里面的事情。

"趣事儿那都是外头人带来的，我们哪里有什么趣事。"其中一个摆了摆手说。

吕男男咬了下狗尾巴草："外人？什么趣事啊？"

"前一段时间有人来收牛，花了钱买了之后自己在村里租了个屋子直接就杀了，也不运走卖，把牛砍成一块一块的，后来再去找他，人就找不到了。"

吕男男听了这话就琢磨着这事儿还是要和陆弘说一下，忍不住又问："是屠户吧？过年的时候不是总有宰猪杀羊的人上门来杀吗？"

"这可不一样，那人买了牛杀了之后只剔骨，肉埋在地里也不吃，就让生虫！"

吕男男恶寒了一把，那可不就是他们要找的人吗？

"那人有什么特征？你们认识吗？"

大爷不说话了，问吕男男："你是警察吗？"

吕男男摇摇头："为什么这么问？"

"昨天警察刚来问过一遍这个问题。"

吕男男好奇地问："那人到底是什么样的？"

"也没什么样，那人有点傻，每年都来收牛，不过今年最奇怪，竟然杀了不带走。"

果然是认识的？看来不可能是连环杀人凶手，这种人一般都很注意个人行为，绝对不会犯这么低级的错误："你们知道他叫什么名字，住在哪里吗？"

"每年都来，只知道叫志强，大家都喊他傻子强，听说是凤村的，你们去打听一下就知道了，昨天已经和警察说过一遍了。"

吕男男默默记下了地名，便听到有人问："姑娘，你们来这么多人做什么呢？"

吕男男指了指自己的工作证："我们是电视台的，来拍一些风土人情。"

其实她的本意是不想吓他们，想他们都一把年纪了，知道连环杀手在自己家门口待过，万一有个心脏病什么的可就麻烦了。结果她这话音才落，眼前的一群老头子老太太就争相开始斗嘴了："那我们是不是可以上电视了？"

"我要第一个上电视。"

"你放屁，我才是村长，你让开。"

"你这么丑别吓到人家城里人。"

吕男男无语地看着这群人，因为这么个小事也能全员参加"战斗"，要是把精力用在别的地方，说不定早就发财致富了。

其中两个人竟然推搡了起来，虽然开玩笑的性质大一些，但是对于不知情的人来说就不一样了，特别是白婷，在听了事情的原委之后当场就对吕男男怒道："吕男男你在这里胡说什么？谁让你散布谣言的？"

吕男男虽然大大咧咧的，但是对于白婷这样一而再、再而三地当面为难，她也恼了，想干脆撂挑子不干了。可她还没说话呢，陆弘那扫把星又开始打圆场了："行了，再闹你们以后都别跟着了。"

白婷恨恨地看了吕男男一眼转身就走，吕男男又恨恨地看了陆弘一眼，扫把星！大扫把星！

就在她要走的时候，陆弘握住她的手腕，沉着脸问："怎么，我给你解围也错了？"

"要不是你，他们能看我这么不顺眼吗？！说白了还是你的错！"

"哦，你吃饭被噎到是我的错，喝水被呛到是我的错，现在跟同事关系不好也是我的错了？可别忘了当初是你求着我，非要跟着来拍的！爱拍不拍，不拍赶紧走！"陆弘看着吕男男一脸厌弃的表情真是气不打一处来，这个女人简直就是不可理喻。

吕男男想打人，非常想打人。原本陆弘已经走了，但是吕男男还是跟了上去把打听到的事情跟陆弘说了一遍，工作和私怨她还是能分开的，说完之后她还发表了自己的意见："我觉得这肯定不是凶手，而且他埋下去的肉也要全部检验一遍DNA，说不定哪块就是……”那两个字她说不出口。

就在她以为会被陆弘鄙视一番的时候，陆弘竟然破天荒地开口了：“这个消息你可以分给你们台里去拍一下。”

吕男男懂了，也就是说这些外在因素和案子的关系并不很大。

白婷在听到这个消息的时候对吕男男不阴不阳地说了几句话，然后便笑眯眯地去采访那些老人了。吕男男无语，这女人还真是……比陆弘还难伺候！

一整天的时间，车队走访了三个村子，看了三个现场，每一个现场都和第一个一样，不同的是后面两个现场并没有把动物身上的肉埋入地下。每到一个地方，吕男男腿脚比陆弘队里的人都勤快，几乎是每家每户都去做调查了，等到最后一户的时候，陆弘将她拎了出来，黑着脸警告她：“你再干扰我们破案我就让他们把你送走。”

吕男男无语，不耻下问：“我怎么干扰你们了？”

“第一，这里你人生地不熟就随意跑到别人家里，如果其中某一个真的是凶手你怎么办？第二，你跑得比我们这边的人还快，没有人有耐心回答同一个问题三遍。所以，要不你离开，要不你和别人组队一起，你选？”

“其实你是爱我爱到无法自拔，怕我出事，所以才一定要我和你们队里的人一起的吧？”吕男男故意恶心陆弘，不过她确实跑得太野了一些。

陆弘的表情就如吃了苍蝇一般，他后退了一大步，说了一句话：“你想得太多了。”

吕男男干笑两声：“你有没有发现一件事，这三个命案现场都有一条蓝丝带？”

“这不叫命案现场，叫屠宰现场。”陆弘纠正。

现在是讨论这个的时候吗？难道神探都是这样不按常理出牌，完美地避开所有重要线索的吗？

在吕男男正无语不知道该怎么接话的时候，陆弘又开口了：“说丝带的事情。”

吕男男点点头：“一般来说屠户在宰杀动物之前都会绑红丝带，这几乎是这个行业不成文的规定。因为传说有一个屠户因杀戮太多动物身上聚集了一些动物怨气，最后祸及家人，最后来了一个道士给了他一条带有符文的红丝带，让他每次宰杀动物之前都绑在刀上，后来果然有好转，红丝带就这么流传了下来。蓝丝带是绝对没有的。找到这个屠户一定要问他为什么要用蓝丝带，我觉得这是关键，因为说不定他就是上一起案子的凶手。”

陆弘的眼神就像是机关枪一般把吕男男上下扫视了一番，嘴里依旧没什么好话：“看不出脑子竟然还有好用的时候。”

吕男男恨不得瞪出眼珠子给他看，咬着牙一字一句道：“我是在帮你！”

“倒忙就不用帮了，因为这个屠户只是在模仿。”

模仿？吕男男怀疑这话的真实性，他都还没见到对方呢就这么肯定，这话虚头太多。正在她要发问的时候，陆弘又开口了：“不过你说的蓝丝带确实有用，虽然我已经知道了。”

……能不要这么打击人吗？

“知道这个屠户为什么不是凶手吗？”

吕男男愣了一下，没想到陆弘竟然愿意和自己讨论案情，这实在不是他的风格：“为什么？”

陆弘点点头：“不知道就对了。”

然后……竟然抬脚走了！这都什么人啊！

当晚他们赶到小镇的公安局的时候，众人都已经疲惫不堪，摄制组只去了两个人，连白婷都不愿意再跑了，于是只有摄像大哥和吕男男勇猛地冲去了前线。

屠户傻子强早就被带来调查了，连摄像大哥都在打哈欠，吕男男却没有丝毫困意，只透过玻璃听审讯室里面的对话。

“为什么宰杀牛之后不带走肉？”

傻子强的笑都显得很傻：“因为要学习。”

“学习什么？”

“怎么把骨头剔得更干净。”

吕男男听到这里差点吐出来，陆弘之前问她想不想知道怎么把有血肉的身体变成骨头，现在她已经知道答案了。

“为什么要学习？”

“手法好，技术好，老师好。”

“哪个老师？”

傻子强摇摇头：“不认识。”

“你从哪里认识的？”

“视频里。”

“什么视频？哪里来的视频？”

傻子强摇头：“不知道，就有了，手机里。”

“自己下载的？”

“什么是下载？”

“有用你的手机时间较长的陌生人没有？”

傻子强不说话了，只低着头玩自己的手。

吕男男看不出傻子强是不是真的傻，但是从他的举止来看，也能看出他和正常人绝对不一样，他的表现更像个小孩子，却又不是心志不健全之人，应该是小时候头部受过创伤。

“喜欢宰杀动物吗？”

傻子强弱弱地抬头看了一眼陆弘：“喜欢。”

陆弘点点头：“你所在的屠宰场没有办理检疫证，你们现在的行为属于私宰牛羊，无证肉品是不允许在市场上流通的，你们现在的行为已经违法。”

傻子强果然紧张了。

陆弘重复之前的问题：“你的手机被谁拿走过？”

“城东，爱梯电脑，下片。”

……竟然是去下片的时候下的这个东西，也是神奇，这是无意间破获了一宗淫秽传播案吗？可真有够幸运的。

陆弘问的最后一句话是：“你信什么教？”

傻子强反问：“什么教？”

吕男男电光石火之间想到了现场留下的香灰，而且这个傻子强衣着干净，明显是刚刚收拾过，又不可能是提前知道要来警察局才收拾得这么妥当，可见平时便是如此，可是这和他的职业还有本人性格太不匹配。她倒是听说过有些屠户在宰杀牛羊之前会焚香沐浴祷告，但是这显然不是傻子强会做出来的事情。陆弘之前说过他只是在模仿，当时她还不信，现在再看，对陆弘生出了一种陌生的情绪，简单来说就是一直被她看不入眼的人竟然真的有两把刷子，这可真是一件伤心事。

陆弘走出来简单交代：“他不是凶手，去查一下那个爱梯电脑。”末了又隔着窗户点了点傻子强，加上一句，“这个人，也要重点关注。”

吕男男倒是理解陆弘的这种做法，对于傻子强这种心理不健全的人，如果被人有意引导的话，很有可能会走上不归路。

陆弘还在一旁和几个人讨论，吕男男跟着傻子强走出走廊拐个弯下了一楼，她歪着头看傻乎乎的傻子强：“你是傻子吗？”

“我不是。”傻子强朝着她憨憨地笑了一下。

“你不是吗？”

“别人都说我是。”

“那你就是了。”

“我不是。”

“那你到底是还是不是？”

“我不知道。”

吕男男走回去碰到陆弘，便拉着他吐槽：“你是神算，这个人绝对不是凶手，他就是个傻的。”

陆弘嫌弃地用手拍开吕男男拉着他胳膊的手：“这叫正常推理，你不懂。”

……还能愉快地聊天吗?

陆弘拿了一次性杯子去接水：“我让江文送你回去。”说着递给她一杯水皱着眉头道，“本来就不好看，嘴巴还这么干，回去好好洗个脸。”

吕男男对陆弘的讽刺早已习惯成自然：“我不走，我要看看那个爱梯电脑的人搞什么花样。”

陆弘不耐烦，喊了人来，直接甩过来两个字：“清场。”

于是吕男男和摄像大哥直接被丢了出去，吕男男站在大门口看着为人民服务的字样气得翻白眼，说好的人民警察为人民呢？！

回到宾馆，吕男男洗漱一番，一身轻松躺在床上再也不愿意动一下。这个宾馆比之前住的好，最起码有独立卫生间。她和赵璐一个房间，赵璐询问了她去警局的事情，吕男男便把事情讲了一遍，赵璐在那里开玩笑道：“这人还玩高科技、高智商犯罪？跟演美剧似的。”

吕男男叹了口气：“凶手这么大费周章，我感觉放视频的人也不是真凶。”

赵璐换了个台，正好演到《非诚勿扰》，和吕男男说了几句便没有兴趣，专心去看节目了。吕男男用手机搜了一下蓝丝带和屠户等关键字，什么都没找到，脑子里胡乱想着今天拜访的人家细节，最后什么也没想出来便陷入了沉睡，跑了一天确实累了。

梦里吕男男不断地梦到这两天的现场，最后看到一副骷髅架子坐了起来，吓得她也直接从床上掉了下来。一看窗外，竟然已经天明，想到爱梯电脑的时候，吕男男再也睡不着，干脆起床洗漱了一番去吃饭。

谁知竟然这么巧，正好在食堂碰到了陆弘一群人，江文招呼着她坐下："姐，来坐这里。"

吕男男拿了自助餐在江文拉好的椅子上坐下来，开口便问："爱梯电脑那个怎么说？"

江文正要说，便见陆弘看了他一眼，生生把话咽了下去："没查出什么。"

吕男男当然看到了陆弘和江文之间的"眉目传情"，恨恨地用筷子捣着碗，就像是捣着陆弘似的，正怨愤地看着他呢，便见陆弘看了过来，吕男男撇开眼，用动作告诉他，她很不想搭理他！

不过为了工作需要，最后吕男男还是小尾巴似的跟在陆弘身后："你为什么就是不想让我知道？"

"机密。"陆弘想要让她退出这个行动，但是看着吕男男一脸坚定的表情又开不了口，于是他说，"你们可以跟拍，可以猜测，但是我不会告诉你们案情。"

吕男男略微思考一下便答应了，陆弘这个要求很合理，事实上他们也是没有资格过问案情的，不过吕男男不是很相信陆弘的人品："你不会在背后搞破坏吧？"

换来的是陆弘的白眼，显然陆弘觉得她是白痴，不过吕男男还是很高兴："等我转正了让我男朋友请你吃大餐。"

陆弘黑了脸，轻嗤一声，直接抬脚走人，吕男男跟上去：“你说吃什么就吃什么。”

陆弘依旧不理人，吕男男还在叽叽喳喳，便见陆弘忽然停下来，吕男男不防备肩膀撞了他一下，便见陆弘居高临下地看着她：“我们车上没位置了。”

……她有说她要坐他们队里的车吗？虽然她是这么打算的。

看着离开的车队，吕男男龇了龇牙，稀罕！

爱梯电脑所有的硬件都被搬到了局里，市里派了两个专家过来，没日没夜地寻找线索，店里从老板到伙计每个人都盘查了一遍，没有任何收获。

没有进展，所有人却都要守着，休息室里没多久就坐满了打哈欠的人，吕男男四下转悠，便看到江文几个人正围着电脑在看从傻子强那里得来的视频。吕男男站着看了一会儿，猛然睁大眼睛，转身就跑去找陆弘，却正好看到两个警察带了个人进来，是个黄头发的年轻人，看到吕男男还冲着她吹口哨，嘴里招呼着：“美女，你也被抓进来了？”

吕男男看他的表情就想上去踹他一脚，不过最终还是忍住了，问旁边的人：“他怎么了？”

“给傻子强下载影片的人就是他。”

原本吕男男还觉得这人是个倒霉催的，只要他配合一下回答影片从哪里来的，就不会有人追究他下载黄片的事情，但是看到他那一副样子，她觉得这个可能性已经消失了。

虽然这倒霉催的看起来很不靠谱，但是还算老实，问什么答什么。

原来这人是之前在爱梯电脑打工的员工，喜欢背着老板给顾客下载影片，和傻子强也是认识的，见到他来，就多给他下载了一部。

“这部影片你从哪里来的？”

“网上下的。”

“哪个网？”

倒霉催的一脸不耐烦：“就一个QQ群里，我和傻子强是好朋友，看到这种他需要的东西当然是给他了，难道我要发给警官你吗？”

平头警察严肃着一张脸：“好好说话。”

“好好好，你想问什么，我都交代。”

“把你的QQ账号和密码写下来。”

倒霉催的一脸倒霉地看着对方：“警察叔叔，那个群早在一周之前就已经解散了，现在连灰都不剩下了。”

“这个不用你管，写下来就好。”

倒霉催的点点头，拿着笔去写，又问了他几个问题，他都一一答了，但是已经可以肯定他只是无意间见到这个视频的，也就是说这个案件又陷入了死胡同。

吕男男想到之前自己发现的问题，便想去和陆弘说一下，只是陆弘早已“忙成狗”，加上她根本进不去他们的会议室，她便一直在门口等着，然后果然等到了好不容易抽出时间去卫生间的陆弘。

吕男男跳起来跟着陆弘一起走，前后看看没什么人，便神神秘秘道：“我知道上传视频的人是什么身份了。”

陆弘分了一个眼神给她：“厨师。”

哎哟，神算啊！“你怎么知道的？”

陆弘简单地回答了一个字：“手。”说完看吕男男一副“我就是不能明白”的表情，叹了口气，“你这种智商跟你说了也是白说，你们摄像拍一下，后期我会让人告诉你们细节，你也不用知道这么多。”事实上陆弘只是不想她过多参与案子，她已经比他组里的人都积极了，但是他并不需要一个“外来户”，更何况这个“外来户”还是吕男男。

吕男男最不能忍受陆弘看低自己：“你不说我也知道，是他切肉的手法，特别是他处理牛外脊的时候特别小心，和他干净利落的手法很不一样。切完了牛外脊他还下意识地片了一个刀口，只有做西餐的厨子才会在意牛外脊这个部位，这个部位通常是餐厅做牛排用的。看他身上穿的罩衣，虽然是新买的，但是质量上乘，所以他可能是在档次较高的星级酒店或者会所工作，对不对？”

“他的拇指和食指明显粗大，手掌却并不粗糙，可见环境很好，只是，”陆弘转头看吕男男，“怎么才能找到他？”

吕男男噎住了，敢情她浪费半天口舌，陆弘就在这里挖了个坑等着她呢？她没好气地道：“我怎么知道。”

“这种影片能够上传成功，一般会是什么网站？”

“当然是小网站。”这可是禁播的东西。

陆弘点点头：“怎么找到这个网站？”

“当然是去查一下那个 QQ 群里的成员所有的上网痕迹了，只是那个群不是已经解散了吗？”

“只要有结果，就会有过程，这年头想在网上犯罪，除非你真的技术很过关或者很有钱。”

吕男男愣了下，明白过来：“你这是在教我吗？”

陆弘没有回答，因为已经有人帮他回答了——陆弘电话响起来，里面传来清晰的声音：“陆队，网络部那边分析出来几个可疑网站，确定之后我会发到你邮箱。另外，那个厨师的身份也有些头绪了，很快就会有结果。”

……吕男男无语，搞半天她邀功似的来找陆弘根本就是自己在自作多情啊？

陆弘挂了电话看着吕男男：“怎么，要跟我一起进去？”

吕男男愣了下，不知道陆弘说的是什么意思。下一刻陆弘已经转身走了进去，吕男男一看，脸色立刻变得通红，哎哟，竟然已经到男厕所门口了！

当晚众人便拔队回到江城。厨师的身份不是一时半会能够确定的，但第二天还是找到了那个叫张闯的厨师，他是被直接从厨房带走的。吕男男分析得没错，张闯工作的地方确实是一家五星级酒店。

审问的时候张闯听到市郊的命案先是愣了一下，随即很快便承认了。这个结局出乎了所有人的意料，他们跑了那么多地方，这样一宗大案子，就这样靠着凶手留下的明显线索破开了？

不不不，这不科学，凶手应该是一个经验老到、反侦察意识很强的人，绝对不会是眼前这个你问一句他承认十句的人。

陆弘推了一沓图片到张闯面前，问道：“这些案件都是你做的？什么时间，什么地点，有没有旁人协助？”

张闯的表情一下便白了：“不不不，这些不是，只有那一个是，只有那一个。”

“一模一样的手法，不是你，还能是谁？”

张闯整个人都抖了起来：“真的不是我，我没有杀过这些人。”

吕男男看着这情形觉得事情不太正常，这个张闯绝对有问题，视频可能是他上传的，但是是谁帮他拍的？拍的时候他还和对方有说有笑的，显然是很熟悉的人，而且询问他是否杀人的时候，他的情绪也平静得过了头。

去抓人的时候吕男男并没有去，所以细节她并不清楚，但是她敢肯定陆弘他们肯定忽略了某些细节。这么想着，她便等不了陆弘审讯完毕了，想要拉赵璐和摄像大哥一起去张闯工作的地方看看，结果两个人都非要等张闯审讯结束才肯去，吕男男心急难耐，干脆自己打车去了。

路上吕男男给张琳琳打了个电话，告诉她自己已经回来了。张琳琳在电话另一端阴阳怪气道：“和陆弘在一起感觉怎么样？”

吕男男呸了一声："谁要跟他在一起！我有男朋友的，谢谢，而且我男朋友明天就回来！"

张琳琳在那边嘁了一声："你确定回来的是你男朋友而不是你女朋友？"

"滚。"

挂了电话，吕男男已经到了酒店外面。人并不难找，但是大多经营生意的都不愿意惹官司，所以吕男男是偷偷跑去后厨打探消息的，而且竟然真的给她打探出来了一些消息——原来张闯是有一个徒弟的，只不过这两天请假没来，而且据说张闯是离过婚没有孩子的人，平日只和这个徒弟亲厚。当下吕男男便打探了员工宿舍地址，准备去拜访一下这个徒弟。

她到了员工宿舍的时候，张闯的徒弟张洪正在公共水房洗衣服，因为是上班时间，宿舍很安静，只能听到张洪这边水哗啦啦流下的声音。吕男男站在水房门口看他："张闯是你师父？"

张洪和时下大多数年轻人无异，见到陌生人也有一丝警惕心，但是看到对方是女人便放松下来，说："是我师父，他怎么了，你们为什么要抓他？"

"他平时喜欢做什么？"

张洪问了问题，吕男男没有回答，他自然不高兴："不知道。"

吕男男并不绕弯子："他杀了人。"

张洪愣了一下，明显很震惊："什么？！不可能！"

"他自己承认了，我是电视台的，来采访了解一下他的日常生活。"

"他怎么会……"张洪明显想说什么，说了一半便打住了，"你问错了人，我只是跟着他学艺，他的私事我不清楚。"

"学什么艺？"

"我为什么要回答你？"张洪脸上已经有了愤怒。

吕男男直觉张洪有什么话瞒着不说，但是她又看不透，于是她问道："你师父是厨师，为什么当起了屠夫？"

张洪略微思考了一会儿才回答："他喜欢上一个叫龙行天下的网站，里面的人都是变态，喜欢交流怎么虐杀动物。我劝了他很多次让他不要再上那个网站，他不肯听，但是他不会杀人，他只是个厨师而已。"

吕男男点点头，正想问他关于网站的事情，电话便响了起来，那边传来陆弘略带急切的声音："你在哪儿？"

吕男男看了看张洪，然后说："我在逛街，有事？"

陆弘的声音愤怒得就像是火山爆发："吕男男你是不是猪？你赶紧给我离开那个叫张洪的人！"

吕男男背后生出一丝凉意，陆弘怎么知道有张洪这个人？而且他这么说，明显是因为张洪有问题。哎哟，要不要这么吓她？虽然她武功天下第一，呃，自称的，但是从来没和杀人犯交过手啊！

略微镇定了一下，吕男男笑了一声："行了，我知道了，晚上我在凯德广场等你，说了好几次请我去吃大虾的，这次你可别忽悠我！"

说完她便收起了电话，然后问张洪："你有女朋友了吗？"

张洪面色隐忍，却并不口出恶言，只是说："没有。"

吕男男点点头："男女朋友什么的就是麻烦。对了，你还没跟我说网站的事情呢，这样，你把地址发我手机，这是我名片，我男朋友催着让我赶紧去见他呢。"

张洪微微低头接过吕男男的名片，吕男男看到了他的手，是一只常年握刀的手，真正粗糙的手，连张闯的手都比他的细腻一些，只看手就知道他生活得并不好。她见过种地的农民，手宽且厚，还发黄，是真正劳动者的手，而张闯的手便是这样。她冲着张闯笑了一下："一定要发给我，而且过两天我同事可能还要来采访，你得配合一下，可以吗？"

"不可以。"

吕男男假装面色为难："我们到时候再说，你记得发给我，我要先走了。"

吕男男并没有立刻走，一直等到张洪微微点头才转身离开，尽量用平静的步伐往前走。直到拐弯进了楼梯，她再也忍不住两阶两阶地大步往下走，一直跑出楼栋才松了一口气，一边往前走一边给陆弘打电话："你刚才说那句话什么意思？"

"你出来了？"陆弘的声音绷得很紧。

"出来了。"

然后吕男男便听到陆弘似乎是松了一口气："你往外走，我去接你，你……"

吕男男没来得及听完陆弘说什么，因为她用余光看到了身后张洪跟了出来，她步子加快，张洪步子更快，明显是冲着她来的。吕男男咬咬牙，干脆跑了起来，再然后两个人就打了起来。吕男男虽然胆小，但是真打起架来也是个中好手，完全占了上风，却没有下死力，因为不知道对方身上有没有刀具，只把张洪打倒之后便疾步往外跑，完全发挥了百米十秒的精神不要命地往外跑。天色已经渐渐黑了下来，因为出去要穿过一片草坪，在她跑过绿化树的时候，整个人突然被人拦腰抱了起来，吕男男下意识地就要攻击，然后双手便被人制住："是我！"

吕男男愣了许久，整个人就像是绷紧的绳子忽然放松了一般，在陆弘怀里软了下来，声音沙哑还带着微微的委屈："你怎么来了？"

陆弘并没有立刻放开她，而是拍了拍她的背："没事了。"

这句话在吕男男心中起了安定性的作用，她伸手紧紧抱了一下陆弘，确定他是真的存在之后才松开他："张洪在追我。"

"没事，我先带你走。"说完便拉着吕男男往外走，只是两个人的脚步才动一下，便听到安静的环境里传出来的沙沙声，是树叶的声音，可是现在没有风。

吕男男不怕正面对战，但是毕竟没有实战经验，偷袭什么的她不知道自己能不能应付，整个人都绷了起来，完全就是惊弓之鸟。

陆弘握住她的手：“走。”

吕男男连下脚都不敢太用力，不停地打量周围的环境。因为是高级酒店，绿化很好，整齐的草坪上种着一排绿化树，完全看不到人影，加上越来越暗的天色，吕男男就差跳起来爬到陆弘背上以防他丢下自己跑走了。

浓密的树叶里飞出来一只鸟，原来之前的声音是它发出来的，吕男男松了一口气：“吓死人了。”

陆弘没有回答，吕男男正要回头去看陆弘，便见他一把推开了自己，她的膝盖磕在绿化带和道路的隔层上，疼得锥心，只是她没有骂出声，因为她被眼前的景象惊呆了。

她一直都知道陆弘所有的项目都是优秀出挑的，只是……这动作完全就像是加了特效，他赤手空拳对战拿了铁棍的张洪却完全不落下风，拳风腿风干净利落。如果一定要用一个电影人物来形容的话，就是《杀破狼》第二部里面的张晋，对于他的动作只有一句话：衣服都不用脱就已经把事情办完了。

这不是“加了五毛钱特效”，而是“加了五块钱特效”，吕男男完全目瞪口呆了。

以至于一直到张洪被赶来的警察带走，吕男男都没能反应过来。她以前觉得自己已经很厉害了，虽然一直打不过陆弘，但是最起码也不会差太多，可是今天她重新认识了自己，如果说陆弘有十分的话，那么她只有三分。

三分！

说好的死对手毁三生呢？

处理完一切的陆弘显然没有了之前的温和，又恢复成高冷的模样：

“吕男男，谁让你私自行动的？”

“我……”吕男男理亏，小声道，“我这不叫行动啊，我就是随便来打听下。”

“打听到什么了？”

“也没什么，就是师父徒弟什么的，你不是已经知道了？”吕男男很想大声朝他吼，但是实在理直气壮不起来。

陆弘轻嗤一声：“你除了会拉后腿还会做什么？”

吕男男怒了，这人也太得理不饶人了，而她又恰好是吃软不吃硬的性子，便顶了回去：“我拉后腿？我拉你什么后腿了？我让你来救我了吗？你真以为我打不过那个张洪？你自己爱自作多情就别来批评我！”

说完又有些后悔，觉得自己太冲动，但是她是面子至上的人，梗着脖子怎么也不肯低头。

本来以为陆弘会骂她一顿，就像是以前那般，谁知道陆弘只是冷冷地看了她一眼便走了。吕男男想去追，但是膝盖疼，面子也疼，干脆自己生闷气跟在后面。当然，事情和她猜测的一模一样，陆弘直接开车走了，丝毫没有要捎带她的意思。

落面子，真是落面子，吕男男气得想打人，非常想打人，于是，看到安一正，吕男男二话不说把人拉到拳击馆打了一顿。

解气之后，吕男男拉着安一正要去吃饭，安一正耍赖坐在地上：“我不去。”

“不去还打你。”

“打我你就是猪。”

“这是拳击场又不是家暴，不算打你。”

安一正挑着桃花眼自下而上地看她，略带委屈道：“枉费我一天到晚睡不着觉，想着你的伤，想着你是不是快死了，谁知道一回来你就糟蹋我。”

吕男男踢了他一脚，骂他："你才快死了呢！你走不走，不走我动手了啊！"

"走走走！"安一正被她拽起来，抱怨道，"你说你这样谁敢娶你啊，别的女人厉害那叫母老虎，你简直就是一阎王爷。"

"那你还不跟我分手。"吕男男毫不在意他的讽刺。

"分手了我去哪儿再找一个这么好的女朋友。"安一正看着吕男男忽然咧开嘴露出大白牙。

吕男男有些嘚瑟："那是。"

安一正继续道："又不嫌弃我出去泡妹子，又能客串我妈帮我赶走不识趣的女人，简直就是我的良配啊！男男，我一定要娶你的。哎哎哎，你别踢我啊！我可是你未来老公！"

"我看你是想变公公吧！"

"吃饭吃饭吃饭，你想吃什么，咱们就去吃什么，就算你想吃屎，我也陪你去总行了吧？哎哟！你又打我！我要跟你离婚！"

两个人一直吵吵闹闹到饭店，在安一正坚持不懈的追问下，吕男男终究是憋不住话把陆弘从头骂到脚，骂完了还不解气地反问安一正："你说我怎么就这么倒霉呢，才回国多久啊，又沾上了这个扫把星！你看我胳膊，现在还有这么大一块疤呢。"

安一正的精神层面永远不可能和吕男男同步，她明明在抱怨陆弘，可他偏偏把重点放在另外一个地方："你说你小时候打架脖子上留疤，后来肚子上有疤，腿上也有疤，现在好了，连胳膊也有疤了，唯一没有疤的这张脸又不是很好看，我要再考虑一下要不要娶你。"

吕男男抡起拳头："你考虑？拜托，一直是我看不上你好不好，敢不娶我，我现在当众就打死你。"

安一正手放在胸口，一脸视死如归："打死我也没用。"

在此期间，陆弘也在这个饭店吃饭，而且对面还有几个朋友。好巧不巧的是，他们的位置和吕男男的位置正好相邻，所以吕男男和安一正说了什么，几个人听得清清楚楚，有人问陆弘："这说的该不会是你吧？"

陆弘黑着脸："真不巧，正是我。"

众人愣了一下，哈哈大笑。吕大鹏打电话过来的时候正好说起了吕男男，陆弘便告诉吕大鹏吕男男在这里，于是吕男男在要动手打安一正的时候，便听到一记低沉的嗓音："吕男男，接电话，你爸。"

吕男男愣住了，陆弘？她怎么这么倒霉，连吃饭都能遇到陆弘！这到底是作了什么孽啊！

而且吕大鹏找她干吗要打陆弘的电话？狐疑地接过去，便听吕大鹏在那边怒道："你这个死孩子！受伤了怎么也不和家里说！"

亲爹，您说的已经是两个月之前的事情了好吗？

遥记当年她考上高中要住校，某次趁着周末回家碰到吕大鹏，他竟然问她："好像好几天没见你了，去哪儿玩了？"

亲爹，她只是去上学了好吗？

但是话显然不能这么说，于是她道："我又不是快死了，小伤而已，在医院包扎了一下就出院了，你现在调去了外地，告诉你干吗呢。"

"听说陆弘还挺照顾你？那孩子不错，心眼也实在，你可别欺负他，以后要好好和他相处，万一你们又看对眼了……"

瞧瞧，每次提到陆弘吕大鹏就忍不住把她这个女儿推销出去。她有些怪异地看了看陆弘，这厮到底给吕大鹏灌了什么迷魂药，而且吕大鹏口中的心眼实在的老实孩子真的和她认识的陆弘是一个人吗？

"行了行了，吕大鹏，我在跟安一正吃饭呢，让他跟你打个招呼。"

她的话音才落，就听安一正道："岳父，是我，正正啊！"

……吕男男毫不犹豫地朝着安一正的头拍了一下。

安一正委屈地对着电话告状道："岳父，您得管管您闺女，她老打我，再这样下去我可不娶她了。”

吕男男心想：我不但要打你，还要打死你好吗？

把电话还给陆弘，吕男男已经不想去看陆弘的表情了，而且看陆弘，似乎坐在和他们相邻的隔间？刚才她都骂了他什么？厚颜无耻，宇宙里最大的扫把星，一坨屎？

好吧，她已经不想回忆了。

陆弘接过电话转身说着什么，虽然他刻意压低了声音，但是吕男男还是听得一清二楚：“伯父，男男看着挺不错，吃的比猪多，饮的也不比牛少，就是和以前一样没长脑子。行，没事我再带她去医院看看。”

吕男男深呼吸，再深呼吸，她听不到，听不到。

安一正说：“陆弘总结得挺好，我得把这事儿发微信朋友圈去。”

于是吕男男又让安一正亲自体验了一番什么叫不作死就不会死。

案子很快便出了结果，只是吕男男和陆弘吵架，谁也不搭理谁，她在警局里蹲点的时候消息来源自然少了许多，他们台里的人又几次去警队打探消息而不得，所有人便都逼着吕男男给陆弘打电话，结果连打了几个陆弘都没接。吕男男只能转而给江文打，结果无论她怎么逼他，江文就是不肯告诉她，倒是孙库提点了几句：张闯和张洪竟然都不是凶手，不过张闯和张洪有一个共同点就是都往同一个账户上打过钱，而这个账户的主人林毅和他们谁都没有直接接触；最后查出来张闯认识林毅的母亲，并且在很长时间内保持不正当联系，而林毅便是张闯和这个出轨少妇生的儿子，真正玩虐杀动物网站的也是这个林毅；至于张洪想要引火上身是因为他是张闯捡来养大的，真是……好一出虐杀剧。

市郊的杀人案，林毅有重大作案嫌疑，由于被害者是一个流浪汉，而他只是一个学生，课表显示也是每节课必上的，也没有理由特意跑到外地杀人，因此推测，这是一起偶发的激情杀人事件，并非预谋。所以问题还是出在了那个网站上，但是警方除了在网站上找到一堆虐杀动物的视频，其他什么发现都没有，案情再次陷入了僵局。

不过吕男男现在才没工夫去关心案情呢，自从安一正回来之后她就像是得了新宠物似的，每天让安一正做这做那的，用安一正的话说：“姑奶奶，我用不用帮你把厕所上了？”

吕男男瞪着他：“你要是有那个功能就更好了，保管让我爱你爱到离不开你。”

安一正也不把她的话放到心里去，只是嘱咐她：“待会儿你可别又睡着了，我爸妈都在呢。”

吕男男不耐烦地摆摆手：“知道了知道了。”说完又抱怨道，“真不知道歌剧有什么好听的，乌拉拉的都听不懂就算了，又唱又跳的跟神经病跳大神似的。”吕男男站在剧院门口甚至都不想往前走一步。

安一正嘲笑她道：“你这种粗人当然听不懂了，人家那叫艺术。让你出国留学这么多年，东西都学到狗肚子里去了，简直就是浪费钱。”

吕男男嘁了一声：“你少在那里装高雅了，我还不知道你？你喜欢的可不是这种穿着衣服又唱又跳的吧？”

安一正翻白眼：“你这么粗俗，我觉得你真的进不了我家的门。唉，可怜我爱了你这么多年，最后却要娶别人。”

吕男男不怀好意地往他身下瞄了瞄：“你敢娶别人试试？”

安一正下意识地后退了两步，片刻间又恢复自然，嬉笑道：“你可别吓我，你知道你是我从小就立志娶回家的女壮士，我还指望你保护我一辈子呢。”

吕男男随意和他搭着话：“从小是多小？”

“六七岁。你不知道，你小时候在我心中的形象有多高大，特别是我第一次见你的时候，你光着上半身只穿了个小裤衩就冲了出来，大喊一声‘神剑赐给我力量，我代表中国人民警察消灭你们’，无比勇猛地把欺负我的那几个人给打跑了。自那之后我就下定决心一定要把你娶回家，这样我就再也不用担心别人欺负我了。”

吕男男有些无语，不知道安一正为什么非要把这么猥琐的一个形象安在她身上，这也是她出国之后，有一次他来看她时提起来的，当时吕男男就义正词严地告诉安一正他认错人了，结果安一正非要一意孤行地认定那个人就是她。

当然，其实吕男男也不是很确定那个人是不是自己，因为她对小时候的事情记得不多。但是即便如此，吕男男也不认为自己会做出这么猥琐的事情，好歹她也会穿上衣服再跑出去主持正义啊！

不过对于这些往事吕男男并不在意：“我告诉你，你这话在我面前说说就算了，你要是敢去别人面前说我就打死你。”想了想，吕男男觉得威胁得不够，于是又说，“我不但要打死你，还要打死你妈，还有你爸。”

安一正得意扬扬地道：“你去打啊，他们就在你旁边呢。”

吕男男毫不客气地就要伸手去打他，结果手还没伸出去呢，就听到一声不悦的咳咳声，然后她的手就僵在了那里。虽然她见安一正父母的次数不多，但是安妈妈那威严的声音她印象还是挺深的，因为安妈妈不太喜欢她，每次只要自己做出什么不符合她行为标准的举动，她都会咳嗽示意。几乎是片刻间，吕男男脸上僵硬的表情已经散去，带上灿烂的、略带狗腿子的笑容：“阿姨……”

安妈妈目不斜视：“进去吧。”

吕男男的笑变成了撇嘴。

安爸爸一向是老好人，拍了拍吕男男的肩膀：“男男比上次见面时圆润了一些呀，走吧，要开场了。”

吕男男和安一正跟在后面，吕男男勒住安一正的脖子：“你是不是早就看到了？”

安一正翻白眼，声音却略微带着些嘚瑟：“早跟你说过了我爸妈会来了，你这么怕我妈，到时候咱们结婚了就让我妈管着你。刚才我看我妈咳咳两声就把你吓得抖了三抖，以后你就跟我妈住一起，还得住我妈房间的隔壁。哎，我说，你力气小点，小心我待会儿告诉我妈。”

看着自己看不懂的歌剧，吕男男有些忧伤，特别是还坐在不喜欢自己的未来婆婆身边，而且这个婆婆还被歌剧感动得哭了……她是该安慰一下，还是陪着哭？再看安一正，这厮特意交代她别睡着，自己反倒睡着了？

纠结来，纠结去，吕男男实在觉得不公平，便狠狠地在安一正的腿上拧了一把，谁知道这厮竟然反应过度，像是做噩梦一样尖叫一声：“啊！”

其声音尖锐且犀利，吕男男注意到整个厅里都安静了下来，就连正在舞台上表演的演员都略微停顿了一下，她捂住脸想死，安一正什么时候能够别这么丢人啊？

让她没料到的是，更丢人的时刻已经到来了。许是安一正发现自己反应过度一下子成了中心人物，觉得脸上过意不去，干脆假装抹泪大哭起来，一边拍椅子一边大哭：“真感人啊，真感人……”

这下子连吕男男都忍不住扭过了身子假装不认识他，结果这厮竟然扳过吕男男的身子问她：“是不是很感人啊？”

吕男男恨不得有个地洞让她钻进去，在众人的注目下面无表情地点点头，咬牙切齿道：“感人。”

安一正重重地点了一下头：“真是太感……”

吕男男终于忍不住瞪着他道：“闭嘴！”

安一正像是关了水龙头一般果然闭嘴了。舞台上继续开始唱了，众人也都把注意力移开了，但是吕男男总觉得所有人都还在看着他们。结果去看安爸爸和安妈妈，两个人都微微侧着身子，完全像是不认识他们似的。阿姨叔叔，真的只是你们的儿子在丢人啊！

这种情况一直持续到了节目结束，众人都有秩序地往外走，安爸爸和安妈妈依旧装作不认识吕男男和安一正的样子，离他们老远。不过这种情况并没有持续太久，两个人似乎碰到了熟人，在剧院外的走廊上站着攀谈，而且对方看到安一正还很亲切地朝他招了招手。安一正愣住了，吕男男也愣住了，对方不正是陆弘和一个不认识的女人吗！

走近了，那中年女人上下打量着安一正："小正都这么大了，有多少年没见过了？"

"五年了，阿姨。"安一正立刻变成"乖乖虎"，回答得有鼻子有眼。

"还是和小时候一样可爱，有空来阿姨家玩。"对方说完又看向吕男男，看到她的那一刻似乎愣了愣，然后笑了笑，"男男没事也来玩。"

吕男男愣住了，自己好像不认识她吧，她怎么会知道自己的名字？不过也有可能是安一正爸妈提起过，吕男男并未往心里去，只是应着，心里猜测着这个女人和陆弘的关系。再看陆弘，西装革履的，别提有多绅士了，就是目不斜视，仿佛不认识自己似的。

吕男男无语，这个男人脾气可真大，不就是上次骂了他吗，用得着记恨这么多天吗？

安一正似乎也明白了对方是在调侃自己刚才的行为，表情略微有些尴尬，拉了拉吕男男的手："这是我女朋友，以后还要阿姨多多照顾。"说这话的时候他有意无意地看了一眼陆弘。

对方笑着说了声"好"，吕男男只觉得气氛有些怪异，却又说不出来哪里怪异，便听那女的说："男男和陆弘上过同一所高中吧？"

吕男男不明白是什么状况，再看安一正的爸爸妈妈似乎都对这个人挺殷勤的，便赶紧道："是呢，不过陆弘是师兄，比我早好几届呢。"

那人满意地点点头，还要说什么，便见一直没吭声的陆弘手放在那人背后道："十分钟后你还有个约。"

吕男男有些不爽，终于见到了他，还想问问案情呢，结果这厮二话不说就要走，可是看眼前的情况，自己拦住他绝对是没好果子吃的。双方说好改日再约，吕男男眼巴巴地目送他们离开，吕男男才听到安妈妈说了句：“倒是有个好师兄。”

吕男男一口血差点吐出来，这个八竿子打不着的师兄也成了自己加分的理由吗？

这下子连吕男男自己都觉得自己嫁给安一正无望了。

第四章
亲，咱能不毒舌吗？

【谁知陆弘不但没放开她，魔爪竟然直接朝着她胸前袭来，吕男男怪叫一声："你干什么你？大庭广众之下小心我报警告你非礼！"】

半个月过去，连环凶杀案似乎就此搁浅，吕男男去过两趟警局，完全没有收获，更可气的是，陆弘完全不搭理她。她第无数次审视自己，除了找张洪之外，她确实没什么大错啊，而且她找张洪，陆弘生什么气？

不理就不理，当她稀罕。

就在全组的人都觉得这个连环杀人案破解无望，决定转向另外一个已经抓住的罪犯做自述的节目的时候，又有了新的案情传来。连环杀手竟然出现在邻省，而且又杀了两个人，最过分的是，凶手还在犯罪现场留下了挑衅警察的字样。

几乎是顷刻间，网上便热闹开了。有人骂警察是草包，有人骂凶手太凶残，但是总结起来还是怪警察办案不力，这可不是什么好听名声。

这下就算某些人想不惹麻烦也不行了，因为上面传达命令，要求最初案发地成立专案组，也就是说陆弘想不接这个任务也不行了。吕男男不知道陆弘的队员是什么感受，她只知道电视台的组员都已经高兴疯了。这下子不但可以出公差，而且可以把节目分成好几期播放，按照网上对这件事的关注程度，收视率那必须是噌噌噌地往上涨，而他们的奖金也必须是成阶梯式往上涨，能不高兴吗？

临着出发到了机场，一大队人都在那里看着，吕男男觉得有些不好意思，可安一正还在那里啰啰唆唆地交代：“上飞机晕机了就吃点话梅，我放这边的小口袋了，机餐要是不合胃口，我买了零食放在包里，零钱也给你兑好了，衣服不要自己洗，我那个洗衣卡是全国连锁通用的，送去洗就可以了，有事就给我打电话，危险就回来，知道不？”

吕男男推着他往外走：“行了，我都知道了，我都这么大人了，这点事能不知道吗？”

一直到了大楼外面，安一正才吭吭哧哧地提议：“要不我陪你去？”

吕男男有些无语，安一正就差把“快拒绝我”几个字刻在脸上，但是看在他给自己收拾了半天行李的分上，吕男男也不打算拆穿他，只是推了他一把：“你连我都打不过，还谈什么保护我？”

两人拉扯一番，安一正到底是心情愉悦地离开了。待到她回到队伍里，立刻有人拿她开玩笑：“哟，男男，二十四孝男朋友啊。”

吕男男颇有些得意：“那是。”

众人吵了开来，不知道谁说了一句：“队长，你看吕男男这种女壮士都能嫁出去，你什么时候结婚啊？”

陆弘斜着眼看了吕男男一眼，悠闲道：“和她有什么好比的？”

吕男男一口血憋在嗓子眼里不上不下，陆弘这是什么意思？她年轻貌美懂情趣，胸大腰细能生育，怎么到了陆弘嘴里就成“破烂王”了？特别是竟然还有人恭维陆弘：“那是，咱们队长什么人？咱们局里出了名的钻石王老五，男男就是一临时工，连正式编制都没有，没得比。”

憋在心口的那口血终于吐了出来，吕男男有些愤恨地看着之前还和自己打打闹闹的那人，大哥，咱说话能不要这么直白吗？

咬咬牙，这件事说到底还是陆弘的不对，要不是他说那句话，这把火能烧到自己身上来吗？

“男男，去帮大家买瓶水，进了里面买水贵。”

得，白婷又驾到了。

这还不是最气人的，最气人的是，陆弘听了这话说了一句：“这临时工的待遇就是有些不一样。”

……

不就是吵了一架吗？她都不气了他还这么毒舌是什么意思？

“待遇再不好也比你挣钱多，你还欠我五十万呢！”吕男男恨恨地白了陆弘一眼，转身去买水了，一边走一边在心里画圆圈诅咒：主任，说好的三个月转正呢！这是差别待遇啊！

这种不愉快的心情一直持续到了上飞机，就在吕男男以为可以摆脱陆弘的时候，很快她便发现悲剧了，陆弘手里拿着的登机牌上显示的座位就在她旁边！

几乎是在一瞬间，吕男男挡在了陆弘面前：“我和江文有事情要说，你和他换位置。”

跟在陆弘身后的江文看到吕男男抬手臂，吓得一个趔趄差点摔倒，站直之后目不斜视，仿佛没听到吕男男的话直接就去后面找自己的位置了。吕男男目瞪口呆地看着江文这一系列行云流水的动作，哎哟，她是夜叉吗，用得着这么害怕吗？

陆弘居高临下地看了她一眼，然后也仿佛没听到她的话似的，绕过她便径直坐到里面的位置，坐下之后还挑衅一般地问吕男男：“你要不要坐？不坐我就放包了。”

吕男男下意识地就坐了下来，然后发现自己中计了，瞪着陆弘：“你这么让人讨厌，你妈知道吗？”

陆弘毫不客气地回赠她一句："你这么势利眼，这么喜欢过河拆桥，你妈知道吗？"

陆弘不是安一正，吕男男说不过安一正可以打他，但是她又打不过陆弘，每次遇到陆弘她几乎都没有占过上风，只除了一样——她咬咬牙："还钱！就你这毒舌小气样，要不是你欠我钱，你真当我喜欢缠着你啊！"说着就上下其手，要去拉陆弘的衣服。

陆弘自然是不肯的，他是要面子的人，当着这么多人的面和吕男男拉拉扯扯绝对不是他的作风，但是吕男男是个女人，纠缠的本事厉害，两个人没几下就缠在了一起。陆弘微微起身压住吕男男，将她制服："别闹了，也不看看这是什么地方！"

吕男男咬牙切齿地看着他："什么什么地方，说正事，什么时候还钱？！"

陆弘嘴角勾了勾："等你什么时候学会听话了就还钱。"

吕男男愣了一下："这是几个意思？"

"就是你听到的意思。"陆弘不予解释，看着吕男男脸上的表情一会儿一变，心里特别受用，就像是逗自己的大狗，还是一只会生气的大狗。

吕男男觉得陆弘欺人太甚，有些恼羞成怒："你先放开我。"放开我，看我不打死你个崽子！

谁知陆弘不但没放开她，魔爪竟然直接朝着她胸前袭来，吕男男怪叫一声："你干什么你？大庭广众之下小心我报警告你非礼！"

妹子，人民警察就在你面前啊！

陆弘黑着脸道："扣子开了，空乘在你后面。"

吕男男迅速捂住胸口转头去看自己身后，果然看到男空乘正站在后面一脸暧昧地看着自己。吕男男就像是被狗咬了一口，然后镇静地问对方："帅哥，你们都提供什么服务啊？"

男空乘红着脸离开了，陆弘不知道是生气还是讽刺，声音阴阳怪气的："吕男男，这么多年你还没学会廉耻两个字怎么写啊？"

吕男男将自己的扣子扣好，然后毫不在意道："我的廉耻那年不是被你吃了吗？"

要是以往的情况，陆弘必定是以牙还牙把吕男男气到吐血，可是此刻他竟然没有多说一个字，只是阴沉着脸看着窗外。一路上吕男男唯恐他犯"狂犬病"，扭头看了他许多次，可是某人就是这么怪异，似乎想事情想出神了，自始至终连表情都没有换一下。虽然外面阳光明媚，可是吕男男总觉得自己被阴雨包围了，而这片阴雨就来自于陆弘。

一直临到下飞机，陆弘都是阴沉着脸，而且对她说了一句特别怪异的话："当年你是故意的吧？"

吕男男想追上去问陆弘他这句话到底是什么意思的时候，陆弘已经快步走到最前面去带队了。吕男男百思不得其解，她故意干什么了？故意向他表白，故意在他拒绝她之后打他，故意抱着他大哭了一场，还是故意英语考了二十分？

多年前这个人就是个神经病，多年后依然是。

如果陆弘要答案的话，那么她的答案是，她是故意的。她就是故意要报复他的，谁让他那么严厉，谁让他跟吕大鹏关系那么好又总喜欢告她的状，她就是想要看陆弘在吕大鹏面前吃瘪的样子。想到吕大鹏拿扫把打陆弘的模样，吕男男就忍不住再笑上一百回。

因为这次提前知道要出差，吕男男把该带的都带了。虽然她从包里拿东西的时候小熊头露出来被陆弘看到，还朝她讽刺地笑了笑，但是吕男男也不忘回赠他一个神经病的眼神。

吕男男夜里翻来覆去睡不着，她印象中的陆弘真不是这样的啊！遥记当年陆弘虽然对她也很严厉，但是除了上课之外绝对是属于那种冷面腹黑、对你爱答不理的那种人，现在生生变了个人似的，逮到机会就要和她针锋相对一番。难道说自己离开这几年陆弘遇到了什么让他改变一生的人？但是也不至于变得这么神经病吧？

想来想去吕男男觉得自己多虑了，陆弘再怎么样也和自己没有关系了，她这操的哪门子心？

住一间屋子的赵璐敷完面膜之后一边拍打着脸蛋一边问吕男男："男男，我看你和陆队长还挺熟的？"

吕男男一万个不想承认："我爸和他熟，他们两个在公园里下象棋的时候认识的，按理说我得喊他叔，我爸跟他称兄道弟的。"

事实上吕男男第一次见到陆弘的时候也的确喊了他叔，谁让他是跟吕大鹏一起进门的呢？在她的认知里，和吕大鹏在一起的人都应该喊叔。

至今她还记得陆弘第一次听到她这么称呼他时的震惊，然后似乎很生气，从鼻孔里发出一个单音节之后就不搭理她了，吕男男一直觉得陆弘就是个怪人。

赵璐已经结婚了，但是喜欢八卦，对吕男男道："我老公也在单位里上班，连他都听过陆队长的名字呢，还说他们局里有个'白富美'一直在追他，听说那女孩子家世可好了，但是两个人总是不远不近的，你说这陆队长不会是喜欢男人吧？"

吕男男如遭棒喝，哎哟，陆弘的真爱该不会是吕大鹏吧！难道说高墨琪只是一个幌子？

实在忍不住，吕男男给陆弘发了一条微信："你要是实在喜欢吕大鹏的话，其实我也是不反对的，但是你们两个还是要谨慎一些啊！注意个人作风啊！"

没一会儿陆弘回消息过来，只有短短四个字："我喜欢你。"

如果没有前一句吕男男冷嘲热讽的话，或许她会开开心心地把这句话当成是告白，可是现在她怎么看这几个字，怎么都觉得像是写满了讽刺，于是她回了一个字："滚！"

陆弘难得地在手机上玩游戏，显示有微信消息进来，他退出游戏打开微信，便看到那个字，只看了一眼便退出了页面。江文刚洗完澡出来，见到陆弘竟然在玩手机也觉得惊奇：“队长，你也会玩游戏啊？”

陆弘“嗯”了一声，问他：“你有给女孩子表白过吗？”

江文见自己队长竟然也会八卦，热血便上来了，坐在陆弘对面的床上跷着腿一脸兴奋：“当然有，队长，我都已经二十四岁了呢。”

“然后呢？”

“我跟第一个女孩子表白的时候，她竟然收腹挺胸对我说‘走开’！”江文一边说一边学着当时那个女孩子的动作，还自认为很搞笑，一脸的喜气洋洋。

陆弘打断他：“走开和滚是差不多的意思吗？”

江文激动地站了起来：“那区别可大了，我表白的第二个女孩子直接说‘滚开’，还踢了我一脚呢，这简直就是不喜欢你和讨厌你的区别。”

“再然后呢？”

“然后那个女生见到我就绕路走，活似我是她的杀父仇人，这女孩子啊，她不喜欢你，就真的是不喜欢你，如果不喜欢你又不离开你，那就是对你有企图。哎，队长，是有人对你有企图还是不喜欢你？”

陆弘上半身靠在枕头上，淡淡地扫了一眼江文：“关灯，睡觉。”

江文有些不情不愿地站起身关灯，队长，不带你这样的啊，有什么不开心的事情说出来让大家开心一下嘛！

而且队长到底是被谁拒绝了呢？难道说这么多年队长说的都是真的，他真的没有和高墨琪谈恋爱吗？

哎哟，绝对是世纪大新闻啊！

哎，睡不着啊睡不着。

不过接下来几天吕男男却无心去想关于陆弘和吕大鹏之间的“真爱”

故事了，每天和同事们在现场和警局之间来回跑，累得就像狗一般。摄制组这边可以跟拍他们的行动，但是会议内容显然不会让他们听，案子进展也不会说，每次吕男男想刺探一下案情的时候，江文都溜得比兔子还快，而陆弘每次都回她两个字："没空。"

不过如果她推测得没错的话，应该是没有任何进展。所有的进展都在那个网站上，可是网站上什么都查不出来。吕男男自己注册了一下，足足混了一个月才看到了他们相对来说比较保密的内容，就是针对高级会员开放的视频，其残忍程度让吕男男只看了一眼便不敢再看。这个网站是不用花钱的，级数越高，开放的内容便越多，而升级的办法就是上传视频，完全就是应该被关闭的违法网站，一群疯子在里面闹得欢。吕男男对陆弘说了这个说法之后，只换来了他的鄙视："现在关了你去找人？"

哦，吕男男瞬间懂了，不放心地问陆弘："你不会真的去虐待动物吧？"

陆弘说话气人："虐待你还有点乐趣，其他的，没有。"

……怎么说话的这是？吕男男每次都气得恨不得踢他两脚。更可恨的是，到了下午孙库来他们队里借一个女组员帮忙用，众人又是不由分说地推了吕男男去，理由是吕男男最适合干体力活。

不过这件事倒是和体力活没有关系，因为孙库还拿了一件黑色连衣裙让她换上，说是要她配合一下去考察环境。吕男男心中大喜，又能刺探案情，还能去免费吃喝，这等好事怎么能少得了她呢？

坏就坏在陆弘，所以说吕男男不喜欢陆弘绝对是有理由的。

陆弘在看到穿裙子的人是吕男男的时候没有惊艳就算了，竟然皱了皱眉头，然后问孙库："我让你找的女人呢？"

孙库指了指吕男男。

吕男男对陆弘横眉竖眼："你这是什么意思？"

陆弘想都没想："你不行。"说完便转头对孙库说，"再找个来。"

"慢着！"吕男男要被陆弘气疯了，"凭什么我不行啊，陆弘你看我是有多不顺眼啊，要是真有那么不顺眼，等这个案子结了，以后我再也不出现在你面前就是了。"最后还不忘加上一句，"就算我不找你，你也得按时还钱。"

陆弘皱着眉头看着吕男男，然后挥手让孙库出去，房间里立刻只剩下陆弘和吕男男两个人，陆弘依旧是那句话："你不能去，我答应了你爸爸要看好你。"

吕男男愣了一下，竟然不是因为看她不顺眼？这样就更好办了啊。

"这么说的话我更要去了，在我们队的女生里只有我力气大，而且你又不是不知道，我各种搏斗都在行，万一真的遇到危险我还能挡一挡。作为一个有正义、有热血的青年，我必须担起保护大家的责任啊！再说我如今混到这种地步你也是有很大责任的，你再阻挡我迈向伟大事业的脚步说得过去吗？"

陆弘看着吕男男一脸的眉飞色舞，嘴角抽了抽："总之谁去都可以，只有你不行。"说着就要转身离开。

吕男男跳到他身边，有些急切地道："陆弘你让我去嘛！我在我们组里原本就站不住脚，到了现在都没转正，我不立功一辈子都只能是临时工。看在咱们两个曾经师徒一场的分儿上，你也不能这么对我啊，你就这么想看我笑话？"

她的声音带了急切，还有几不可见的祈求和撒娇？陆弘正要拒绝，上次她私自去找张洪出事的时候他已经想把她从队伍里踢出去了，可是心里总还是抱着一丝异样的希望的，此刻吕男男瞪着大眼睛仿佛做了什么重大决定，声音带着不情不愿："算我求你了！"

面对这样的吕男男，陆弘有些没有招架之力，只紧皱着眉头不说话，半晌终于开口，正要说什么，就见吕男男拉住他的胳膊说："快走吧快走吧，我衣服都换好了。”

陆弘几乎是被吕男男扯着往前走的，奇怪的是他并没有躲开，看样子又不像是很情愿的感觉，怎么看怎么别扭。

孙库刚又拉了个人过来就看到两个人出去的身影，他纳闷道：“不是说好让我去的吗？怎么队长自己去了？”

他们要去的会所并不远，而且他们已经在那里监视了两天，虽然陆弘没说但是吕男男已经猜到那里绝对是林毅打工的地方，不抓也只是想看看他都和什么人有联系。

原本以为两个人会直奔会所，谁知陆弘带着吕男男从后门出去之后足足绕了两条街才进了一家全国连锁、比较有知名度的商场。吕男男跟在陆弘身后坐上电梯直接进了男装区的一家店，吕男男站在门口看了看店标就有些飘飘然，再看陆弘，哎哟，他正指着一件西装让营业员去拿。

大店服务就是好，只跟在你身后的营业员就有两个，让多次想拉住陆弘的吕男男都无法伸出那个手去。

而且出乎意料地，穿上西装的陆弘还真是人模狗样的。陆弘站在镜子前随意看了一眼，吕男男看准了他想开口让营业员开票，果断地拉住他：“我帮你整理下。”然后不由分说地拉住陆弘往一边推了一下，低声问他，“你买西装的钱能报销吗？”她不用去看价钱也知道这衣服要好几位数。

陆弘长得高，微微低着头，挑了挑眉，口气带着揶揄：“能，我们的吃穿用住全部报销，还有各种补贴和奖金，回去之后还能有假期，只要我们把这个案子破了，今年一年都不用愁了。想不想知道我们能拿到多少？”

陆弘平时不是多话的人，可他就是喜欢看吕男男脸上越来越无语的表情，到了最后干脆耷拉下脑袋，紧紧地绷着嘴角。对，就是大狗，想到这里，陆弘打开手机看着屏幕上金毛的照片，果然和吕男男一模一样，这么想着便笑了出来。

吕男男斩钉截铁地打断了他：“不想！”

吕男男不高兴，非常不高兴，然后让她更不高兴的事情来了，谁能告诉她为什么陆弘的单位要给他配一辆路虎？！说白了他只是一个普通的公务员好吗！

她要举报！

她必须举报！

陆弘看着气鼓鼓的吕男男：“要不要我帮你打 110？”

吕男男一愣，随即有些脸红，又不知不觉说出来了吗？她略带气愤地说道：“你少嘚瑟，等我……”说到这里吕男男忽然不说了。

陆弘替她说完：“又想着过河拆桥？”

吕男男紧接着道：“怎么会，我是想着等案子结束了还得请您吃饭不是，要不是您我也坐不了这么好的车啊！”

哼，安一正那个骚包的车随便开出来一辆都比这个好。

陆弘轻哼了一声懒得搭理她。

没过一会儿，吕男男摸着真皮座椅又开始生起闷气来。哎哟，为什么陆弘能混得这么好，自己却是个临时工！要是当年她没有被开除的话说不定自己都当上局长了好吗？等到她当了局长，那就是陆弘的顶头上司。想报销？没门！想奖金？没门！她只想让陆弘加班加班再加班，把他压榨成黑劳工，看他面黄肌瘦、眼窝深陷……算了，还是别想了，越想越不待见陆弘，连他开的车她都不想坐了，为什么差距就能这么大呢？

两个人终于到了会所门口，吕男男四下里打量着，终于明白为什么陆弘又换了一身行头，而且他什么时候去办的会员卡？！看样子消费水平应该不低啊。哎哟，心都要滴血了，把这钱拿来给她让她去抓贼好吗？！

进到会所内部的时候，吕男男四下看了看，装修相当风雅，怎么看也不像是杀人现场，而且音响里还播放着古筝曲子，情调太好，吕男男怎么也不能做到把这里和杀人犯联系起来。吕男男小心翼翼地拉了拉陆弘："杀人犯在这里吗？长什么样？"

陆弘居高临下地瞥了她一眼："你再这么偷偷摸摸的，不但抓不到杀人犯，说不定你也得进去，这里单保安就有一百多个。"

吕男男立刻站直了身子瞪了陆弘一眼："你才进去呢，狗嘴里吐不出象牙来。"说着就要和陆弘拉开距离。

陆弘在她腰上扶了一把："你吐一个象牙给我看看？"

吕男男伸脚就要踩人，陆弘微微侧头看她，闲闲道："咱们现在是情侣，为了抓住犯人，你能不能稍微认真点？在这里得罪我，你的奖金可就没了。"

吕男男立刻扬起一抹笑，勾住他的手臂："你这说的哪里话，我就是看你鞋子脏了，下意识就想替你擦一下，来来来，咱们坐这里，风景好，地理位置高，能看到所有人。"

陆弘怪异地看了她一眼："那是钢琴台。"

……

坐下之后陆弘用手固定住吕男男的头："从现在开始你的视线就保持在这个方向就可以了，点菜吧。"

吕男男黑着脸，多次想去看看周围，每次都会接到陆弘的警告。他自己倒是得意得很，看看这里看看那里。而且吕男男都觉得他观察能力比较高超，因为他每次观察什么事物的时候都能做到不动声色，让吕男男去做的话，那绝对就是特意、故意、有意去观察的。

吕男男觉得无聊，斜着眼看了看不远处的服务员："你看这个男人像不像？头发这么油，一脸奸相，还时不时地往咱们这里看，说不定就是他。”

“那是大堂经理，在这里做了八年了，从来没有离开过这个城市。”陆弘头也不回地道。

“那这个呢？说不定是个女人，有些变态总喜欢做些出人意料的事情。”吕男男指着一个女人说。

陆弘瞥了那人一眼，说：“这个人连端重一点的盘子都吃力，怎么去徒手杀死几个大男人？吕男男，你上学的时候是不是只锻炼身体没有锻炼脑子？”

就知道不能愉快地吃顿饭，不过吕男男无所谓：“陆弘，你知道不，你嘴巴这么坏，没有一个女人能受得了你。”

陆弘挑眉：“是吗？”

吕男男立刻化身行家：“当然，女人都是要哄的，她喜欢听什么，你就说什么。像你这样的，别人要往东边去，你非拉着人家往西边走，末了还劈头盖脸把人打一顿。你找十个老婆，十个都得跟你离婚。男人啊，嘴不能太欠，影响婚姻质量。”

说到这里，吕男男忽然想到陆弘或许是喜欢男人的，干脆闭嘴不语了。

陆弘直接忽略她后面的话，而是问吕男男：“那你喜欢听什么？”

“我当然喜欢……”吕男男忽然停下来，瞪着他，这个人果然是内里藏奸，打听好了她的爱好以便将来都和她反着来吗，“我喜欢什么关你什么事？！”

陆弘脸黑了一下，冷哼一声再次懒得搭理某人了。古人说得对，唯女子与小人难养也。他觉得吕男男不仅是个女子，还是个小人。

陆弘不说话，吕男男更懒得和他说，她和他本来也就没有什么共同语言，要不是最近发生的事情太多，且都是和陆弘有关的，她还真是不想看到这个人，一天到晚黑着脸，活似全世界都欠了他似的。还是安一正好，打不还手，骂不还口，不像眼前的“犀利哥”，和他说句话都会被气得恨不得把他打死。

一顿饭吕男男吃得颇为舒畅，除了中间发生的一个小插曲之外。

这个插曲说起来也着实不怨吕男男，她只是去厕所的时间有点长而已，陆弘给她打电话，偏偏不巧她的电话在桌子上放着，然后陆弘就看到了她的备注。

一直到出了会所上了车，吕男男还在解释：“大哥，真的不是你想的那样的！”

某人黑着脸不理人。

吕男男侧坐着，一脸急切地狡辩着：“其实我是为了你好！”

某人依旧不吭声。

吕男男再接再厉：“你看鳖能活多少岁，至少也得几百岁不是？那鳖的孙子更不用说了啊！我这是在祝你长寿呢，你怎么能不领情呢？”

车子摩擦地面发出尖锐的声音，吕男男一个不慎碰到了头，还不待她说什么呢，陆弘便阴沉着脸道：“下车！”

吕男男看着陆弘一副“我要一拳砸死你”的表情，几乎是连滚带爬地逃下了车，车子几乎是贴着她的身子离开的。吕男男有些气愤地凌空踢了一脚：“说了是为你好！难道你想换成龟儿子吗！鳖孙哎！”

骂完之后，吕男男傻眼了，这浑蛋把自己带到什么地方来了？这人生地不熟的让她怎么回去？

就知道跟这厮出门肯定没好事，她就不应该对陆弘抱有希望，案情一点没探听到，这下好了，还被丢在了街上！

吕男男自怨自艾，自己怎么就这么倒霉呢？

让她没想到的是，更倒霉的事情来了——一个骑自行车的骚包少年一边摇头晃脑地哼着歌一边快速地朝着她而来，吕男男下意识地后退一步，大喊一声：“往右往右往右！”

那人似乎也是刚刚反应过来，赶紧换方向，结果两个人就这么撞到了一起。

哎哟，我往右你为什么也要往右啊？

更倒霉的是，小哥，你好歹问一声我有事没事啊，你跑什么跑啊！吕男男发挥自己三千米长跑的耐力愣是把那小哥追到了，从车上拽了下来："你跑什么啊？"

"你追我怎么就不能跑了？"

"你不跑我追你做什么？"

"那你追我，我当然得跑啊！"

吕男男被他绕晕了："行了，你撞到我了，怎么也得说声对不起吧？"

"明明是你撞到我好不好？你不喊往右我能摔一跤？"

嘿，还遇到妙人了："敢情还是我错了？"

"当然是你错了。"小帅哥戴上耳机又准备上车去。

"既然我撞到了你，那我陪你去前面的诊所包扎一下吧。"吕男男不肯让人走，"你不去我也不放心，万一你得个后遗症中风脑瘫什么的可怎么办？"

"我不去，我还有事呢。"

"能有什么事比你的身体还重要？快走，听我的话，别磨叽啊，不然待会儿我可就要打你了。"

前面不远处就有一个诊所，吕男男几乎是一手推着自行车一手拽着那小帅哥的衣服往前走，进了诊所她直接把人摁在椅子上，然后对医生说："医生，他摔了腿，你给他包一下。"

那小帅哥明显愣了一下，有些诧异地看着吕男男，似乎没想到吕男男会有这个举动，有些恼羞成怒："我没事！"说完，起身就要走。

吕男男将人摁回去："裤子都破了怎么能没事？放心，既然是姐撞了你，肯定是姐付钱，看你一副穷光蛋的样子也不像是有钱，待会儿姐请你吃饭。”

小帅哥差点气歪了嘴，指着自己的裤子说：“大姐，这是乞丐裤知道不？大牌！流行！明星都穿这个！”

吕男男在他头上拍了一下：“好好的，当什么乞丐！”

……小帅哥直接不说话了，或者说懒得搭理吕男男了。

吕男男心里不顺畅，也有心给别人找不顺畅，所以总能把人堵得说不出话来。她心里又暗爽，在陆弘那里找不到的场子此刻都找回来了，别提心情有多好。抹好药之后，吕男男二话不说，坐在小帅哥的自行车后座上不肯下来了，非要人带着她去吃夜宵，美其名曰请他吃。

小帅哥看着坐在自己车后座上的吕男男一脸无奈地说：“大姐，我真有事，你放过我吧。”

“不放。”吕男男心中嘚瑟，仿佛眼前的人是陆弘。

“你到底要哪样？”

“请你吃饭啊。”这么简单的事情，吕男男已经说了很多遍了，怎么对方就是不明白呢？

“咱俩不认识吧？”小帅哥终于发现和某人讲道理是对牛弹琴了。

“不算认识，也不算不认识。”确实是这样，两人都一起看过医生了，也算半个熟人了。

“你就不怕我是坏人？”小帅哥对于吕男男这么没有警戒心表示无奈。

吕男男上下打量着他：“就你？小胳膊小腿的还想当坏人？你这样的到了场上只能当‘炮灰’，我一个人打你十个没问题。”说着还给人亮出了自己的胳膊，一握拳，竟然还有一把小肌肉。

她嘚瑟道：“看到没？我以前上警校时是我们班格斗第一名。”

听了这话，那小帅哥终于有了一些兴趣：“你还是警察呢？”

吕男男见他终于有了好脸色，故意逗他：“你告诉我你的名字我就跟你说。”

“程豪，姐，我叫程豪，你们做警察的是不是每天见好多犯人？听说你们审讯犯人都挺厉害的，不会屈打成招吧？”

吕男男翻了个白眼：“少年，其实你是活在古代吧？现在都什么年代了还屈打成招？现在大家讲究科学破案，已经不流行你说的那套了。”

“那你真是警察？”

“你骑车把我送回我住的地方，我就告诉你。”

程豪犹豫半天：“那你坐好了，我可没载过人，摔了可别怪我。”

“我不怪你，我怪你全家。”

……

夏天的晚上有点风，坐在后座上不用运动的吕男男看着后背全湿的程豪，比较了一下，心里也算享受，也就忽略了那种闷热到烦躁的心理。程豪又问她：“你还没告诉我你是不是警察呢？”

“我是督察。”吕男男毫不在意地道。

说完这句话，她明显感觉到车子晃了一下，就听程豪大惊小怪道：“大姐你港剧看多了吧？”

吕男男嘁了一声：“我是督促警察奉公守法、做良好市民的电视台工作人员，简称督察，哪里错了？”

程豪半天没开口，最后说了一句：“那您这级别还挺高。”

“那是。”

“你上了警察学校，最后为什么没当警察？”

“小时候觉得匡扶正义就是要当警察，长大了发现督促警察好好为人民服务更能体现我的正义感，所以我就转行了。”吕男男毫不脸红地道。

“……这么说你还真伟大。”

“那是。”吕男男洋洋自得。

还要点脸吗？

“那你在什么电视台？”

“哦，我不是本地的。”

“那来这里做什么？”

“采访。”

“采访什么？”

吕男男心里算计着：“少年，你问得真多，等下次你带我去你们这里好玩的地方逛逛我再告诉你。”给自己找个不要钱还能载她还帅的导游，真是赚了啊！

好吧，其实说白了只是因为吕男男喜欢美少年，见到这样的美少年她就忍不住想调戏一下，但是坏心是绝对没有的，纯粹欣赏。再说了，和美少年一起出门，那回头率，多高啊！

“你想得美，没有下次了。”对于当免费劳动力，程豪真心觉得一次就够了。

“你说没有就没有？你说了不算。”

程豪干脆不理人。

夜里的街道安静了许多，两个人走了许久，吕男男终于忍不住问：“你知道我要去哪儿吗？”

“你说了吗？”

浑蛋！他把自己带到什么地方了！

待到两个人折腾到宾馆门口的时候，一个多小时已经过去了，不止程豪大汗淋漓，连吕男男都已经汗流不止。不过就算如此，吕男男也没忘问程豪要电话号码，程豪不给，结果吕男男二话不说就去抢，作为一个比男人还汉子的女汉子，吕男男当然抢到了程豪的手机，顺利搞到了电话号码。

程豪临走前千求万求：“你可千万别给我打电话，我忙得很。”

“你有什么好忙的，我看你闲得很，大半夜还能出门撞人。”

程豪再次声明："是你撞我。"

"哦，是我撞了你的车，总之为了双方安心都不会有后遗症，我留在这里的这段日子你得带我出去玩。"

程豪看了她半晌，然后骑上车踏了一下脚蹬子："放心吧，我回去之后就换号码。"说完这句话，脚下一用力已经飞了出去。吕男男在后面追了几步，凌空踢了一脚，骂骂咧咧地回了宾馆。

结果才上到四楼，便看到了陆弘的大黑脸，一见到她便黑着脸问道："你去哪儿了？"

嘿，他把自己丢到街上还有理了？吕男男怒瞪他一眼："我想去哪儿就去哪儿，关你什么事。"

陆弘上下打量她，见她无事才道："我在街上找了你许久。"

吕男男瞪大眼，脸上写着"我不相信"几个大字，连语气都充满了质疑："你有这么好心？发烧了，还是忽然良心发现了？不对啊，你这人怎么可能会有良心……"

"我是带你出去执行公务，当然要完好地把你带回来，不然你磕了碰了又要讹人怎么办？我总得替局里也替我自己考虑一下。"陆弘打断她的话，说话噎死人不偿命。

刚才在程豪那里找回来的场子在见到陆弘之后没两句话就不见了，吕男男瞪大眼睛恨不得把人吃了："本来不想讹你的，但这可是你自找的，我受工伤了！绝对工伤！而且都是你造成的！"

陆弘嗤笑一声："你是打算在我面前撞墙，然后算到工伤里面吗？"

吕男男二话不说就走到陆弘面前撩起自己的裙子，把陆弘吓了一跳，下意识地就往后退，皱着眉："你这是干吗呢？"

吕男男腿一伸："看到没？工伤！"

陆弘没有看，只是黑着脸对吕男男道："你还是女人不？快把裙子放下来！"

吕男男对陆弘的冷嘲热讽丝毫不往心里去："大哥，这裙子还长着呢，你倒是看看我的伤啊！"

陆弘原本以为吕男男是故意玩自己的，听了这话才知道她是真的受伤了，低头看去，果然膝盖上有大大的一块红肿："怎么弄的？"

吕男男对这点小伤根本没往心里去。小时候她就是女汉子类型的，有一次从树上掉下来流了一脸血，她本来是想回家洗洗伤口的，结果到家了又觉得太累就回房间睡觉，以至于她到现在也忘不了她妈尖叫的声音："老吕你快来看看这谁家的倒霉孩子啊！一脸的血！"

最后倒霉孩子吕男男被带去医院缝了足足二十多针，她还没什么感觉呢，她那多愁善感的妈便开始哭上了，一边哭一边骂。吕男男一边吃瓜一边看着她妈，怎么也不明白她妈到底在哭什么。

对于头摔出大窟窿，吕男男都像是没事人似的，现在膝盖受伤，更像是被猫抓了，如果不是为了和陆弘斗气她提都不会提。

"被车撞的！"吕男男故意把情况说得特严重。

果然见陆弘脸色变了，伸手就要去拉她："还有哪里受伤了？"

吕男男后退："心肝肾全伤了，快赔钱！"

陆弘一愣，随即笑了出来："就摔了膝盖吧？被什么车撞的，自行车？该不会是自己摔的吧？吕男男你怎么这么蠢……"

吕男男抬脚就想踢人，谁知道陆弘竟然没闪，直直地就踢到了他膝盖上，再看陆弘怪异的眼神，吕男男低咳一声，强词夺理："你才蠢，踢你都不知道躲开。"

"我是怕我闪开了，你再摔一跤又讹上我，那我不是更冤枉？没事就快回去睡觉，大半夜不要乱跑，招人嫌。"看她手脚还挺利索，便知道伤得不严重，陆弘莫名松了口气。

吕男男白他一眼："某人不招人嫌，半夜还在楼道晃悠。"说完躲开他就往自己屋里走。

陆弘在后面喊住她：“吕男男，以后出门把手机的电充满了，半夜一个人在街上记得给我打电话。”说完又补上了一句，“我得替你爸看好你，保证你的安全。”

吕男男回头嫌弃地看了他一眼：“下次你别把我一个人丢到街上，我就不会大半夜在街上乱转悠了。”

回到房间刚洗了脸，便听到有人敲门，吕男男打开门便看到江文在外面站着：“有事？”

江文现在看到吕男男还有些发怵，因为她总以胳膊为借口威胁他做不想做的事情，所以对于这次主动送上门，江文表现得就像是兔子似的，随便吓一下就会掉头跑：“陆队说你受伤了，我来给你送碘酒。”

说完把东西往吕男男手里一塞转身就跑，根本不给人开口的机会。

吕男男嘴角抖了抖，她是老虎吗难道？

不过，陆弘有这么好心给她送东西？可别是黄鼠狼给鸡拜年。

回到房间，赵璐问吕男男：“那边过来人了？”他们把警队的人统称为“那边”。

吕男男看看手里的东西漫不经心地道：“回来在走廊上碰到那边的人，问他们借了碘酒，这不，就送过来了。”

赵璐斜靠在枕头上看着电视，眼神都没分给吕男男一个：“那边的人除了嘴巴严，倒是也挺好的。”

吕男男脑海中瞬间便浮现出了陆弘的脸，然后歪了歪嘴，挺好？就陆弘？

两个字：呵呵。

一直到第二天早上，吕男男才知道自己被陆弘耍了。就在她昨天紧张兮兮地坐在会所和陆弘一边吃饭一边心惊胆战地想林毅会不会扑上来的时候，陆弘队里的其他人已经在会所旁边的一个热干面店里把林毅带走了。敢情昨天他是耍自己玩儿呢，害得她去了那么高级的地方也没好好吃顿饭，简直罪不可恕。

依旧是吕男男跟着摄像大哥去拍摄，将林毅的话听了个全，虽然已经猜到了，但是亲耳听到，还是相当震撼。

林毅毕竟岁数不大，本来还紧绷着不肯说，但是警察也不是吃干饭的，没一天的时间，林毅便和盘托出：“人是我杀的，可是是他先骂我的，他该死。”

“骂了你什么？”

林毅不吭声。

“你是怎么发现那个网站的？”

“有人给我发了一封邮件，上面说是有老师布置的作业内容在里面。”

“你经常上传虐杀动物的视频？”

林毅不回答，几乎已经是默认。这种心理扭曲的人的价值观都和常人不同，旁人哪怕说错一句话在他看来也能变成天大的罪过。这和小时候的经历也有很大的关系，他父亲知道他不是亲生的，对他非打即骂，语言暴力日日发生，加上有人刻意引导，变成这样也不足为奇。

“你现在在网站是什么级别？”

“D。”

“级数高有什么好处？”

“不知道，没有人知道他们的规则，但是人都是他们挑选来的，你有资格了，他们就会联系你。”

“他们是谁？”

“不知道。”

“他们教你杀人吗？”

“没有，他们会给你一个隐秘的域名和账号，里面都是类似视频，只是手法越来越高级。”

“他们有上传杀人视频吗？”

“我没看到过。”

吕男男不想再听，她一直觉得这种事情只会在电影里面发生，谁知现实里竟然也是存在的。她只感觉自己的世界观也玄幻了起来，决定给自己放两天假，不去接触这种东西，最起码不那么积极主动地去接触。接下来一整天她都没有跟着警察，也没有见到陆弘，不过倒是在第二天听到了好玩事情。

第二天吃早饭的时候气氛很轻松，因为抓到了林毅，暂时又查不出网站的事情来，大家难得都稍微闲了一些，吃饭的时候便闲聊几句。孙库偷偷告诉吕男男：“你知道不，听说我们队长戴绿帽子了。”

吕男男愣了愣：“他有帽子可戴吗？”虽然很多人都说他和高墨琪在一起，但是就吕男男见到的为数不多的两个人在一起的画面，她几乎可以肯定所谓的在一起不过是谣言。

孙库白了她一眼，道：“这你就不懂了，我们队长和高墨琪是虐恋情深。”

吕男男歪了歪嘴：“你知道得可真多。”

孙库扬扬自得：“那是，我可是我们警队的灵通小天王。”

“是八卦小天王吧？”

两个人正在斗嘴，便见陆弘拿了饭朝众人走了过来，一脸沉重，死了爹似的，过来之后也只是挑了个空位坐下来，没有和任何人打招呼。不过在吕男男眼里他本来就是这样，就算是平时一起吃饭的时候话也不多，但是在这种敏感时期，大家看他的眼神便明显不一样了。

果然，没多大一会儿，便听到有人小心翼翼地对陆弘说：“陆队，天涯何处无芳草，不必单恋一枝花啊！”

有人附和："对呀，茫茫人海，总有那么一个人在等着你的。"

吕男男也附和："肯定有那么一个人在等着。"

吕男男的声音并不大，但是大家似乎都不知怎么劝陆弘，在吕男男说完之后气氛便安静了下来，众人都看向了吕男男。吕男男脸色涨红，拜托，她说的可不是自己好吗？为了不让大家误会，她迅速道："阎王爷嘛！始终会等着你们的。"

众人比之前更沉默了。

吕男男接收到了来自白婷的恶意，才那么一眼而已，下一刻便听到白婷语气温柔地问陆弘："陆队，现在案子进行到什么地步了？用不用我们帮忙？需要的话你就说一声。"

陆弘把目光从吕男男身上收回去，语气依旧波澜不惊："暂时不用，需要了我会告诉你。"

白婷继续道："陆队，我们的实习生不会说话，你别往心里去。"

"不会。"陆弘看似不往心里去，可是下一句他便说，"年轻人嘛，我们刚入行的时候哪里敢在上司面前乱说话。"

……吕男男无语了，陆弘这是明明白白针对自己来的啊！

果不其然，她再次接收到了白婷的白眼，于是她默默把这个白眼还给了陆弘，而陆弘轻飘飘地就把这个眼神给挡了回去。

一顿饭吃得吕男男有些消化不良，特别是陆弘和队里的人离开之后组里的人看她的目光，仿佛她是组里的大恶人似的。吕男男放下筷子，为难地说了句："那高墨琪回头是岸是好事啊，这陆弘一看就不是她的良人啊。"

白婷不阴不阳地说了句："那你说陆队是谁的良人？"

这话问得可就有意思了，怎么回答都不对，于是吕男男嬉皮笑脸地说了一句："陆队只能配您这样的女人才是正经啊！白姐，我看您去追陆队，准成！"

虽然组里的人都看得出白婷对陆弘有意思，但是从来没人当面说出来，吕男男本来是奉承话，可是在别人听来就不是那个意思了，于是白婷阴沉着脸对吕男男道：“你别在组里瞎混了，跟着张哥去拍东西，到哪里都能看到你，没看到别人都很忙吗？”

吕男男无语，她正想给自己放两天假呢，又泡汤了。

摄像大哥招呼吕男男去扛摄影器材，俨然也已经把她当成汉子来使用了。虽然扛东西吕男男很在行，但是她真的不喜欢被晒着，便偷偷摸摸想要去问江文他们出队要去哪里。他们看似要进行秘密活动，这种时候都是不允许他们跟拍的，结果还没走近呢，陆弘不知道从哪里跑了出来，赠给她二字真言：“别想。”

吕男男站在原地心里乐开了花，这会她正不想去呢，不过摄像大哥还在，她怎么也要撑撑场子，于是假装不服气地反驳：“什么都不让我们拍，那让我们来干什么？”

“我没记错的话是你们非要来的吧？”陆弘直接把人堵了回去。

“那你早说不让拍啊，我们就干脆不来了。”

“哦，”陆弘的语气可真让人生气，“你们现在也可以走，不如待会儿我去和白婷说下，让她领队回去？”

吕男男几乎是瞬间变了嘴脸，笑嘻嘻地道：“不用不用，你们这是任务嘛，等回头抓到犯人你们再跟我们说下细节，我们慢慢补充就好了。你们这每天忙进忙出的渴了吧？我去给你们买水喝。”

吕男男正要落跑，胳膊被人抓住，提小鸡一样提了回去，下一刻一个鸭舌帽落到她头上：“本来就丑，晒黑了更丑，这么热的天没事就回去吹空调，别瞎跑。你这智商顶多也就转个正式员工，别一天到晚干吃力不讨好的事儿。”

吕男男的重点和陆弘的完全不一样：“你说谁丑？哎哎，你回来说清楚……”看着陆弘和队友开车离开，吕男男在后面跺跺脚，“你才丑！你全家都丑！”

吕男男生气了半天，实在想把陆弘的帽子给扔到地上踩两脚，但是鉴于自己确实需要一个帽子，就心理非常不平衡地收下了。

不行，必须得把帽子洗一洗，洗掉了陆弘的味道，帽子就是自己的了。

哼。

垂头丧气地回到大堂，吕男男正想建议张哥一起去街上随便拍点素材，然后一抬眼就看到了一个人，一个小帅哥，一个挺熟悉的小帅哥：“程豪！”

程豪原本在收快递，听到这个声音回头看了一眼，然后一龇牙，下意识就要往外走，却被吕男男挡住了去路：“我给你打电话你怎么不接？”

程豪将快递收好：“我不是跟你说了不会接吗？”

“那你为什么不接？”不等程豪回答，吕男男的注意力很快便转移了，“原来你是送快递的啊？”

程豪面色羞赧：“怎么了？”

“挺好的。”吕男男琢磨了半天，半晌才吭吭哧哧道，“挺锻炼身体的，年轻人多锻炼身体是好事。”

程豪哼一声，不温不火地道：“是吗？”

吕男男为了不让他多想，豪爽地拍了拍他的肩膀：“走走走，我跟你一起去送，早送完早吃冰，待会儿你请我吃冰。”

程豪面色怪异：“天这么热，你在这里待着吧。”

吕男男一巴掌打在他头上：“大男人磨磨叽叽个什么啊！快走快走，我还等着你请我吃冰呢。”一边说着一边拽着程豪往外走，“你们送快递都骑着电动三轮车的吧？我还没坐过呢，你快让我感受一下。”

听她好奇的声音就知道她对他的职业没有偏见，程豪松了口气，正要出门，便听到后面有女声道：“吕男男，你又偷懒！白姐不是让你跟着张哥去拍东西吗？”

吕男男嬉笑着回头看小曼：“我知道，张哥说了下午不去，傍晚才去呢，我出去一下马上就回来。”

“既然有工作，就要待命，你怎么能随便跑出去呢？”

“我就去对面买水，你要不要？我带回来给你。”吕男男根本不把她的话放在心上，对付这种狐假虎威的人，不理她就是最好的办法。

说完不等小曼说什么，笑嘻嘻地拽着程豪便出门了。程豪也给力，坐上三轮车便发动车子飞了出去。

感觉到有风，吕男男心情畅快了许多，程豪问她：“那人是你上司吗？”

“不是，我上司的助理，是不是很不招人喜欢？”

程豪看了她一眼：“比你好点。”

……还能做朋友吗？

吕男男说是去帮程豪送快递，这话半点水分都没有，跑得比程豪这个正主还快。两个人很快便把一车快递送完了，程豪本来想回公司，结果被吕男男拽住，死活拉到了冰屋，对他又是新一轮审问：“你家住哪里？”

程豪翻白眼：“你看上我了？”

吕男男噎了一下：“这个真没有，我有男朋友了。”

“那你男朋友是做什么的？”

“是……不对，是我在问你啊。”

“不想回答。”

“那是不是长得帅的人都毛病多，不爱别人打听他的事？”

“不知道。”

“那……”

“你快吃，吃完了我还得赶紧走呢。”

“你急什么啊，说好的晚上带我去逛逛呢？你不知道，我到这里之后闲得都快长毛了，一天到晚事情不多，却不让你离开，还要天天挨骂。哎，我觉得我回去之后可能就要辞职了。”

程豪犹豫了半天，问她：“为什么要骂你？”

吕男男拿出小镜子照了照：“大约是因为我长得美。”

程豪原本喝了一口芒果汁，听了这话直接喷了出来咳嗽个不停。吕男男有些恼羞成怒：“不然你说为什么都看我不顺眼？就因为我是实习生？过两个月我也是能转正的人好不好！”

程豪已经站了起来：“我去换个衣服，你等我一下，我就住附近。”

吕男男立刻热情地站起来：“要不要我陪你去？”

程豪就差双手护胸：“这个真不用了。”

吕男男略微有些失落：“那你快点。”

程豪没多久便回来了，换了件红T恤，衬得他更白了一些。吕男男打心眼里喜欢小帅哥，就像是她刚上大学那会喜欢安一正似的。虽然每次都能够验证长得帅的都是坏透了的“白菜”，但是能解解闷也是好的。

“你还挺衬这个颜色的，送快递没多久吧？”

程豪愣了下：“你怎么知道？”

吕男男语气颇有些自豪：“看你这么白，一点都没有晒黑的痕迹嘛，男孩子还是白白嫩嫩比较好。”

“又不是猪。”程豪嘟囔一声。

“没有你这么帅的猪。”吕男男看程豪越来越顺眼。

两个人正斗嘴，吕男男看到门外有两个熟悉的身影跑过去，吕男男大喊一声：“江文！你们干吗呢？”嘴里说着话，心里已经蠢蠢欲动了，跑这么快，必须是大案子啊！不行，她得回去喊张哥才行。

江文回头对她大喊一声：“有事！你自己小心点，别瞎转了，快回去！”

吕男男二话不说拉着程豪就往外走：“我得赶紧回去，这可是大案子，我得去喊张哥，你先自己去玩吧，记得接我电话。”

程豪无语：“大姐，我已经二十了，工作了，不自己玩了。”

吕男男脚下顿了一下：“那你快去工作吧。”

“走吧，我送你回去，骑车也快一些。”

两个人一拍即合，吕男男怕热，有人载她当然更好一些。两个人没一会儿就到了宾馆外面，让吕男男没想到的是，自己的预感真的成真了，竟然真的是大案！

瞧这警戒线都拉起来了！

本来有当地警方把守不让人随便出入，吕男男喊了陆弘组里的人过来沟通了一下便轻松地走了进去。一直上到了二楼吕男男才明白为什么刚才自己问人发生什么事情的时候，对方表情怪异，连语气都有些犹豫，是有大案，天大的案子。

而且这案子就出在他们这些人里。

死人了。

死的人她还认识，是下午还斥责她的小曼，没想到才一个下午的工夫她便成了尸体，还是上吊自杀。

站在人堆里，吕男男的心一直往下沉，一直沉到了海里去。

不远处就是尸体，警察忙进忙出的，每个人脸上除了好奇之外还带着一股特别的沉重，这群人很熟悉，每天都朝夕相处，只是再也没有了往日相处时的欢笑。

就像是那一年的那桩事。

那次陆弘带着他们做实地调查，一个很简单的担保案件，妹妹给哥哥担保十万块钱，到了还款期哥哥人消失了，妹妹拖着有病的孩子走投无路，每天都有人上门堵人辱骂、在家门上泼油漆写字，进行精神威胁。吕男男家虽然不是豪门，但也算殷实，她从来不知道有人会为了十万块钱被逼到想要去自杀，也是出于怜悯之心，她偷偷把自己攒了多年的压岁钱给人送了去，只是结局完全没有她想的那么美好。

孩子的病没看成，要债的人把钱全部拿走了，有了希望又掉入深渊，这才是对人性最大的考验。那笔钱终究成了压垮骆驼的最后一根稻草，她再跟着陆弘去调查的时候，只有一个上吊的女人和一个病重的孩子。

她从来不知道原来好心办坏事说的是这个意思。

而她被开除，也和这件事有很大关系。

那件事发生之后许久她都在责怪陆弘，怪他这件事做得不好，总觉得当时如果他早早把坏蛋抓起来的话，后面的事情都不会发生。可是从法律上来说，他又没有做错。

所以很多时候有些事情是没办法用对错来分的……

肩膀被人拍了拍，吕男男从自己的思绪中醒过来，回头便看到了程豪。她愣了一下，然后下意识地便抬手捂住了他的眼，小声道："我送你出去。"

两个人没有坐电梯，而是走的楼梯，程豪有些无奈道："大姐，我不是小孩子了，你先拿开你的手行吗？不就是个死人吗？我不怕。"

吕男男这才放开他，声音有些低落："你赶紧走吧。"

程豪走得比她靠前，微微转头看她："你害怕啊？"

吕男男抬手便在他头上打了一下，就像是打安一正似的那么顺手："小孩子别打听这些，快回去睡觉，以后看到警察拉警戒线就离得远点知道不？"

"你为什么害怕？"

"废话，谁看到死人不怕？更何况还是我认识的人！"吕男男怎么也想不明白好好的一个人怎么说想不开就想不开了，可真傻。

程豪面色不变，一点没有因为死人的事情而改变心情，反倒是从脖子上解下来一个东西递给吕男男：“喏，找和尚开过光的，戴上就不会有鬼半夜来找你了。”

吕男男拿过他手里的玉，瞪他一眼：“胡说什么，我和她又不熟，才不会来找我。”话是这么说，其实还是有些心虚的，毕竟下午的时候她没有听小曼的话，谁知道……

她打了个冷战：“快走快走，别在楼梯间逗留，太阴森了。”

一直到走到外面程豪上了车，吕男男才有些犹豫地把东西递回去：“今天见了不好的东西，这东西你还是自己拿着吧，辟邪。”

程豪摆摆手：“行了，我怕你半夜被吓死了，自己拿着玩吧。周末有空了我带你去小吃街逛逛。”

吕男男果然比之前开心了一些：“真的吗？”

程豪不回答，摆摆手：“我走了，你最好换个宾馆住。”

吕男男提醒他：“你还记得周末带我去广场玩儿吧？”

程豪没搭理吕男男。一直目送程豪走出去好远，吕男男才转身，然后便被吓得后退了好几步，她恶狠狠地瞪着陆弘：“你干吗呢你！”

陆弘顺着程豪离开的方向看了一会儿，然后低头问吕男男：“这是谁？”

吕男男瞪他一眼：“你操心这个做什么？都死人了，你该去操心那个。”说完实在忍不住问陆弘，“她不会真的是自杀吧？”

私心里，吕男男觉得要自杀的话，年轻漂亮的小姑娘一般都不会选择上吊，毕竟这死法有些瘆人。

“你觉得呢？”陆弘反问。

“我觉得像她这样中气十足、我出门还斥责我的人，不像是会自杀的人。”虽然刚才她隐隐约约听到好多人都说小曼是自杀，但是直觉上她认为不是。

陆弘点点头："今天比猪稍微聪明了一点。"

吕男男愣住了，甚至忘了反驳陆弘："真是谋杀？"

陆弘点点头，伸手拍了拍她的头："没事别乱跑，不安全。"

吕男男指了指宾馆，又指了指外面，半晌才道："相比里面，我觉得外面更安全一点。这人都杀到咱们地盘上了，你难道一点头绪都没有？说好的小神探呢？我就觉得你名不副实，但是这水分也太多了，跟你在一起可真不安全。"

陆弘正要说话，吕男男便再次打断他："还有，不准拍我的头，我又不是你闺女。"

陆弘完全忽视了她的话："在这里不要随便出去交朋友，特别是不知底细的朋友。"

吕男男听他有所指就知道他说的是程豪，立刻反驳道："谁说我不知道他的底细？他是……"

陆弘看她半天说不出来，便问："是什么？"

"送快递的！"

"哦，所以说他是你收快递的时候认识的，你什么时候买了东西？"

吕男男答不上来，便干脆不理人："你怎么还不去破案？小心有人冤死，晚上去找你！"

"找我我倒是不怕，我怕某人会怕。"陆弘凉凉地道。

吕男男握了握手里的东西，然后拍了拍胸口："我有开了光的佛祖保佑，我才不怕。"

陆弘盯着她的手："哪里来的？"吕男男一直是女汉子类型的，从来不喜欢戴首饰，这点他还是了解的，她绝对不会自己去买这么个东西。

吕男男得意道："人品好，别人送的。"说着还把手里的东西摊开给陆弘看："看见没，开了光的呢。"

谁知她还没得意完，手里的东西便被人抢走了，只见陆弘把佛像拿在手里细细看了许久，然后一脸严肃地问吕男男：“这是刚才那个人给你的？”

吕男男伸手就要去抢：“你先还给我！”

陆弘把东西紧紧握在手心：“借我用两天。”

“不行！喂喂……你去哪儿啊？”吕男男看着陆弘飞速离开的背影几乎要气死，有人这么明目张胆地抢东西的吗？这还是警察吗？比土匪还土匪啊！

不对，土匪都比陆弘要好。

第五章
兄弟，睡吗？

【吕男男又道：“看不出你一副道貌岸然的样子，内心却这么龌龊。是不是看我貌美如花早就对我动了坏心思，或者说你以为和我在一起就不用还我钱了？我告诉你想都别想，一分钱都不能少，而且……”】

等陆弘再回来的时候便看到吕男男一个人待在宾馆的大厅里，半靠着沙发，几乎已经睡着。他上前拍拍吕男男：“怎么睡这里？”

吕男男看到是陆弘，立刻又想起了程豪的玉佛，咬咬牙道：“安全。”

陆弘丝毫不提玉佛的事情：“走吧，上去睡觉。”

吕男男听到这话，立刻往沙发里靠了靠：“我不去。”

陆弘皱眉：“你打算睡这里？”

“我就睡这里。”吕男男咬咬牙，然后点点头，总之她是不会回房间睡觉的，“还有，把我的佛还给我！”

陆弘面不红心不跳：“佛丢了。”

吕男男一个鲤鱼打挺站起来：“你说什么？”

“丢了。”陆弘看着吕男男的表情嘴角勾出笑，眼睛瞪这么圆，跟金鱼似的。

“我打……”

“打我扣钱。”

吕男男一口气憋在胸口，对于这个人，她简直就只能用一句话来形容：眼不见心不烦。

于是吕男男决定出去透透气，结果陆弘并不打算放过她，跟在她身后问：“为什么不回房间睡觉？”

吕男男白了他一眼：“关你什么事？”

陆弘挑眉：“让我猜猜，是房间被人霸占了吧？”

吕男男龇牙：“你知道得可真多，已经有人跟你说了吧？”白婷原本和小曼一个房间，小曼出事，白婷就来占了她的房间。现在更好了，给她开了个新房间，要她一个人住就算了，房间还在小曼出事的房间旁边，反正打死她，她也不会去住的。

陆弘发出一种类似于轻嗤的声音：“你功夫那么好，也就敢打打我，而且还打不过我，说说，既然房间被人占了，肯定有给你开新房间，怎么还不敢去睡？你胆子不是挺大的吗？”

吕男男觉得陆弘这是在故意揶揄她，明知道她是看似四肢发达、其实胆小如鼠的人。遥记有一次她家里停电，陆弘正好没在她房间去了客厅拿水，结果回到她房间，任他怎么喊她都不吭声，最后他摸到了她在哪里，她就一直拽住他一步都不让他走，这种黑历史吕男男当然是不会承认的。

“我就是觉得今晚夜色好，星星肯定多，所以决定看一晚星星，你要不要一起？”

陆弘不答反问：“我今天开了个套间，里面有两个房间，你要不要住？”

陆弘话音还没落呢，吕男男已经握住了他的胳膊：“陆弘，我觉得你今天看起来特别顺眼，以前没发现你浓眉大眼、剑眉星目，这么好看，咱们就睡了吧！”说完拉着陆弘的胳膊二话不说就往里走。

陆弘嘴角勾了勾：“怎么睡？”

“当然是你睡你的床，我睡我的床，我可是一个貌美娇俏又守妇道的人。”说完又加了一句，“而且是有男朋友的人。”

陆弘没有再说话，跟在她身后帮她拿了行李便去了套间的楼层，电梯里吕男男问陆弘：“你住套间你们单位也报销？”

谁能告诉她福利为什么这么好？不过据她了解，陆弘的这些杂七杂八的行头可不像是能报销的，于是她又问：“你该不会是‘富二代’吧？”

“我是的话又怎样？要甩了安一正来做我女朋友吗？”

吕男男白了他一眼：“你想得美，像安一正这样的良家妇男我是不会放弃的，这年头要找这么听话的男朋友可不好找了。”

“狗听话，不如我送你一只狗。”陆弘衷心建议。

吕男男翻白眼：“你知道你为什么一直都没有女朋友吗？”说完自问自答道，“因为你嘴巴太毒。”

陆弘也不反驳，只凉凉道：“我说话也是看人的。”

“那你更应该对我客气点了，按理说咱们两个连朋友都算不上，也就认识而已，再往深里说也只是债主与欠债人的关系，对陌生人你不觉得你应该留点口德吗？也算是为自己积福啊！”说着吕男男叹了口气，还真挺为陆弘发愁的，越来越毒舌了，将来哪个倒霉蛋会嫁给他呢？

陆弘脚步慢下来：“既然只是陌生人，那我建议你还是不要住在我这个陌生人的房间里，特别这个房间还是某个陌生人自掏腰包订的。”

吕男男扯过自己的行李箱继续往前走：“所以我觉得咱们的关系得更进一步啊！最起码也得做好朋友不是？好朋友怎么做呢？就从一起睡开始。赶紧走吧，别磨叽了，这都过了十二点了……”回头看到陆弘还站在原地，吕男男终于有些不自信了，“哥，你站那里吓谁啊？

快走啊！”

陆弘看了一眼身边的门牌号，然后淡淡道：“到了。”

……哎哟，到了你不会用嘴说啊？

到了房间，吕男男看到其中一张床上铺着干净的床单、被罩，二话不说便扑了上去。陆弘本来想说什么，但看到她的脏脚丫在床单上留下了印迹后立刻掉头走人，吕男男得意地在床上晃了许久脚丫子。

不过过了很久吕男男都没能睡着，一闭眼就是白天看到的尸体，这对于吕男男来说简直就像是得了精神病，比精神病人还精神。

于是吕男男在后半夜便光着脚晃悠到了陆弘房间，看到他躺在床上睡得安然才放下心来，心里还想着男人属阳性、女人属阴性这个事情，总觉得只有他的房间才是没有鬼的。

于是，在夜深人静的宾馆里，陆弘一睁眼看到一个头发蓬乱、穿着白裙子的人下意识地便下了狠手，甚至没有给吕男男挣扎的机会，便把人压到了身下。

吕男男已经不能用震惊来形容自己的心情了，哎哟，陆弘的反应也太快了吧？不过，大半夜的，他这么压着自己是什么事儿啊？

“你放开我！”

陆弘没动。

吕男男又道：“看不出你一副道貌岸然的样子，内心却这么龌龊。是不是看我貌美如花早就对我动了坏心思，或者说你以为和我在一起就不用还我钱了？我告诉你想都别想，一分钱都不能少，而且……”

陆弘没听她说完：“你是不是又光着脚跑来了？”

吕男男愣了下，这是在故意逃避话题吗？她还没想完，整个人已经被陆弘毫不怜香惜玉地扔到了床下，下一刻灯啪地一下被打开了。陆弘的注意力显然和吕男男不一样，他盯着床上疑似被吕男男的脚蹭出来的痕迹，皱着眉头："吕男男，你怎么这么脏？"

吕男男看看陆弘，再看看黑床单，一时间竟然无言以对。

陆弘想到隔壁自己带来的被吕男男弄脏的床单，眉头皱得更紧了："你还不走？准备睡这里不成？"

"我走走走。"吕男男这么说着，脚下却不动，结果陆弘已经啪地一声关了灯。

两分钟过去，吕男男依旧站在那里，一动不动。

陆弘的声音响起来："你想干吗？"

吕男男的声音难得听起来可怜巴巴的："咱们什么时候换宾馆啊？"

陆弘回答得干脆："不换。"

"哦。"吕男男想自己去别的宾馆住，可是又不敢一个人去，虽然陆弘这个人不招人喜欢，但最起码是熟人不是？

"你还不走？"

黑暗中吕男男在那里站了许久，久到她以为陆弘肯定睡着了，才开口："我不敢一个人睡。"

又是沉默，许久之后陆弘开口："你想怎样？"

吕男男小心翼翼地比了下小指，比完了发现陆弘看不到，便小心翼翼道："我人小，骨头小、身子小、头小，我就占你一丁点地方，成不？"按照她对陆弘的了解，上高中那会儿她对他投怀送抱，他都不心动，所以睡在他旁边，还是不一个方向，离那么远，她是很放心的。

陆弘不吭声，吕男男看不到他的表情，不知道他是答应还是不答应，她干脆心一横，准备自己上床，然后便听到陆弘说："去洗脚，穿上鞋。"

于是吕男男便自动屏蔽了陆弘语气里的嫌弃，欢乐地跑着去洗了脚，几乎是扑到了床上，躺得离陆弘远远的，真的只占了床上的一个小角落。

担惊受怕了许久，就怕陆弘把她赶出去，结果陆弘完全没有动静，这样吕男男又不放心了，咳咳两声，说道："你可别半夜兽性大发，虽然我理解你作为成年男人对……”

“要不然闭嘴，要不然滚回自己房间去。”

黑暗中，吕男男小动物似的保证：“我闭嘴，我闭嘴。”

谁的地盘谁做主嘛。

心安了，吕男男很快便睡着了。黑暗中，陆弘叹了口气，然后把薄毯子盖在她蜷缩成一团的身上，又有些嫌弃她，这么蠢，竟然大半夜钻到男人房间里，要是那个男人不是他的话……

这下吕男男睡美了，陆弘反倒睡不着了。

第二天一大早吕男男睡得迷迷糊糊地想要去卫生间，于是便迷迷糊糊地进去了，然后便看到了……陆弘的裸体。

吕男男既没有像失贞少女那样尖叫起来，也没有捂着眼跑开，而是下意识地朝着陆弘身下看去，接着目光便落到了陆弘略带愤怒的脸上，再然后吕男男便尖叫了起来：“啊……流氓啊！”

再然后便捂着脸跑了出去。

紧接着睡意全无又心情波荡的吕男男便在微信上发了今天的第一条朋友圈：“暴露狂！流氓！神经病！”

安一正看到这条状态的时候正在刷牙，于是一边刷牙一边给吕男男打了个电话：“男男，谁这么不长眼竟然暴露给你看？要暴露也去找个美女不是？”

吕男男原本就不稳的心情这下子又坐了一番过山车：“安一正你真是三天不打，上房揭瓦！有种你现在就过来！”

“我不去，你们犯人还没抓到呢，我去了万一他看我长得帅，一时心情不忿把我杀了怎么办？”

“瞧你那点胆子，只比老鼠大一点。”吕男男对安一正口无遮拦习惯了，反正无论她说什么安一正都不会生气，所以在他面前随意得很。

安一正漱漱口，问吕男男："听说你们那里死人了？害怕不？要不我雇个人专门去陪你？"

吕男男哼笑一声，在安一正心里她可是英雄似的人物，字典里怎么可能会有"害怕"这两个字："我害怕？全世界害怕我都不会害怕，你知道我昨天晚上住哪里吗？"不等安一正说话就自吹自擂起来，"我就住死了人的房间旁边那个房间，而且还是我一个人，厉害吧？换了你早就屁滚尿流了，所以现在你知道找了我当女朋友是多么荣幸的一件事了吧？"吕男男的口气豪情万丈，"小正正，放心，以后我会保护你的！"

话音才刚落，吕男男一抬头就看到了陆弘，他的目光就像是看戏似的饶有趣味。吕男男的脸几乎是一瞬间就红了起来，匆匆和安一正告别之后就挂了电话，对上陆弘的目光，吕男男虎着脸怒瞪他："暴露狂！你看什么看！"

陆弘纠正她："是我在洗澡，你故意闯进来偷窥，你说这件事该怎么办？"

吕男男瞪大眼睛指着自己："我，偷窥你？我为什么要偷窥你，难道我想长针眼吗？"

"哦，"陆弘丝毫不介意她的用词，"不想长针眼还看那么久？"

吕男男想到自己在卫生间看到的情况，脸涨得通红："总之就是你不对！谁让你不穿衣服啊！"

陆弘点点头："下次你教教我怎么穿着衣服洗澡。"

吕男男不开心，自己口才明明挺好的，怎么就是说不过陆弘呢？只听她恶意道："总之就是你不对！"

陆弘不同她纠缠："我今天去局里，你要不要一起去？"

吕男男心中一喜，忘了两个人之间的恩怨："我也可以去吗？"说完不等陆弘回答便跑进了卫生间，"你等着我，我马上就好。"

她说的马上，真的是马上，没三分钟时间，她已经站在了陆弘面前：

“走吧！”

陆弘向来完美的表情终于被撕裂了：“你还是女人吗？”

吕男男翻了个白眼：“我现在又不追你，打扮那么美干吗？”不说她几乎要忘记了，以前为了追他，她可是下了大心思的，还自学了化妆，每次出门都要磨叽一番，让陆弘等很久。

看着走在前面的吕男男，陆弘目光黯了黯，最终没有说什么。

一直到了路上，吕男男才不满地问：“为什么不能带老张？”这可是从来没有过的情况，一般他们不是秘密任务都会允许他们去拍摄的，可是此次不允许拍摄，还带了她，是什么意思？

陆弘看了她一眼：“不但不能带他，而且不能录像，不能拍照，听到什么也不能往外说，做不到我现在就把你丢下去。”

“能能能！”吕男男觉得自己简直要“割地赔款”了，“但是什么都不能做，你让我去做什么？”

陆弘意味深长道：“不想去是吧？”

“想！”这人可真不要脸，难道就不能好好说话吗？

气氛一安静下来，特别是在这样狭小的空间里，吕男男想忽略早上的事情都做不到。干咳两声，吕男男问陆弘：“怎么车上只有你？你们组的人都不跟你一起去吗？”

“他们早就去了。”陆弘开车很稳，一直看着前方，而且吕男男发现他的侧脸真的很好看。

“那为什么你这么晚？”

陆弘不答反问：“你觉得那个凶手是怎么避过人群进了宾馆，又把人杀了的？”

吕男男打了个寒战：“我觉得那个人肯定是冲着你来的！这是挑衅你，可你也太逊了，人都把你身边的人害了，你还没有任何头绪，你——”

陆弘打断她："谁说我没有头绪？"

吕男男猛地停住："你知道凶手是谁了？是谁？"

陆弘的声音就像是他这人一般欠揍："你觉得我会告诉你吗？"

当然不会。

不过吕男男还是很激动："那岂不是很快就能破案了？抓人的时候你必须得让我们跟拍，我们跟了这么久一点消息都没有，你这样对得起我分你的两千五吗？"

吕男男觉得自己永远跟不上陆弘换话题的速度，只听他说道："这几天你就跟在我身边，不要乱跑。"

"为什么？"

"怕死就跟好，不怕死就随便跑。"

吕男男撇撇嘴，不过最终她还是决定了要跟好陆弘，陆弘这么厉害，要死怎么也得他先死不是？

不过到了这边的公安局里，陆弘便立刻忘记了吕男男这个人的存在，还不准吕男男进他们的会议室，所以最后吕男男只能坐在接待厅里玩。接待厅有个老伯伯挺和蔼，和吕男男谈天说地，说起局里每次都要换快递公司的时候，吕男男立刻想到了程豪："我认识一个送快递的，腿脚利索，长得还好，跟模特似的，你找他收送快递绝对养眼。"

老爷子立刻有了兴趣："是吗？那你把他电话给我。"

吕男男把程豪的电话写给老爷子，还不忘嘱咐他："你可一定得找他，你不知道，可好一个小伙子了，还帅，你家有闺女吧？把这小伙子带回家当女婿你稳赚不赔。"

"我有个儿子，我看你当儿媳妇还不错，不如你们见见？"

吕男男吓得后退一步："可别，我是有家室的人了。"

"哦？男朋友什么样的人？"

吕男男想了半天实在想不到一个好词来形容安一正，他身上完全就没有值得夸的地方嘛，支支吾吾半天，最后来了一句：“长得挺帅。”

说完之后又陷入了沉思，觉得自己是看错了安一正。作为一个人，还是一个帅哥，他怎么就能没有一点优点呢？再看看人家陆弘，除了长得帅，还有能力，做事有担当……打住，她绝对是受了早上那一幕的影响，不然陆弘在她眼中怎么可能有优点？

可怕，太可怕了。

男色误人啊！

抱着男色误人的想法，吕男男连午饭都没吃好，吃不好，不能午睡，工作也进行不了，她觉得自己辜负了全宇宙。

想到跟着陆弘走之前白婷的眼神，吕男男就觉得以后自己的日子会更不好过，而且陆弘带着她走的理由似乎也挺缥缈，说是让她跟踪案情，而所谓的跟踪方法就是在接待室坐了一天，等晚上回去，她觉得自己会被白婷撕了。

要知道白婷想接近陆弘已经很久了……如果让她知道自己住在陆弘的房间，还睡他的床，估计会把自己蒸炸煎煮各种烹饪方法来一遍吧。

而且现在还没人知道小曼不是自杀，如果知道了估计会暴动的吧？

陆弘一直忙到晚上十一点多才结束，白天还出去跑了几圈，吕男男便在接待室一直等着，其间陆弘还拿了本言情小说给她看，名字就叫作《霸道总裁爱上我》。吕男男觉得陆弘太过于了解自己，这点非常不好。

晚上回去的时候抱着刺探敌情的想法，吕男男问陆弘：“小曼的家人也该来了吧？”

陆弘没有回答，反倒是说：“男男，我跟你们主任说过了，你先回去。”

吕男男愣了下：“什么？”

“你先回去。”陆弘重复一遍。

“为什么？”问完了她忽然又不想知道了，“我不能走，我还有工作呢。”

“这个你不用担心，一会儿回去你就收拾东西，我现在就送你走。”

吕男男想来想去还是觉得不妥：“这人都已经盯上你了，说不定也已经盯上我了，你让我回去，万一他追过去怎么办？俗话说，最危险的地方就是最安全的地方。我得待在这里才行。”

要是光明正大的她肯定不怕，虽然她是个女的，能打得过她的男人却是不多的，但是只这“连环”两个字已经把她吓到了。回去了独自一个人，天天疑神疑鬼，她肯定会得神经病的，还是跟着陆弘相对安全点，最起码他功夫好，关键时刻能当炮灰。

见陆弘许久不说话，吕男男忍不住说道：“我肯定不会捣乱的，而且我想去哪儿就去哪儿，我来这里是工作，走不走跟你可没关系。况且我跟人约好了，周末去逛小吃街呢，这儿还有个大广场，我得去看看。”

陆弘终于分给她一个眼神：“以后我去哪儿你去哪儿。”说完又紧接着说了句，“做不到现在就送你走。”

吕男男嘻嘻笑了两声：“看不出你这人对债主还挺好的，人品竟然还不错，以前是我误会你了。”

陆弘给了她一个鄙视的眼神：“说人话。”

“明天一号了，你没忘记吧？”吕男男语速非常快地把这句话说完，完全不给陆弘任何机会打断。

陆弘轻笑了一声：“不记得了。”

吕男男翻了个白眼，就知道陆弘依旧是那个人品有待提高的人：“不记得也没关系，我已经提醒你了，你要是去银行不方便转我支付宝就可以。”

“哦，你还记得你现在是住在哪里吧？”

吕男男迅速回道：“我体积那么小，完全不占地方，又能给你解闷子逗乐，还能充当保镖，我觉得你得给我发工资啊。”说完停顿一下，又道，“不过看在咱们两个关系这么好的分上，谈钱就太伤感情了，我们还是说一下案情吧。”

陆弘看着吕男男，把吕男男的厚脸皮看下来了厚厚一层，换了个话题：“你想去哪里逛？我抽空陪你去，你不要单独出去。”

“程豪没事的，他就是个小孩子，还好玩得很，跟他在一起肯定安全。”吕男男才不想陆弘跟自己一起去呢，想象一下，小吃街、大广场，多么热闹的地方啊，陆弘这么钢材一般的人，太违和了。

“忘了你刚才说的什么了？”

吕男男不服气，瞪着大眼睛，见陆弘坚持，最后终于说了一句：“大不了我去的时候带上你，但是你要正常一点，别见了谁都嘴巴这么损，你知道吗？正常人都没法和你做朋友。”

“嗯，你不是正常人。”陆弘语气凉飕飕的。

吕男男望天：“你看，我已经这么正常了还没法和你交流。”

“智商太低，没办法。”

……吕男男决定从现在开始半个小时以内不和陆弘讲话，省得自己被气死了。

接下来一周时间吕男男和陆弘俨然成了连体婴，不过吕男男压抑得不行，于是在周末偷偷跑去了和程豪约好的广场玩，程豪竟然真的站在广场最显眼的地方等着她呢。吕男男小跑上去：“你来多久了？”

程豪看看手腕上的电子表：“一个小时加十分钟。”

吕男男拍拍他的胸口：“我这是让你提前体验一下有女朋友的痛苦，以后可千万不要交没有时间观念的女朋友。”

程豪撇嘴：“不要给自己找借口。”

吕男男干笑一声，摸了摸立在广场上的大铜人：“怎么样，这几天没做噩梦吧？”

“你说的是你自己吧？”

这话，简直像是从陆弘那里学来的，一模一样的毒舌：“真不害怕？”

“我是男人，有什么好害怕的。”

吕男男点点头：“也是，我都做了一周噩梦了，你说她怎么这么倒霉呢。”

“没查出来为什么有人要杀她吗？”

吕男男愣了愣：“你怎么知道是他杀？”

程豪也愣了一下：“那么漂亮的女人不像是会自杀的人，你去自杀我可能还相信点。”

“瞎说什么呢，”吕男男毫不犹豫地给了他一下，顿了下又道，“不过也没查出来，凶手杀人没有规律，我看过之前的新闻对比，什么都没看出来，死者里面什么人都有。不说这个，我们去逛逛。”

程豪没有多问，拉着吕男男去玩滑板车，地上设置了各种障碍，吕男男不会玩，被程豪骂了好几次：“大姐，我扶着你只是怕你摔倒，你不能挂在我身上啊！”

“哪儿来那么多废话，我又没玩过，平衡不好也是很正常的。”

两个人把广场上所有的东西都玩了一遍还不尽兴，吕男男又拉着程豪去小吃街。说是请程豪吃东西，结果买了之后全部进了她肚子里，此刻她嘴里满满都是东西，一边吃一边抱怨：“好几天没好好吃东西了，现在组里人心惶惶的，谁也吃不下，晚上睡觉前还要在微信群里报个到才行。”说完感叹一句，“也不知道什么时候才能抓到人，大家也放松一下，好多人都想回去了。”

“那你怎么不回去？”

“我得跟着陆弘，不然得自己把自己吓死了。”

“这么相信他？”

“也不是，他功夫好嘛，相对来说有保障一些，我们吃完东西去哪里？”

“你还不回去？”程豪翻白眼。

吕男男干笑一声：“去玩会《魔兽》就回去，你骑车了吧？一会儿送我。”

“你吃了那么多东西还让我送你？不送！”

“那我骑车带你。”吕男男最喜欢耍嘴皮子，压抑了这么多天好不容易出来，当然要好好玩一玩了。

两个人进了网吧，吕男男自己一个人玩得嗨，程豪玩的是一个新游戏，叫作《凤凰图》。吕男男没玩过，一边盯着自己的电脑一边问他：“你怎么玩这游戏？”

“后台开放，控制单位多，玩着有意思。”

吕男男不喜欢控制太多单位，只玩一个还眼花缭乱呢：“不累吗？”

“很有意思啊。”

“你有多少单位控制？”

“很多。”

“那是多少？一百个？一百零一个？”

“一百个一千个一万个十万个……”程豪盯着屏幕手指飞快地敲着键盘，随意回答着吕男男的问题。

吕男男懒得搭理他，投入了自己的游戏里，一玩便是两个小时。等再看时间的时候，眼前出现了陆弘不怒而威的脸，吓得她站起来就往外跑，最后也没能让程豪送自己回去，而是打了个车。

回到宾馆，果然看到陆弘黑着脸站在门口，她正想上去和他拉近乎，便见陆弘黑着脸道：“去哪儿了？”

“出去玩儿了，熟人，跟你说过的。”

陆弘冷笑一声：“跟我说过？什么时候说过？我说过你再私自跑出

去就把你送走吧？”

“没有。”吕男男绷着嘴开始耍赖。

陆弘冷冷地看着她：“走吧，回屋，我给你收拾东西。”

吕男男急了：“我不走！”

“这个可由不得你。”

吕男男拽住陆弘的胳膊，让他拖着自己走：“行了，我错了还不行吗？我又不是你闺女，更不是你的聚宝盆，你实在不需要时刻把我挂在裤腰带上啊，我也会烦的好吧？”

“既然这么烦，现在就走。”

“不烦不烦不烦，我保证再也不跑出去玩了，行不行？”

“不行。”陆弘很坚持，在发现吕男男自己偷跑出去的时候他觉得自己的理智都被烧光了，如果不是那边传来她的消息，他几乎要……

“我真不再犯了！大哥，给次机会吧！我现在走了我们组里那边也没法交代啊！”

“我帮你交代。”

进了房间，吕男男往沙发上一躺：“我不走。”

“不走就搬回你自己的房间住。”

“也不行。”嘿，吕男男还有理了，比任何时候都理直气壮，果然是人不要脸、树不要皮的典型。

陆弘已经把她的东西收拾好，吕男男想要拖时间：“这都半夜了，怎么也得等明天吧？”

虽然陆弘同意了，她却没有等得到第二天，因为她起床去卫生间足足去了半个小时，等到陆弘来敲门她才昏昏沉沉地走出来，一个没站稳就往前栽了一跟头。陆弘脚下快了两步，却没有去扶她，居高临下地看着她：“这么大礼就不用了，快平身吧。”

吕男男捶地，这次是真捶地，她站起身看着陆弘，咬牙切齿道：“公公，小的这厢有礼了。”说着忍不住身子又晃了晃。

陆弘皱眉，走上前扶住了她：“怎么了？哪里不舒服？”

吕男男想起自己之前决定再也不和他说话，顿时闭紧了嘴巴一个字也不说。

“说话。”陆弘的声音带了前所未有的严肃，“不吭声我现在就把你送走。”

吕男男瞪他一眼，然后小声道：“头晕。”

陆弘的大手在下一刻便覆盖在了她额头上，眉头皱成了一个川字，语气不自觉严厉了一些：“发烧了怎么不说？”

吕男男愣了愣：“我发烧了？”没感觉啊！

陆弘忍无可忍地赠送了两个字给她：“蠢货！”说完忍了又忍，才慢慢吐出一句话，“走吧，去医院。”

一直到上了车，陆弘还在“荼毒”吕男男：“你怎么这么蠢，回来的时候就没发现不舒服？”

吕男男上车之后忍了又忍，终于忍不住了：“我那不是被你吓的吗？你黑着包公脸恨不得杀了我，我哪里还敢想自己的事情？而且陆弘我跟你说，你要是再骂我我就……”她本来想说绝交的，可是想到陆弘还欠自己钱，这句话也就没说出来，换成打死高墨琪？袭警不可取，纠结来纠结去，她纠结出了一句，“再骂我我就追你！”

这是她早先折磨陆弘的办法，而且百试百灵，虽然每次都被陆弘罚得体无完肤，她却乐此不疲。

陆弘瞥了她一眼：“快来，我现在就答应你。”

吕男男听了这话果然乐了：“我说，高墨琪真的抛弃你了啊？”

“我跟她没有在一起过。”

这是陆弘第一次主动在吕男男面前提起他和高墨琪，不过吕男男显然不太感兴趣：“那也是人家抛弃你，你这个人就是太作，以前我追你，你各种不喜欢我。行，我长得不好看，那高墨琪总好看了吧？你还作，这下你终于把人作跑了吧？活该你一辈子单身。”

说到这里她忽然想到一件事：“陆弘，你该不会真的有喜欢的人了吧？”

“有。”陆弘回答，“我也没有作，我只是一直在等。”

“等？这有什么好等的？难不成你喜欢的是有夫之妇？你在等人家离婚？到时候还可以捡个便宜娃，真是好福气啊！”吕男男只是畅想了一下就觉得各种违和。

“时机。”

吕男男有些瞌睡，又有些冷，迷迷糊糊地问他：“什么？”

“时机，我在等一个合适的时机。”

“然后呢？”

“一举拿下。”

车厢里久久没有动静，陆弘的声音无波无澜：“想知道那个人是谁吗？”

没有人回答。

陆弘转头看去，吕男男已经歪在那里睡着了，嘴巴微张着，嘴角还隐隐能看到口水。陆弘眼角抽了抽，眼神里写满了嫌弃，以前就爱睡觉流口水，现在更甚了！

两个人到了医院，一量体温，好家伙，竟然有38.9度！当即便输上液，输液没有床位，只能坐着，吕男男坐着坐着便歪到了陆弘身上。陆弘有些嫌弃地推了推她，结果某人完全没有反应，而且还干脆整个人倒下了，头枕着陆弘的腿，别提睡得有多香了。

陆弘不能动，也不敢动，吕男男睡觉不老实，手动来动去，他要随时看顾她的手不能让她跑针，这个动作足足维持了三个小时。

待到护士来拔针的时候，吕男男才迷迷糊糊地醒了过来。已经没有先前那么晕，而且护士说她可以走了，她便立刻站了起来想要早点回去躺床上睡觉，结果等了半天也没见陆弘有动静。

吕男男踢踢陆弘的腿："你不走吗？"

"现在不走。"陆弘依旧坐在那里没动。

吕男男瞪着眼，不知道陆弘这是什么情况，但是现在她真的很不舒服，很想回去躺床上睡觉，于是脾气便上来了："陆弘，我知道咱们之间有恩怨，但是看在我生病的分上你能不能将就我一回？怎么说咱们也认识这么多年了，你的奇葩能发挥在别的地方吗？"

陆弘一直听着她说完，其间没有表现出任何不悦或者其他情绪，只是陈述事实："刚才某个不奇葩的人一直枕着我的腿，我现在不走是因为腿麻了。"

吕男男愣了一下，随即脸有些涨红，然后恼羞成怒："刚才问了你那么多次你不说，就是想看我出丑，你就是奇葩。"

陆弘头微微靠在椅背上，灯光带了一些暖黄的颜色，灯光下的他轮廓清晰俊朗，吕男男看得有些呆。她喜欢美男这件事其实是可以追溯到高中时期对陆弘的感官感受的，可是某人说话永远那么不中听："一次，你只问了一次，而且你就是兵。"

吕男男还沉迷在他的美色里，有些反应不过来地问他："什么兵？"

"秀才遇上兵。"有理说不清。

……

吕男男叹了一口气："唉，要是你是个蜡人就好了。"说完等着陆弘接话，然后讽刺他。结果陆弘就像是看穿了她在想什么，只是挑挑眉，一个字都没说，吕男男忍不住又道："你不开口说话的时候还是挺赏心悦目的，果然是美人诛心啊！"

"你不开口讲话的时候看着确实比猪聪明点。"

喂！此诛非彼猪好吗！

陆弘没有给吕男男反驳的机会，已经站起身往外面走了，吕男男跟在他身后恨不得朝着他的腿关节来一脚，只是她现在一点力气都没有，也不想深更半夜把陆弘得罪大发了。

到了门口一阵凉气袭来，吕男男忍不住缩了下身子。陆弘已经停了下来，吕男男的肩膀正好撞上他的身侧，她有些无语道：“这次是哪里麻了？你说你要是遇到坏人了怎么办？也这样一动不动就把坏人给抓了？少年，毛病不要太多啊！”

陆弘永远都是一副好脾气的样子：“你在这里等着，我去开车过来。”

“为什么？”

“某人一会儿吹了凉风再发烧的话，我可没空再陪着来。”

看着陆弘的背影，吕男男由衷地觉得陆弘这脾气得改改，每次都这样，忙也帮了，也没落好，总是让对方心里觉得找他帮忙是受罪，简直是出力不讨好。

不过，作为小半个仇人，吕男男决定不提醒他，就让他以后得罪大人物，然后各种被下绊子，永远不升职，老婆离开他，儿子不待见他……

吕男男正在美好的未来中畅游着呢，肩膀被人拍了拍，然后就看到一张帅气的脸：“大半夜的你在这里做什么？”

吕男男上上下下打量着程豪：“你又怎么在这里？这么巧？又不是写书。其实你是爱我爱到不能自已，继而跟踪我到了这里的吧？”一边说着一边往他额头上探去，以为他和自己一样都是发烧呢，还把他往门内拉了拉，夜风有些凉呢。

程豪白眼已经翻到了天边去：“我亲戚在这里住院，病房没地方睡，我正准备走呢。你又是怎么了？”

程豪一边说着一边往外走，吕男男自发地跟了上去：“我倒霉，发烧，这事儿肯定得怪陆弘，把我吓发烧了。”

“为什么吓你？”

吕男男左看看右看看，然后小声对他说：“破不了案心情不好呗。”陆弘不在，她可以随意诋毁他，哈哈哈。

“是吗？那你们是什么关系，为什么他偏偏要针对你？”

吕男男撇撇嘴：“我和他能有什么关系，他这个人可不讨喜了，嘴巴还坏……哎，我说，你知道我说的是谁吗？”

“你说的是谁？你总是说，不过我不知道是谁。”

吕男男翻翻白眼：“不知道你还跟我讨论这么久。”说完，她发现前面越来越黑了，“我们是不是走错路了？这边不像是出去的地方啊。陆弘还在等着我呢，待会儿我让他送你回去，你可别跟他客气，你跟他客气了，他就跟你不客气，对他不能手下留情，我们快去找他。”

程豪的声音有些低落：“可能走错方向了。”

吕男男毫不在意地笑了笑，然后拍了一下他的胳膊：“没关系，有坏人我保护你，我可厉害了。”丝毫没提自己的病。

程豪笑了笑：“你在这里等着，我去前面看看路。”说完也不等吕男男说话，便小跑着往前去了。

“前面黑，你慢点别摔了！”吕男男在后面喊着小跑了几步，到底没跟得上他的步伐。

站在原地等了三分钟，吕男男没有等到程豪，拿出手机翻看之前看了一半的资料，正好看到一条分析——如何发现你身边的连环杀手。虽然这种环境看着很恐怖，但是想到程豪就在附近，她便下意识地点开了，然后便看到了其中一条：权力 / 支配导向型。这类犯罪者的主要目的是寻求控制的过程，并满足自己控制的欲望。因此，他们的一大特点就是喜欢玩战略类的游戏，其中控制的单位越多越好。最初可能是控制 3—4 个单位的《愤怒的小鸟》；随后发展到控制几十个单位的《魔兽争霸》；最终，控制千万个单位的《全面战争》很可能都满足不了他们了……而之所以这类人没有大范围出现在社会中，是因为游戏厂商为了防止出乱，联合显卡供应厂，一次又一次地提升游戏中可控的单位上限……

吕男男觉得好玩，抬头去看程豪有没有回来，想让他知道控制多单位的人有多变态。不过她没有等到程豪，反而等到了陆弘。

陆弘是快步跑着过来的，一到吕男男身边就拉住了她的胳膊，声音僵硬："不是让你站在原地等的吗？谁让你乱跑的？！"

说着也不等吕男男反抗，拉着她就往回路走，力气很大，几乎是在扯着吕男男往前走，而且步子也大。吕男男身上没力气根本反抗不得，只得在他身后怪叫着："你慢点慢点，急着去投胎啊！"

陆弘手上的力道这才松了一些："车在前面，还没熄火，我们走快点。"这么说着，脚下的速度不慢反快了一些。

"不行，我在等人呢，待会儿你还得帮忙把人送回去呢。"

"先上车再说。"陆弘甚至没有问她等的人是谁。

不正常，完全不正常，不过陆弘的理由也说得过去，吕男男便没有疑惑，只是对他说："那我们待会儿得走这边，他在这边呢。"

"嗯。"陆弘的速度更快了。

空气静默了一下，吕男男正想说让陆弘慢一点，然后便听到了枪声。

没错，是枪声。

她什么都会听错，唯独这个不会。

9mm 警用转轮手枪。

陆弘的脚步顿了一下，吕男男也停了下来，下一刻陆弘拉着吕男男步子又快了起来，吕男男要甩他的手却甩不开，整个人趔趄了一下："你放开我！"

陆弘扶住她，声线稳定："快回去吧，都半夜了。"

"我要去看。"说着她便去推陆弘，当然推不动他，两个人僵持了起来，"你再不放开我喊非礼了。"吕男男心慌慌的，虽然不知道发生

红包！等你来抢！

《良辰美警》和《如娇似狼》新书上市前，大家询问的热情高得不要不要的，上市后，晒书环节马上开启，拍照、新浪微博晒书并@桃夭任夭夭 就能进入抢红包QQ群哦！【我会私信拉你进群哦！】

参与方式

1. 《良辰美警》和《如娇似狼》读者粉丝直接可以进群哦。暗号：《良辰美警》或《如娇似狼》任意书名和你的微博ID。

2. 买到《良辰美警》和《如娇似狼》，首先拍个美美的照。

3. 在新浪微博晒书，并@桃夭任夭夭。

4. 大家聚齐后，固定周六发一次，维持一个月！一月内还会邀请桃夭人气作者和编辑不定时发福利。

参与时间：

7月1日开始至30日结束！

了什么，但是也已经猜到了，她不相信，一定要亲眼看看才能相信。

陆弘不说话，只是拉着她往前走，吕男男二话不说上前双手抱住他，接着毫不犹豫地咬住了他的脖子，是真的咬，小兽似的，那么狠，那么重，几乎要出血。

陆弘果然放开了她，吕男男转身就跑。

她的直觉没有错，在枪声响起来的时候她就知道这声音绝对和程豪有关系。果不其然，此刻程豪腿上受了伤，正被几个人压在地上动弹不得呢。

吕男男觉得自己要爆炸了："他是跟我一起来的，你们这是做什么呢？还打伤人！"

其中一个吕男男很面熟的警察回头对她说："我们怀疑他就是凶手，你不是要拍吗？赶紧回去找人啊！"

吕男男脑子懵了，有些反应不过来："他不是凶手！他刚一直和我在一起呢！他一定不是凶手！"

"我们有证据。"

吕男男看着程豪被压得动弹不得，着急道："他绝对不会是凶手，那天小曼死的时候他跟我在一起呢，根本没时间杀人。"

"一直跟你在一起没离开过？"

"当……"可"然"字没有说出口，因为程豪离开过，回来之后还换了一身衣服，然后两个人还去了现场。罪犯去现场有种隐秘而极端的兴奋与激动，这种心理她是知道的，但是程豪……

吕男男单膝跪地，看着程豪的眼睛问他："你是吗？"

程豪没有回答，眼睛亮亮的，竟然对着她笑了笑。

吕男男觉得自己是个正常人，最起码在这种气氛下她笑不出来，所以她怀着忐忑的心情又问了一遍："是你吗？"

这次程豪回答得很爽利："是我。"

吕男男的巴掌落在他乱糟糟的头上："谁让你……"本来她是下意识地想要教训他，让他别打人，可是，这已经不是打人了，而是杀人。

杀人，程豪那么好看，那么年轻，那么开朗，怎么可能去杀人呢？

"骗我的吧？"吕男男不死心地问。

程豪没有回答，有担架抬过来，几个人押着程豪匆匆地走了，还有人对吕男男交代了几句，只是吕男男没听进去，她觉得自己整个人都是懵的。一直到陆弘过来拉着她的手上了车，她仍然一句话也没说。

车子开出去许久，陆弘有些担心地看着她，正想说什么，吕男男忽然开口了："我觉得肯定不是他。"她整个人脸色都不好，说话也很飘忽，仿佛根本不知道自己在说什么。

陆弘顺着她的话问："为什么这么肯定不是他？"

"因为……"吕男男忍了又忍，终于忍不住道，"他长得帅啊！"

"猪都比你有逻辑。"

"你想啊，在这个看脸的世界，有一张好看的脸简直就是通往成功的通行证，怎么可能会这么想不开去杀人呢，所以，"吕男男少有地忽视了陆弘的讽刺，抓住他的手臂，"你一定得调查清楚，可不能诬陷人，现在是法治社会，故意制造冤案可是重罪。"

"我为什么要故意制造冤案错案？"陆弘觉得吕男男此刻已经完全没有逻辑了。

……是啊，陆弘似乎真的没有理由。

回到宾馆，吕男男便自动地躺在陆弘的床上一动不动了，陆弘在床边站了许久，最终还是开口："我觉得真凶已经抓到了，你暂时已经安全了，可以回你自己房间睡了。"

没有反应。

陆弘绕了个圈，走到吕男男缩起来的小角落里："吕男男？"

依然没有反应。

陆弘这才发现吕男男竟然已经睡着了，手里还抱着他的枕头，一看就知道睡得不安稳。不过陆弘倒是挺喜欢她这样安静的模样，女孩子嘛，在他的心目中不应该总是张牙舞爪的样子。

夜半的时候，陆弘正在浅眠，一只小手在他背后拉了拉他的衣服：“我觉得肯定不是程豪。”

“为什么？”

“是他的话，他为什么不杀我？”

陆弘拨了拨她的手：“大约是看你太孔武有力了，不敢对你下手。”

吕男男在黑暗中翻了翻白眼，再次觉得陆弘真是个不讨喜的人，在半睡半醒之间说话都能这么恶毒。她决定不和他“拼床”了，因为她已经明白自己为什么会认识程豪了。

她认识程豪不是偶然，她打不通程豪的电话不是偶然，她遇到他送快递不是偶然，两个人出去吃冰不是偶然，连在医院遇到都不是偶然，她想起两个人越走越偏，忽然明白了一件事：不是程豪不杀她，而是还没来得及杀她。

唉，做人果然不能太自信，用自己的爱心去感动一个杀人犯是万万要不得的。

在黑暗中坐了一会儿，她正准备起身呢，一只有力的手臂环上她的腰，陆弘低哑暗沉的声音响起：“去哪儿呢？”

吕男男愣了一下，然后重重地在他身上拍了一下，大声道：“陆弘！睁开你的狗眼看清楚我是谁！手不要乱放！”

陆弘立马便清醒了，几乎是在一瞬间就抽走了环在她腰间的手，然后在黑暗中和吕男男来了个对视，声音有些嫌弃：“赶紧回你自己房间睡去！男人婆！”

吕男男听了这话反而不乐意走了：“你快起来，跟我说说你跟哪个女的睡过了？你刚才那个姿势可真娴熟，早知道这样我就不借你的床了，万一被人知道了多不好，虽然我把你当女人，但是……哎哎，你拽我做什么啊！”

吕男男的话没说完便被陆弘拽着推出了房间，吕男男看着紧闭的房门，“啪啪”拍了几下：“说一下又没关系，我顶多把消息卖给孙库，反正他早晚都是要知道的，我说你能开门面对面说吗？我不习惯对着门说话。”

半晌过去，屋里没有任何动静。

吕男男声音颇有些不高兴：“大男人这么傲娇。”

回了自己屋，吕男男继续失眠，这下连个可以骚扰的人都没有了。

安一正是在第二天一大早来的，因为上午要去医院做采访，大家便集中在一起吃早饭。安一正一来就夸张地对吕男男道：“男男你太厉害了！不愧是我的偶像，听说你也参与抓捕了？怎么样？有没有受伤？”

如果是平时的话吕男男肯定要自夸一番，但是现在她没那个兴致：“没有，不过你知道得是不是太多了？”

“我神通广大嘛，而且……”话还没说完就接收到了吕男男不相信的眼神，“主要是我关心你嘛，你可是我未来的老婆，你的一举一动我必须时刻都关注，不然万一你出轨什么的……哎哎，说好了不打头的。”

“你再敢在我同事面前胡说八道，我就打死你。”

“你这种性格真得改改，你就是那种狗血剧里只活三集的女配，永远当不了女主，你要是能温柔、可爱、娇俏，然后再萌一点——喂！怎么又打人！”

吕男男忽略他的话：“你怎么现在来了？”

“这不是担心你嘛。”

“哦，那凶手被抓之前你怎么不来？”

“那不是担心要是我来了，你除了保护自己还要保护我嘛！”

……

吃过饭之后吕男男带安一正回房间，交代他：“你赶那么早的飞机肯定累了，我跟着去采访，你睡一觉，中午我带你去吃饭。”完全是当妈的口吻。

“我不累。”安一正拒绝她。

吕男男肯定地道：“你累了。”

安一正也严肃地道：“就算累了我也不住这里，我带你去住五星级酒店吧？保全绝对一流，你可以放心地住。”

吕男男又拍了一下他的头：“败家子，有免费的不住，不准去。”

“这么为男朋友省钱，可真是好媳妇，可是我妈为什么就是不喜欢你呢？”安一正有些烦恼。

“我要她喜欢做什么，我又不是嫁给她。”

“可是她不喜欢你，你就不能嫁给我了啊，这可真是你的一大损失。这年头像我这样的‘高富帅’可是不多了，脾气好，肯包容你，对你一心一意，任打任骂，只可惜不能娶你，你可真有得伤心了。”

“你要是真不娶我，那我只能打电话给电台了。”

“对，主持人肯定会开解你的，像什么《深夜不寂寞》《爱你零点零分》之类的，绝对会对你不抛弃、不放弃的。”

“不，我就是点支歌。”吕男男纠正他。

“《伤心 1999》挺好的，不然就是《好心分手》，千万不要点张学友的《你好毒》，那首歌我不喜欢。”

“嗯，”吕男男看着他，冷笑两声，“这些我都不点，我就点一首《倍儿爽》。”

安一正捂住胸口：“男男，你可真是一点都不爱我，亏我对你这么深情，一心想要娶你，现在我决定不娶你了。”

吕男男看了他一眼，得意道：“男人哭吧哭吧不是罪。”

到了房间门口，吕男男打开房门，入目是套间的小客厅，安一正跟着她大大咧咧地就要进去，却被吕男男挡住了："得换鞋。"说着便弯下身子去给安一正拿鞋子，鞋子是她住进来之后陆弘买的，原因是她太邋遢了，陆弘觉得她又脏又没自觉，就买了两双拖鞋回来，她给安一正拿的正是陆弘的拖鞋。

安一正咂咂嘴："两天不见你还得洁癖了？我记得你可是三天都不愿意洗一次脚的。"

"你想死是不是？"

"我想死你还能现在就把我打死？你要是真能的话你就来，正好把你也抓进去，不过到时候我肯定会心疼你，舍不得你被抓进去，所以你还是不要打我了。哎，你怎么不动啊？"

吕男男的声音从下方传来："你今天是不是系皮带了？"

"我千里迢迢跑来看你，你却连我穿什么衣服都没有看清楚！男男，你真的是一点都不爱我啊……"

吕男男咬牙切齿："闭嘴！你的皮带挂住我的头发了！"

安一正愣了一下，然后低头看了看："好像是这样的。"一边说着，一边开始解皮带。

吕男男听到解皮带的声音，叫道："喂，你干吗！你想死是不是！"

"大姐，缠死了好吗？要么就剪断，要么就解开，你选择。"

吕男男咬牙又咬牙："解开！"

于是便出现了下面一幕："你轻点，轻点！你弄疼我了。"

"知道了知道了，你再忍一下，马上就好。"

"你不能快点吗？"

"这种事怎么快？"

"这种事怎么不能快了？"

"好了好了，马上就好了。"

“你又弄疼我了。”

“忍一下吧，我有什么办法。”

头发终于解开的时候，吕男男呼出一口气，恶狠狠地瞪了安一正一眼：“笨手笨脚的，你妈怎么生的你？”

“顺产。”安一正回嘴回得也快。

两人这边还没说完呢，门口便出现了陆弘的身影，吕男男和安一正同时愣住了。吕男男早上醒的时候便没有看到陆弘，昨天抓了犯人，今天肯定是要很忙的，她还以为陆弘不会回来了呢，不过她的反应倒是快：“陆队，是找我们摄制组有事吗？这个恐怕你得和白姐说。”

显然，此刻吕男男比较希望和陆弘撇清关系，不过陆弘似乎并不打算让她如意：“我回来拿东西。”他的目光落在安一正的皮带上。

……

陆弘绝对是来砸场子的，绝对是来跟她过不去的，所以她不喜欢陆弘的原因再次添了一条。

看着陆弘进房间的身影，安一正问吕男男：“他说的回来，是什么意思？”

吕男男望天：“就是字面上的意思。”

“那字面上的意思是？”

“就是我们共同合住了一个套房的意思。”顿了下，吕男男道，“他住他的，我住我的。”

“那为什么别人没有和他合住呢？”

吕男男有些不想承认这个事实，说：“因为只有我被赶出原来的房间了。”

“那为什么他一个人要住套房呢？”

吕男男朝着陆弘的房间瞥了一眼：“因为傲娇的人都喜欢住一间看一间。”

“这理由编得还挺像样的。”

“那是，”吕男男顿了下，反问了句，“听你这意思是不相信我了？”只要他敢说不相信，她就敢把他打死。

“这个小的不敢，主子明鉴，小的打心底里认为您就是一朵圣洁的白莲花，任何人都染指不得啊。”

吕男男斜着眼：“你这是在讽刺我？”

“绝对真心话。”

“那你看着我再好好说一遍，说好了我就不打你。”吕男男和安一正商量。

有人插话进来：“我这两天不回来住，房间可以让给他。”

哦，吕男男都要忘记了，陆弘还没走呢，她得给安一正留点面子。男人嘛，她懂的。

吕男男没想到陆弘竟然这么好心，这种便宜不占白不占：“行，你什么时候回来了提前告诉我，我们再搬。”

陆弘的目光在两个人脸上扫了一下，然后面无表情地点点头：“好。”顿了下又问吕男男，“采访你想去吗？”

吕男男愣了愣，不是她想不想，而是她能不能不去的问题。她是来工作的，难道要因为采访对象自己认识并且不能接受他就是杀人犯，而不去工作吗？

“可以不去吗？”

陆弘的回答很随意：“不想去就不去。”

吕男男白眼都想翻到天上去了，这话说了不等于白说嘛！

陆弘收回目光准备离开，一直没开口的安一正忽然开口说话了：“陆队还挺忙的，又要破连环杀人案又要找女朋友，魅力可真大。”

陆弘沉着的目光对上安一正的，连声音都沉沉的：“我先走了。”

“你脖子上是谁咬成这样的？”安一正的问题很直接，就像他这个人一样，问完了又问吕男男，“你知道吗？”

吕男男看陆弘，陆弘看吕男男，吕男男龇着牙：“这个我真不知道，大约是昨天他带回来的那个女孩子，长得漂亮胸还大，善解人意又讨人喜欢，就是下嘴有点狠。”

陆弘点点头：“嗯，是这样。”说完便离开了，手里拿着一个文件袋，不用想也知道里面是什么。

陆弘离开以后，安一正又问吕男男：“是这样吗？”

“是这样。”吕男男肯定地点了点头，“不过那个善解人意的人就是我。”

接下来吕男男便把昨天的事情说了一遍，又开始各种感慨了半个小时：“这么帅的人实在不应该是杀人犯啊，你说他们的推理是不是出错了啊？”

“都去当杀人犯了证明他还不够帅，你看我这样的，肯定不会去杀人。我要是被判了死刑，那多少少女要心碎啊。”

这个说法被吕男男狠狠鄙视了一番，不过安一正似乎真的累了，躺床上没一会儿就睡着了。

吕男男本来准备跟组里的人一起去医院的，谁知还没出门就有人来通知她不用去了，说是陆弘交代了嫌犯受伤了不能受刺激，这边只准去四个人。

当然，只有四个人那肯定是轮不到吕男男的，吕男男正好也不想去。

除了接受不了程豪是杀人犯之外，她也接受不了和他见面，想到昨天晚上他可能是想杀了自己，她就觉得各种纠结。

第六章
小心，被发现了！

【所以说，不是电视台不愿意，而是吕男男不愿意。吕男男不愿意可以理解，但是陆弘凭什么不愿意？哦，那就是和吕男男有关了。】

另一边，会议室里讨论声此起彼伏，墙上挂着大大的警徽，几个人似乎都挺高兴，有人说道："陆队，犯人是你最早识破的，抓人的点子也是你想到的，隔得这么远我都听说过你的名字，你什么时候有空也来给我们的队员上一课？"

陆弘没有表情也没有说话，似乎在发呆，有人拍了一下他的胳膊，他才收回意识，问："什么？"

"陆队也有心事？在想什么，说出来我们大家帮你分析分析。"

"陆队这么聪明，肯定不会是想案情想得这么认真，应该是女人没错了。"

"陆队的感情生活比破案还神秘，比疑难杂症还疑难，要是有什么不明白的不用讳疾忌医，我们大家都能帮你！"有人豪爽地拍着胸口保证了。

陆弘面色有些僵："不用，刚才我们讨论到哪里了？"

"程豪那小子没什么大事，就是什么都不肯说，非说要见一个人。"

"谁？"

"吕男男，就是你总带着的那个女孩子，这次多亏她，不然我们也不能这么快就抓到人，这次的采访就让她走前面。"

陆弘下意识地拒绝："不用，"顿了下才在众人好奇的目光下说，"她也不用见程豪，这件事也不用和摄制组说，程豪的事我来安排。"

这明明是你好我好大家好的事情，换个人，这么大好的机会不得争破头吗？而且罪犯主动要见电视台的人，不见就不交代案情，这简直就是新闻头条，电视台那边的人能放过吗？

所以说，不是电视台不愿意，而是吕男男不愿意。吕男男不愿意可以理解，毕竟熟人变成杀人犯，任何一个人都要有一个心理转变的过程。但是陆弘凭什么不愿意？

哦，那就是和吕男男有关了。

所以，他脖子上的痕迹也找到主人了。

所有人都露出了了然的表情，纷纷保证："这件事陆队说得对，我们也觉得不应该让一个外人干涉我们破案，况且人我们都已经抓到了，一个犯人要求也太多了点。"

陆弘看着众人都是一脸"我懂的"表情，面色僵了僵，最终只说了两个字："谢谢。"

"应该的。"

……

陆弘低咳两声，又把话题引回程豪身上："他多久能出院？"

众人心如明镜，不再提这个让陆弘不自在的话题，会议室里很快又讨论得热火朝天。

安一正作为一个合格的公子哥，来这边两天，带着吕男男把所有的景点都看了个遍，大酒店、小吃摊，只要吕男男想去的地方，他带着她全部去吃了一遍。对此，吕男男由衷地感慨了一句：“其实咱们俩做情侣挺好的。”

安一正洋洋自得：“那是，我肯定比陆弘好。”说完又加上一句，“也比那个程豪好。”

吕男男看着他，又感慨一句：“就是我怎么感觉不到什么爱情？”

安一正瞪大眼睛：“男男，你这是想要抛弃我吗？那咱俩可得先把账算清楚，你别怕，你花了我多少钱，我都有给你列清单呢，到时候你还给我咱俩以后就只是——你再打我，一会儿我就不去付钱了！”

安一正生气了。

吕男男对他无语至极，这么严肃的话题，他还能这么耍贱，于是她说：“放心，说不定以后咱们结了婚我就知道什么是爱情了，不过你以后可不能这么娘了。”

“我娘不娘以后结了婚你就知道了。”

吕男男龇着牙：“你说以后咱们要是结婚了，洞房花烛夜会是什么情形？”

“为了一展雄风，我必须在上面。”

“谁强谁在上面，这种时候就要靠武力决定胜负了。”

“那不行，为了你老公我的自尊心，你也得让我在上面。”

“打得过我就让你在上面。”

“那我不娶你了。”

“不娶就把你打死好了。”吕男男说得毫不在意，但是语气坚定，安一正能够听出她这话有几分真几分假，忽然他抖了抖，有些害怕。

犹豫了许久，安一正问她：“如果我真的娶了别人会怎样？”

吕男男睥睨着他：“你猜。”

安一正立刻告饶："姑奶奶，我发誓我这辈子只娶您一个人，您可千万别再用这种眼神看我了。"

吕男男可有可无地"嗯"了一声，然后告诫他道："我跟你说，我嫁不嫁你是一回事，你娶不娶我，那就是另外一回事了，懂了吗？"其实吕男男挺喜欢安一正的，安一正从来不会跟她对着干，哪里像陆弘，说一句，呛你十句，完全没办法沟通。

"懂了，女王大人，您还想吃什么，小的去给您买？"

"不吃了，待会儿我想去超市逛逛，你陪我逛超市。"吕男男有点想吃那个麻麻辣辣的牛肉丝了，但是一斤要二百多块钱，她喜欢吃却不喜欢这个价格，所以每次见了安一正都会让他陪自己去超市，安一正从来没有二话。

果然，安一正二话不说就答应了："行，别说陪你去超市，就是让你生孩子都没问题。"

"啪啪啪！"

吕男男毫不客气地在安一正头上打了三巴掌，安一正抬起头无比委屈地看着她："我又没说错，等我们结婚了不就得让你生……哎哟，不生不生，我给你生还不行？"

对于吕男男的暴力，安一正自有方法对抗。吕男男是个爱面子的人，偏偏她自己不肯承认，为了报复今天的几巴掌之仇，于是出现了下面一幕。

两个人站在移动营业厅前面，安一正劝吕男男："你在这儿等一会儿，我充好话费马上就回来。"

吕男男鄙视地看了他一眼："这么多年你的小伎俩就不能提高点？就算是不想我进去吹空调，你也没必要表现得这么明显吧。"

安一正表情失落："男男，你可是我的真爱，就是你想去死我也不会拦着你的，更何况你只是想去营业厅凉快一会儿，快走吧，我们进去。"

于是某人又挨了一巴掌，安一正咬咬牙没吭声，手揽在吕男男的肩膀上："快走快走，热死了。"

吕男男得意，对于自己有这么听话的男朋友，她心里还是很受用的，不过很快她就知道什么叫逆天了。安一正一进大厅便大喊了一句："你们能给我新买的苹果 6plus 充话费吗？"

……

在这个苹果 6plus 还未在国内上市的时候，虽然有这么一个手机很吸引人，但是有安一正这么故意丢人的吗？于是便出现了这样一幕——移动营业厅里，安一正在前面跑着求饶，吕男男在后面追，热闹极了。

安一正大叫着："老婆老婆，我错了！就算是你出去偷人我也应该忍着的，从此以后我再也不会打你给别的男人生的孩子了，你别打我了，你天天打我我也受不了啊！我真错了！"

到了最后安一正还是没能逃得过吕男男的魔掌，不过吕男男也没有当着众人的面打他，而是把他拖到小巷子里打了一顿，最后把安一正打得抱着她死活不松手，就差大哭一场了。

打完了，吕男男畅快了，安一正委委屈屈地说道："我今天得回江城了。"

吕男男一愣，扒拉着他的头发："真打到你了？"她下手可是知道轻重的，一般只打会疼却不会受伤的地方。

安一正默默把自己的头发恢复原形："不是，明天公司还有事呢。"

"什么事？"吕男男只是顺口一问。

"说了你听得懂吗？估计……"话还没说完就收到了吕男男扫过来的眼风，某人识相地闭嘴了。

"那我送你去机场。"

安一正来的时候拿的行李都是给吕男男带的吃的、用的，两个人甚至不需要回宾馆去拿东西。到了机场，安一正是直接去换票的，似乎是早就买好了机票，吕男男不解地问安一正："你到底来这里做什么啊？我可不相信你是专门来看我的。"

"其实我就是好奇连环杀人案的凶手长什么样，而且你天天在电话里跟我说程豪，我怕你出轨。我妈本来就看不上你了，要是你在我们结婚之前喜欢上别人，就更进不了我家门了，我得为我们两个人的未来考虑啊！"

吕男男斜着眼看人："我要真想出轨，你拦得住？"

安一正由衷地道："你这样的，就算是想出轨，我觉得也不好找对象。"

"还想挨打？"

安一正抖了一下："这个就不用了，不过看在这里治安这么不好的分上，我可以送你回宾馆。毕竟这都晚上了，机场还在荒郊野外，万一你被人杀人碎尸了，你说到时候我是把你的尸体埋到我家呢还是送回你家呢？"

吕男男看看表："你得去安检了，给你一分钟，赶紧滚。"

这几年吕男男对他说过无数次滚，可他每次都死皮赖脸地贴上来，这次也一样："我就滚到你怀里，赖上你一辈子，做你贴心的小棉袄，做你夏天的小扇子……"

吕男男忍了又忍："安一正，你脑子真的没问题吧？"

安一正竟然也有了脾气："你才有病！你全家都有病！"

吕男男其实有些不理解："你说你要是没病，我天天这么虐待你，你怎么不跑啊？"

安一正眼中灼烧着火焰，这种目光吕男男看过许多次，可也只是那么一瞬，他的语气似乎有些激动："你是我的偶像啊，除非你把我打死，不然我赖定你了。"

我……还能不能好好说话了？哥，你是没吃药吧？在起了一身鸡皮疙瘩后，吕男男嫌弃地朝他摆摆手：“赶紧走赶紧走。”

然后安一正便真的走了，看着他的背影，吕男男觉得是个男人都忍受不了她这样的身体虐待加精神虐待，也真是难为安一正了，她决定要对他好一些。可偏偏此时安一正不知道发什么疯竟然扭头看了吕男男一眼，这一看不打紧，他竟然一个趔趄摔了一跤，仿佛看到什么很恐怖的事情，手脚并用爬起来就跑了。

……还能不能愉快地玩耍了？

安一正走的当天晚上陆弘就回房间睡了。现在所有人都知道吕男男是住在陆弘开的房间里，看她的目光里都带了许多说不清道不明的意味。倒是陆弘队里的人都对她越来越热情了，吃饭有人帮忙带，喝水有人帮忙倒，每次她还没走到大厅就有人问她是不是要出门，自告奋勇要当她的司机。只有一个人对她爱答不理，那个人就是陆弘。

又过两天，听说程豪终于可以出院了，陆弘准备把他带回江城去，已经和这边的警方达成协议，第二天就要回程。

这天下午陆弘终于屈尊和她说话了：“晚上去吃小龙虾，你要不要去？”

吕男男本来准备对陆弘冷淡处理的，他不理她，她更不想搭理他呢。虽然从正义的角度考虑没问题，但是程豪在她眼中只是个孩子，她那时并不知道，程豪的电脑操作本事比她想象中要高许多，他说了那么多单位，只有一个是准的，便是十万个单位。他的控制欲已经到了一定的地步，本质上是极其危险的人物。而他们保存的证物蓝丝带的尾端都有一个图案，便是程豪给她的那块玉的图案。孙库也隐约说起小曼家里的事情，不但她出事了，她弟弟也在其列，说明这连环案并非没有规律。陆弘明明什么都知道，却不肯说，反而利用她引出了程豪。

若是说高智商犯罪的话，程豪绝对在其列，可是他这么容易就被抓到并不符合常理，除非他想要被抓到，故意在她面前露了这么多线索，又或者是早就料定她是他的囊中物，所以并不在意让她知道？

吕男男在小曼出事之后便没有刻意再去关注这个案子，小曼的死亡将她所有的热情都熄灭了，让她明白这并非游戏，而现实也可以这么残酷。你认识的人、你了解的事物全部被颠覆，她对这个案子都有些避之不及，只想早早了结，只是没料到是这般了结。

而且据说程豪拒不交代网站的事情，一定要见她，吕男男对程豪除了失望之外，更有一种后怕，自然是怎么也不肯去的。

不过对她来说最可气的除了程豪的欺骗，便是陆弘的利用，听了这话，她咬牙切齿地道："去！为什么不去？"

陆弘默默地又看了一眼自己的手机屏幕，现在他换了个动态屏保，是一只萨摩耶在卖萌，就和吕男男此刻是一个表情。

吕男男好奇地看了一眼他的手机，不明白为什么陆弘和她说话的时候总喜欢看一眼手机屏幕，而且是真的只看屏幕，她已经注意到好几次了。于是她问陆弘："你看什么呢？"

"大狗。"陆弘收起手机。

"这有什么好看的。"吕男男有些失望，以为自己发现了什么秘密，结果只是一只狗。

"你不觉得它看起来很蠢吗？"陆弘抬眼看她。

"不觉得。"

陆弘又说："那是因为它比你看起来稍微聪明一点。"

吕男男不甘示弱："它比我聪明，我比你聪明。"

陆弘点点头："这种良好的自我感觉可以一直保持下去。"

吕男男恶狠狠地看着他："祝你一辈子这么不讨喜。"

陆弘毫不在意："比某人稍微好一点吧。"

吕男男想到中午吃饭的时候白婷和自己说的话，脸上故作为难道：

“我的确是不招人喜欢呢，被人从原来住的房间赶了出来，现在好像又要被人赶走了。”说完她重重地叹了一口气，见陆弘不问自己，又说，“白婷说不习惯和别人住一个房间，让我和她调换一下，我已经答应了。你运气可真好，你不知道我们台里喜欢白婷的那是一波一波的。不过这人啊，总有眼瞎的时候，怎么就看上你了呢？要钱没钱，脾气又不好，也就只是公务员而已，唯一好的就是那张脸，但是那才能保持几年啊，而且……”

“你答应了？”陆弘的声音不变，连脸色都没有变一下，对吕男男的评价没有任何反应。

“答应了啊，以后美人在怀，有你乐的。不过其实我觉得白婷没有高墨琪好看，而且白婷性格不好，喜欢对人吆东喝西，就你这样的她都倒贴，以后肯定给你戴绿帽子。”吕男男的终极目标就是把陆弘说得没话说，不过陆弘为什么笑得这么怪异？

“你回头。”陆弘简单地为吕男男解惑。

然后吕男男便回头了，再然后她看到白婷站在门口，有那么三秒钟她脑子转不动，再然后，她正想解释的时候就见白婷一脸愤怒地转身跑开了，身上的紧身连衣裙随着她疾跑的姿势摇摆着，别提有多诱惑了。

吕男男张张嘴，然后问陆弘：“她什么时候来的？”

“你提到她的时候。”

“那你为什么不告诉我？”

“我为什么要告诉你？”

吕男男哭丧着脸，为陆弘掬了一把同情泪：“看来你得不到美人儿了，以后只能找一个大胖子，丑胖子，死胖子。”

“嗯，我就找你这样的。”

吕男男决定不和陆弘说话了，她得用另外一种方式折磨他，那就是吃垮他。

于是晚上吕男男吃了超大的一盆小龙虾之后终于扶墙而出，而陆弘付账的时候没有丝毫为难。吕男男觉得自己的策略又失败了，于是更不想搭理陆弘了。

陆弘的路虎不知道去了哪里，吕男男也并不关心，两个人是打车来的，吕男男回去的时候看到陆弘那不疼不痒的表情就特难受，于是坚持叫了专车。专车有多贵，全世界都知道。

街道上有些吵闹，下车后，吕男男和陆弘在街上慢慢走着，原本吕男男以为是庆功宴呢，谁知道只有陆弘和她两个人。可是陆弘为什么要请她吃饭呢？他这个月的钱已经还了啊。

陆弘主动解释了：“我们明天就回去了，之前答应带你出来逛逛的，我从来都是守信的人，不像是某人，昨天说的话今天就会忘记。”

吕男男忽略这话中的讽刺：“哦，安一正已经带我逛过了。”

陆弘忽然问了一个问题：“要是安一正和别人结婚了的话，你会怎样？”

吕男男瞥了他一眼：“其实你和安一正之间有奸情的吧？前几天他才问过我这句话。”

“那你会怎么做？为爱自杀？”

吕男男瞪大眼，用手指了指自己：“你看我像是会为了安一正那种货色去自杀的人吗？我顶多就是杀他！”

陆弘点点头：“那我就放心了。”

“你放心什么了？”

“假如安一正残了或者死了，我就知道凶手是谁了。”

吕男男用看神经病的眼神看了陆弘一眼，觉得陆弘已经头脑不清楚了。

不过很快她就知道陆弘为什么要请她吃饭，还说那么奇怪的话了。

第二天，所有人都到机场准备回江城，而且陆弘不知道发什么疯，竟然给她提了一个箱子，可能是因为所有人都知道她和陆弘关系好，她也就没有避讳。终于不用帮别人拎东西，而是有人帮着她拎东西，这感觉还真是怪异。

就在他们一起等候过安检的时候，张琳琳的电话打了过来。“琳琳，你回来了？”张琳琳之前去土耳其自助游，吕男男已经一个月没有见过她了。

张琳琳的声音似乎很激动：“你还有空关心我？你关心一下你自己好吗？”

吕男男低头看看自己：“我自己挺好的啊。”

“好？你知不知道安一正和别人订婚了？”张琳琳在那边咆哮。

吕男男对这句话没有任何反应，只是说：“不可能。”

张琳琳冷笑一声：“你回江城，江城稍微有头有脸的人都已经知道了，就你这个傻子不知道，还不可能，你等着回来丢人吧你！”

那边张琳琳已经气得挂了电话，吕男男觉得张琳琳肯定是吃错药了，随口问陆弘：“听说安一正订婚了？”

陆弘点点头：“是有这么一回事。”

吕男男有些纠结，至于她为什么这么纠结，绝对不是因为她有多爱安一正，而是诧异竟然连安一正都有人要？他明明是她要娶回家的“老婆”啊！

这边，安检人员客气礼貌地对吕男男说：“请你打开箱子，我们要检查一下。”

吕男男自认箱子里绝对没有违禁品，便随手打开，再然后，众目睽睽之下，安检人员从她箱子里拿出了一样东西，问她：“这是什么？”

吕男男看看安检人员手里的东西：“似乎，好像，是卷头发的？”

那人将东西拿回去又过了一遍安检，吕男男的目光跟随着自己的东西，有些搞不懂这到底是什么东西，这明明不是她的东西，不过很快她便注意到了陆弘的目光……这样看着她是什么意思？

不过很快她便知道这是什么意思了，因为她听到有人小声告诉那个安检人员：“不用检查了，这是震动棒。”

震动棒？和她想象中的那个东西是同一个东西吗？这种东西怎么会在她箱子里？她脑海中闪过安一正临走时摔的那一跤，简直恨得牙痒痒，这货绝对是故意的！明知道她箱子里东西多，又不喜欢去翻东西，就故意把震动棒放在最下面等着她出丑！

过了安检，吕男男走到陆弘身边：“刚才你看到的东西不准说出去！”

陆弘连一个眼神都没有分给她：“我还没闲到去八卦你。”

吕男男觉得自己有必要解释一下：“其实这就是……”

陆弘停下脚步转头看她：“不用和我解释，我们只是普通朋友。”说完便迈着他的大长腿往前走了，完全忘记了自己是和吕男男搭伙的。

吕男男被气得有些胃疼，先是听说安一正订婚了，然后又被人误会自己和震动棒有关系！现在她的境遇只能用一个字来形容：惨！

握握拳头，吕男男恶狠狠地道：“一定要打死安一正！”她这话绝对不是口头威胁。

上飞机之后原本陆弘和她是邻座的，但是不知道为什么陆弘竟然和别人调换了座位，而且似乎很不想搭理她。就算是到了江城警队和摄制组分手，每个人都依依不舍的时候，陆弘也全程冷着脸。吕男男还在纠结用什么方式把安一正打死，根本没心情去观察陆弘，导致她没发现某人看她的眼神越来越阴冷。

安一正消失了，没回家，不在公司，到处都找不到他，安一正他妈是这么对吕男男说的：“男男啊，你是难得的好孩子，可是一正……”

吕男男故意打断她：“这么好的孩子不是应该被娶回家宠着吗？”

安妈妈噎了噎，然后幽幽地道：“会有人娶你回家的，一正和你也不合适。”

吕男男点点头：“我也没觉得我们有多合适，但是他这么一声不吭地就把我给甩了，我太没面子了。”

“那你的意思是？”

“江湖规矩，我砍他一只手就好。”

……

“孩子，你知道什么是法律吗？”

吕男男歪着头想了想：“那要不你们赔我点青春损失费，我再打他一顿好了。”

安妈妈歪了嘴：“你们俩不是一直都说对方是自己的真爱吗？说钱多俗。”

“爱得这么真也抵不过人心啊！”吕男男仰天长叹一声，“谁知道这家伙竟然会背叛我！早知道他这样，我就不对他那么好了！”

“据我所知，你经常打一正，这也叫对他好？”

“阿姨，你这儿子是不打不成器的代表，我这是替你教育儿子呢，你得感谢我。”

安妈妈再次无语了，半晌，说了一句：“你以前看着不是挺正常的吗？”

“其实我就是个精神病人，要是你们不赔偿我精神损失费的话，我精神病犯了可就不太好说话了。”

“你这是敲诈。”

吕男男望天，这句话听着怎么就这么熟悉呢？难道她要变职业敲诈人了？最近可真是诸事不顺，先是因为把白婷得罪了，回来之后白婷便死活不同意她待在原本的栏目了，还强烈要求台里辞退她这个临时工。不过幸好主任是个老好人，从中做了调停，把她调到了《财富论坛》栏目，而眼前的这个女人……似乎是老大让她来邀请的嘉宾？

果然还是让感情战胜了理智吗？

不过，幸好她机智："敲诈还真不是，阿姨你可以用另外一件事代替。"

"什么？"

"去我们节目当嘉宾啊，您知道我们节目收视率多高吗？只要您上一期，保证您比之前更出名。您看您这么漂亮，上了电视就是知性美女，安一正站您旁边，那就是一土鳖，到时候您出名了，那就是你们家公司的活广告啊！从此以后再也不用花钱找明星了，把您照片往产品上面一贴，就是下一个老干妈啊！"

好吧，吕男男又谈砸了一个嘉宾。她实在不该说老干妈的，她应该把安一正他妈比作范冰冰才是，一不小心说了实话的感觉原来是这样的，还是打安一正一顿比较靠谱。

对于老干妈的说法，张琳琳听了之后觉得特别形象，就在微信上告诉了安一正，谁知消失了这么久的安一正竟然回话了："我妈最讨厌吃老干妈。"

吕男男激动地拿过张琳琳的电话对着安一正就是一顿骂，然后安一正便再次消失了。

张琳琳一边吃罐头一边说："其实我觉得吧，能摆脱安一正，对你来说未尝不是好事。"

"现在是他摆脱我，谢谢。"吕男男指出事实。

"你又不喜欢他，计较这么多干什么？"

"你懂什么，这是面子问题，别人打我一拳难道我要忍着？"

"你打他还少？"

吕男男往沙发上一靠："我只后悔没打死他。"

张琳琳忽然换了个话题："陆弘呢？"

吕男男愣了一下："我怎么知道？这么关心他，你看上他了？我跟你说，他还是一如既往地让人讨厌，你可别喜欢他，不然得后悔一辈子。"

"我喜欢他，可他看不上我啊，"张琳琳换了个姿势，跷着二郎腿，"那时候我给他写了那么多情书，他连多看我一眼都没有，倒是对你还不错。"

吕男男无语："你对"还不错"的定义是不是太宽泛了一些？"

"我觉得你可以再去追他一次，说不定他就从了呢。"

吕男男撇嘴："倒贴我我都不要，把他搞回家我不是自己找罪受吗，早晚得被他气死。"

"得了吧，你真能把他搞回家那你的幸福生活就开始了，这年头这么好的男人去哪儿找，对女人不假辞色，有能力，长得又帅，你不趁着这会儿近水楼台先得月，以后有你后悔的。"

"我宁愿后悔没能和安一正在一起也绝对不会后悔没和陆弘在一起。"说到这里，吕男男烦躁地走来走去，旧事重提，"不打安一正一顿我实在咽不下这口气啊！"

张琳琳终于把罐头吃完了，随手把瓶子丢进垃圾篓："我给你指条明路？"

"指。"吕男男豪放地道。

"你可以找陆弘啊，他是警察，别人找不到安一正，他还能找不到吗？"

吕男男一拍大腿："琳琳，没想到你脑子竟然是好使的！"

张琳琳点点头："是个人都比你脑子好使点吧。"

"可我都这么久没见过他了，他能帮我吗？"

"不试怎么知道。"

吕男男深深觉得张琳琳说得有理，她决定明天去试试，其实她真的要找关系的话挺多人可以找，但是她不想用她爸的人情，回头说不定别人求她爸办什么要不得的事情呢，她可不能害她家老爷子。

吕男男还没来得及去找陆弘，陆弘便找来了。上午她刚从新栏目组老大赵总编的办公室出来，被骂了个狗血淋头是逃不掉的，“老干妈”在背后阴她也是必需的，她再次觉得必须找到安一正。

本来吕男男还琢磨着怎么跟陆弘开口比较合适，他的电话便打来了，吕男男有些好奇：“琳琳和你说过了？”

“什么？”

“没有吗？”

“你找我什么事？”

陆弘在电话里向来喜欢公事公谈，见吕男男没有继续说下去，便开始说公事：“程豪自杀进了医院，要见你，你想见吗？”

吕男男一愣，没想到过了这么久程豪还是要见她，可是见面说什么呢？她下意识地想要逃避，便听陆弘道：“他是因为要见你才故意自杀的，我只是告诉你，怎么决定是你的事情。”

为了见她自杀？这个消息把吕男男吓到了，虽然她是女霸王，但是只是个敢杀蚊子的主。有人为她自杀，这绝对是她活了这么多年以来最为震惊的消息。可能是因为太震惊，她久久没有说话，直到话筒里再次传来陆弘的声音：“你考虑好了打我电话。”

“去去去，我现在就去，在哪个医院？你把地址发给我。”

挂了电话，陆弘发过来一个地址，还挺远的，是一个武警医院，吕男男坐着摇摇晃晃的公交车到医院的时候已经是两个小时之后了。到了住院部的时候陆弘已经在等她，看到她并没有多余的话，只是略微朝她点点头，便带着她往病房走，吕男男快步跟上去：“陆弘，你得帮我个忙。”

“哦，给我多少好处费？”陆弘瞥了她一眼，理所当然道。

吕男男噎了噎："陆弘，你可是人民的好警察啊，什么时候养成这种作风了？你还年纪轻轻可不能这样，不然早晚我得去监狱看你，所以为了避免这种情况的发生，这次你得帮我。"

"帮你找安一正？"陆弘虽然是问句，意思却相当笃定。

"对对对，一定要帮我把这家伙找出来。"吕男男摩擦着拳头，实在有点痒。

"你找不到他，他出国度蜜月了，去了法国，你要跟去吗？"陆弘问吕男男。

吕男男愣了下："法国？这么远？算了，还是等他回来好了。"

陆弘凉凉地看着她："俗话说，一日夫妻百日恩。都已经这样了，和平分手以后还能做朋友，别老想着找他的事对你也有好处。"

"谁跟他……喂喂，你走慢点。"吕男男本来想说她没有和安一正一日夫妻百日恩，但是显然某人对她的私生活不感兴趣，她再追上陆弘的时候，他嘴里便只有公事了。

"进去之后不要刺激对方，有什么事情直接谈，谈完了就早点出来，无论对方有什么要求都不能答应，记住了吗？"

吕男男有些为难："你说他为什么要为了我自杀啊？我觉得这不太靠谱。"

陆弘不想搭理她："你自己去问问不就知道了。"

吕男男也感受得到自己不大受陆弘待见，干脆也不说话了。有人引着她进了程豪的病房，很简单的普通病房，里面还有两个警察守着，他的手还被手铐铐在床沿上，姿势别扭极了。

听到有人进来的动静，程豪转头去看，便看到吕男男拘谨地站在那里，然后他就笑了："大姐，你来了。"

吕男男看着这样的程豪觉得别扭极了，连说话的声音都有些不稳了："听说你找我？"

程豪用下巴点点陪睡床："你坐下，我们聊聊。"

吕男男考虑了一下，没有坐下，而是站在原地道："你有什么事？"

程豪又笑了："我又打不过你，你怕什么？"

吕男男想了想，觉得程豪说得有道理，便看了看不远处的两个警察，见他们没什么反应，便走过去坐下，问程豪："你说吧。"

程豪的伤在额头上，看得出来是下了狠心，肿得老高。不过他本人并不在意，只是和吕男男随便地聊天："你以前不是问过我家里的事情吗？我就是想跟你说说。"

吕男男早就忘记了自己问过程豪什么事情，于是幽幽道："我能收回我的问题吗？"

"不能，我想和你说。"

吕男男想说自己不想听，但是想到陆弘说的不要激怒他，便沉默着没有开口。她的心是麻木的，真正面对程豪，没有惧怕，也没有同情，或者说，她不知道该用什么心情来面对他。

"我和我妹妹小时候就生活在孤儿院里面，那时候我长得还没窗户高，听到我妹妹在屋里哭着喊，孤儿院管得很严，不允许小孩子到处跑，我踮起脚偷偷看，我妹妹才那么一点大，他们都是畜生。"

吕男男想问他为什么不冲进去，可是又问不出来，如果换了自己，估计也会做同样的选择。

"后来我妹妹经常被带走，我就站在屋子后面听，直到有一天我妹妹再也没回来。"程豪的声音没有波动，就像是在讲别人的故事，"再后来我又看到别的小女孩被带进去，偶尔他们还会让我亲自去带人，那个时候嘛，没人管的，还是那种地方。"

吕男男嘴都要歪到姥姥家去了："你……没得幻想症吧？"她只是想活跃一下气氛，也不愿意相信这种事情真的存在。

程豪又笑了，以前吕男男见到他的时候他总是酷酷的，不过她还挺喜欢他笑的，比较好看，赏心悦目嘛。

“我也帮着他们做过坏事呢，不过没关系，他们都得到惩罚了。”

吕男男觉得自己汗毛都要竖起来了：“你别开玩笑了。”

“我没开玩笑，警察已经展开深入调查了，你不知道吗？已经又抓了好几个进来，我不杀他们，我只是让他们知道失去至亲的感受，让他们一辈子活在悔恨里不是更好吗？”

吕男男愣了愣，难怪她一直找不到死者身份的规律，原来是这样，这些死者的至亲之人都曾在同一个孤儿院工作过。

她没遇到过这个世界的阴暗面，不代表没有，之前遇到过的担保贷款她觉得已经够黑暗了，可是没想到……

程豪继续道：“当然也不是说完全没有好人，我就遇到过一个。那块玉就是他给我的，当时他要带我走，却被打成了重伤，虽然如此，我还是很感激他的。虽然我做了坏事，但是我故意把线索给你们，我从来没想过去逃避法律的制裁，而相对他们来说，我是正义的，所以要去惩罚他们。”

吕男男觉得他这是歪理：“他们害死你妹妹，你害死那些无辜的人，和他们有什么区别？而且你杀小曼做什么，她总是无辜的吧？”

“无辜？没有无辜的人。她是院长的女儿，只不过很小的时候她妈妈便带着她离开了，我小时候还经常见到她呢，院长对她很好，为了怕有人报复都不敢联系她，却总是寄钱给她。世界上没有不透风的墙。他杀了别人的孩子，就要想到有一天自己的孩子也会遭殃。哦，对了，还有他前妻和别人生的孩子我也帮他解决了，他应该感谢我。”

“所以……”吕男男有些把握不准他的心理，“只是为了报仇？”

程豪摇了摇头又点了点头：“是，也不是。我不想杀人，可是不杀了他们，我吃不下、睡不着。我觉得很焦躁，杀人能缓解我的焦躁，我不想再这样下去，死亡对我来说是好的，毕竟对于大多数人来说，我是错的。”

吕男男怔愣着，不太能理解这种心理。谁不想活？一个杀人凶手竟然不想活了？

“既然你知道做错了，为什么还要在网上教别人去杀人？”

“不不不，即使我不教，他们也会去杀人，他们都是刽子手，早晚会失控，我是在教他们控制。”

吕男男摇头：“你不是，你就是故意教坏别人。”

两个人都沉默了，这个故事是个好故事。如果她是个局外人的话，可能会同情程豪的遭遇，但是不幸的是，她是个局内人，这就像是如果有一天她发现张琳琳其实是个杀人狂魔，她绝对不会同情她，她只会觉得：哇，好恐怖！

同情，是在不伤害切身利益、吃饱喝足玩好的情况下对情感的挥霍，她发誓她也想同情程豪的。

程豪没有再说话，两个人相对静止了片刻，吕男男有些为难地问：“那你还有其他事情要跟我说吗？”

程豪点点头：“电视台一直说要给我做个专访，我还没答应呢，你想做吗？你想做我就答应。”

吕男男想了想，然后摇摇头：“又不是什么好事，这么难为情的事情我也不想让你说，你谁也别答应，反正没人能强迫你。”

“你不是到现在还是实习生吗？做了我的专访，说不定就给你转正了。”

“我不做。”吕男男拒绝，要是让她去拍张琳琳的犯罪心理记录她也是不去的，这都什么事儿啊！

“哦。”程豪没什么表情，说完之后就不说话了。

吕男男站起身，说话还是有些跟不上思路：“那你好好表现，争取早点出来。”说完了又想了一下，补上一句，“出来了也别找我，我挺害怕的。”

程豪笑出声音来：“行，听你的。”

“那我走了。”吕男男走了几步，回头看到陆弘就站在门口呢。

程豪没吭声，一直到吕男男挪到了门口他才说：“你就不想问问？”

“挺想的。”确实挺想的，但是她怕自己问了晚上会做噩梦。

程豪主动说：“没有，我没想过要杀你，也不会杀你，晚上安心睡，别看着孔武有力，实际胆子那么小。”

吕男男回头，瞪大眼睛看着他：“你才胆子小！”说完又觉得自己脑抽了，恨恨地看他一眼便快步走了出去，身后传来程豪爽朗的笑声。

杀人犯也能笑得这么开心，吕男男却一点都开心不起来，仿佛自己才是要去坐牢的人。

程豪对吕男男一直有一种久违的亲切感，比如吕男男就敢打他的头，说话没大没小，拉他，拽他。奇怪的是，程豪一次也没生气过，就像是命案发生的时候，吕男男可笑地去捂住他的眼，明明自己抖得要跳起来，却怕他看了害怕。还有那天在医院，吕男男下意识地去摸他的额头，他似乎感觉到心底流过了什么东西，陌生，却又舒服。他一直跟着她，其实只是想关心她，想看看她。在他的世界，什么样的小病都有可能会变成要命的毒药，他挺害怕吕男男进了医院就再也出不来。对于被抓，只是早晚的事情，他把那块玉给吕男男的时候就知道了，他是故意的，如果不想被抓，他还有许多种方法，可是他的使命已经完成了，他心满意足。

那块玉是当初要救走他的那个义工的东西，当时一批义工每人都有那样的纪念章，他把东西给吕男男，其实也只是象征着一种结束。这个世界崩塌了，总要去找另外一个世界，现在的一切都是他咎由自取的，他不怨不恨。

一直出了住院部大楼，吕男男站在太阳下才出了一口气，转头看到陆弘也跟了出来，于是她问了句：“你说程豪这种情况不会判死刑吧？”

“会。”

吕男男看他的表情就知道他吐不出象牙来：“难道你不觉得程豪精神有问题？精神病不是不用坐牢的吗？”

“我看你更像是有精神病，看谁都同情。”

“难道你不觉得程豪很应该被同情？”吕男男的语气已经有些气愤。

“你的智商更需要被同情。”陆弘冷笑一声，又问她，“你去哪儿？”

吕男男难得地有骨气了一回：“你管我去哪儿。”说完又有些后悔，本来还想蹭车呢，这下果断是蹭不成了。

果然陆弘直接给她来了一句：“那我先走了。”

吕男男心里那个纠结啊，早知道就不嘴欠了，下午她还得去找女企业家林子华呢，从这里过去要坐没空调的公交车，开起来一顿一顿的，好像随时都有解体的可能。但是作为一个爱面子的女汉子，她又实在拉不下脸再去说蹭车，于是她对陆弘说了句：“安一正要是回来了你可得告诉我。”

陆弘本来已经停下来想说什么的，结果被吕男男一句话堵了回去，最终他对吕男男说了句：“路上小心点。”

不说这个还好，说了这个吕男男只觉得心肝肺都疼，陆弘一个大男人难道就不能给她个台阶下吗？真想祝福他一辈子找不到女朋友！

等吕男男翻山越岭、越岭翻山，终于到了林子华公司楼下的时候就看到了这么一个场景：陆弘扶着林子华别提有多亲密了，而且两个人还上了陆弘的车！还是陆弘之前开的那辆路虎车！

这件事对吕男男的震惊度绝对不亚于程豪是杀人犯这件事。

在陆弘不经意往这边看了一眼的时候，吕男男下意识地躲到了树后面。她拍了拍胸口，然后觉得不对劲，哎哟，陆弘要当小白脸，她怕什么啊！

不过，到陆弘开车离开，她也没有那个勇气挪出来让他看到自己，纠结了许久，她蹲在树下面拿出手机给陆弘打了个电话，结果，嘿，竟然还不接电话了！

原本只是猜测，这下一下子证实了，而且他要是没去给人当小白脸，怎么可能一下子拿出五十万来，还每个月都还自己五千。他只是公务员而已，哪儿来那么多钱。

吕男男给张琳琳打电话说了一下自己的猜测，张琳琳显然也吓了一跳，不过还是分析道："你说那人有没有可能是他妈？"

"不可能，我近距离见过一次林子华，说老吧，绝对当不成他妈，说年轻，又绝对不是做女朋友的年纪，那能是什么？难不成还能是他姐不成？又不一个姓。"

"我觉得陆弘不是那种人。"张琳琳肯定地道。

"我还觉得程豪不像杀人犯呢！所以说嘛，世间有真情，世间有真爱，每当你觉得生活无聊的时候，它就送你一个巨大的惊喜。"

"你直接问问他不就行了。"张琳琳建议。

吕男男反驳："你傻啊，我直接问他不是去戳他心窝吗？我才不去。"

两个人又猜测了一会儿才挂了电话，吕男男要见的人没能见到，只得回单位，结果在公交车上就接到了陆弘的回电。吕男男看着陆弘的号码有些迟疑，隔了会儿才心虚地接起来："喂？"

"什么事？"陆弘的声音永远那么干练。

吕男男干笑两声，本来想说没什么事，结果就这么鬼使神差地问了出来："你在哪儿啊？"

"我在朝华，你找我什么事？"

吕男男被雷到了，朝华不就是那个传说中很出名的酒店吗？他这是不打自招啊！

陆弘的声音又传过来："吕男男？"

"在，"吕男男回过神来，"没事，事情已经解决了。"

原本吕男男以为陆弘会直接挂了电话，以前他就是这样做的，可谁知道他竟然问了句："什么事？"

吕男男答不出了，于是就开始胡诌："没什么事，就是刚才闲着没事把周围人的生辰八字、星座什么的都算了一遍，看谁和我最匹配。你知道的，我现在重回单身，说不定我的真命天子就在周围，所以我得好好排查一番不是？"

以前陆弘听了这话肯定会说她无聊，可谁知他竟然说："你在哪儿？"

"我刚到胜民广场，正准备回台里去呢。"

"下车，站在喷泉那里等我。"说完不等吕男男拒绝就挂了电话。

不正常，陆弘非常不正常，难道是受打击了？可是早在他决定去当人家小白脸的时候就应该想到这些了啊，她又怎么能安慰得了他呢？再说，他们两人的关系也没到能彼此安慰的地步吧？她可不想陆弘当自己的男闺蜜。

不过吕男男还是下车了，她发誓如果自己此刻不下车，让陆弘找不到自己，以后肯定再也没办法找他帮忙了。

在喷泉旁边没等太久陆弘便来了。此时刚到傍晚，广场后面有一条小吃街，吕男男已经想去那儿吃东西想了很久了，不过安慰陆弘是首等大事："你怎么来的？"

"开车。"陆弘简单地回答。

"那……你找我有事？"吕男男不得不问。

陆弘瞥了她一眼："你不是要算生辰八字吗？把你的生辰八字拿给我，明天我去让大师给我们合一下。"

吕男男歪了嘴，小心翼翼地问："你没事吧？"陆弘似乎真的很不正常啊，虽然依旧没什么表情，但是比平时更冷硬了几分，她看得出来。

“有事。”陆弘坐在她旁边，目光落在正前方，身后喷泉流水的声音被人声淹没。

吕男男纠结来纠结去，陆弘话都说到这分上了，她不接似乎也说不过去：“那你……说说？”

陆弘清晰却略带疲惫的声音传来：“我饿了。”

……

虽然没听到八卦，但是吕男男的注意力立刻就被转移了：“咱们现在就去小吃街吃饭吧，有一家烤全鱼做得可好吃了。你喜欢什么味道？我喜欢麻辣的，煮一煮，味道非常劲道，包你看到就流口水，尝到就明白人间美味，吃一口忧愁散去……”

陆弘站起身打断她：“走吧。”他挺喜欢在吕男男说得眉飞色舞的时候打断她的，每次都能看到她百转千回的表情，别提有多萌了。

这次吕男男没有生气，反倒有些小心翼翼地跟在他身后，陆弘有些不理解，问她：“你怎么了？”

吕男男愣了愣，是自己表现得太明显了吗？她一脸纠结，总不能告诉他“陆弘，我已经知道你被人包养了”吧！犹豫许久，她才想到一个理由：“我饿了。”

陆弘挑眉，耐人寻味地看了她一眼，说：“走吧，吃鱼，正好刚刚没吃饱。”

哦，没吃饱，是没吃，还是没吃饱？这差别还挺大的。

吃饭的时候，吕男男被辣得用了一堆纸擦鼻子，不过越辣她觉得越爽，倒是陆弘有些嫌弃地看着她这边的桌子，嫌弃道：“你就不能吃得文雅一点？”

吕男男毫不在意地道：“大家都这么熟了，又不要装千金大小姐，再说了你又不娶我，操心我吃相做什么？”

陆弘收起筷子皱着眉头：“万一哪天我想娶你了呢？”

对于这点，吕男男丝毫不担心，咬一口鱼肉，鲜美多汁。她说：“咱俩不合适。”

“哪里不合适？”陆弘追根究底。

吕男男吃东西的动作顿住了，难道她要告诉陆弘她嫌弃他被人包养了？

想来想去，她想了个比较委婉的说法：“你喜欢狗，我喜欢猫，所以咱俩不合适。”

“那要是我不养狗让你养猫呢？”陆弘似乎并不明白什么叫作委婉的拒绝。

吕男男艰难地回答：“我是说性格。”

陆弘点点头，不过说出来的话不怎么讨喜：“不试怎么知道，现在你单身，我也单身，试试吧。”说完又加了一句，“欠你的钱依旧按时还，就算是将来我们结婚了也一样。”

吕男男歪了嘴，她可不想以后走哪儿都戴着一顶绿帽子，纠结了半天，她问他：“你确定你还单身？”

“确定。”陆弘挑眉，“难道你听到了什么虚假消息？说来听听。”

吕男男对这件事倒不是很关心，先不说他到底有没有给人当小白脸，只说之前程豪的事情，她就过不去那个坎，想来想去，她说：“我觉得吧，你真不适合我。你是警察，谁知道你什么时候会遇到危险，下次要是你还把我当诱饵，万一出个意外什么的，那我不是亏死了，而且你看着也实在不像是我残了、废了还对我不离不弃的人啊！”

陆弘表情有些高冷：“你觉得我拿你当了诱饵？你就是这么想我的？为了破案不择手段？”

吕男男被他说得哑口无言，可事实的确如此啊。她道：“我，不介意啊！”她必须表明自己的立场。

陆弘表情越来越高冷：“我介意。”

……亲，您有什么好介意的啊？

陆弘继续道：“我从没想过拿你当诱饵。首先，我答应过你爸爸要照顾好你；其次，我的人品绝对不容许我那样做；最后，在第一时间我要送走你，是你自己不答应。而且，我一直在你身边，就离开了那么一会儿你都能让人骗走，只能说明一件事，那就是……”

吕男男打断他：“是个什么呀，你最蠢。”显然她的重点又跑偏了。每次被陆弘说蠢，她都会短暂地失去理智。

陆弘用手揉了揉眉心，最后说了三个字：“快吃吧。”

显然，已经和吕男男没有共同语言了。

回去的时候陆弘依旧开着那辆路虎，上了车，吕男男假装不经意地问：“当了公务员待遇这么好，这车你们单位还让你开着呢？”

陆弘没有回答，而是反问：“你喜欢？”

“废话，谁不喜欢路虎啊！”

“哦，回头我去买一辆。”陆弘直视前方，吕男男正觉得说不定嫁给他还挺好的时候，陆弘又说，“让你摸摸。”

……

吕男男正无语的时候，陆弘又开口了：“要是我们合适在一起的话，就买一辆给你开。”

吕男男对这句话倒是不感冒，只是问陆弘：“陆弘，你才比我大三岁吧？这就能买得起路虎了？真有钱你倒是先还给我啊！”

“还钱不怕晚，你急什么，说好的每个月给五千。”

吕男男本来还想说什么，但是想到陆弘的处境，到底没说出来，自己这么追根究底，最后谁脸上都不好看。

吕男男住在之前爸妈从单位低价购买的房子里，到了楼下的时候，陆弘下了车，对吕男男说了句：“我是认真的，你考虑一下，毕竟我们都单身，又知根知底。”

吕男男严肃正经地说：“我认真考虑过了，我觉得……”

陆弘打断她，语气肯定：“那就再认真考虑一下。”

一直到陆弘走，吕男男都反应不过来，这还有什么需要考虑的吗？两个人根本没有任何可能好吗？！

神经病！

低骂着进了楼道，吕男男决定原谅陆弘，毕竟今天他可能受了刺激，而她纠结了一天，攒了一天的话到底也没能问出口，只在心中暗暗为陆弘惋惜了一会儿。

接下来几天吕男男每天都去林子华的公司堵人，结果每次都只停留在一楼前台，人家压根连电梯都不让她上！

从主任那里求来了林子华的电话，却从来没有打通过。

吕男男心中那叫一个羡慕啊，有钱人的生活可真好，不想见谁，甚至连一句话都不用说，自然有几百上千个人挡在她面前。

再次被赵总编骂得灰头土脸，垂头丧气地从他办公室出来之后，吕男男又非常不巧地遇到了白婷。白婷依旧好看，脸上的表情也依旧倨傲，看着吕男男也总是居高临下的：“哟，男男，在这边感觉怎么样？”

相比白婷的正装、连衣裙、高跟鞋，吕男男的白T恤像是刚从步行街走出来的，不过，显然她对白婷也没什么好感：“挺好。”

“听说你们组要做林子华的节目？”

吕男男点点头：“是有这么一回事，怎么，白姐也想转我们组来？”

“那倒没有，”白婷说话很直接，“我帮你去谈，怎么样？”

吕男男愣了愣，直觉白婷是“黄鼠狼给鸡拜年——没安好心”，不过要是她真的能帮忙自己也是不会拒绝的。于是吕男男的面色瞬间好了许多，嘴角的笑别提扯得有多大了："当真？"

白婷对吕男男这种狗腿子行为似乎很是看不上，从她的眼神里就能看得出来："我骗你做什么？"

吕男男看白婷不像是骗人，于是小心翼翼地问了句："可有什么条件？"

白婷的眼神更是嫌弃了："你能给出什么条件？"

这可把吕男男难为坏了，她做这个可没人给她发奖金，不过白婷一如既往地善解人意，已经开口解释了："我有个朋友认识她，你等消息就好。"

吕男男见自己捡了个大便宜，以前对白婷的那些不满顿时烟消云散了："白姐，你可真是好人，改天我得请你吃饭。"

白婷眼角抽了抽，说："记住了，我帮你找人的时候你不要去找任何人。"

吕男男点头如小鸡啄米："我懂我懂，不会坏白姐的事的。"都是去求人，都是熟人，给谁面子不给谁面子都会得罪人，这一点吕男男还是懂的。

白婷微微点头，然后连结束语都没说便进了赵总编的办公室。吕男男捂着胸口，今天绝对是被幸运之神照顾了啊！

至于白婷为什么要帮她，她不想知道，不过她觉得张琳琳分析得挺对的，人嘛，谁能没点隐私，说不定她是想跟谁搭上关系呢。

事实上，张琳琳也的确说对了。

此刻，正在心中纠结到底待会儿要不要付账的吕男男看到陆弘的电话打进来，吓得差点把电话扔出去，这家伙不会又想旧事重提吧？

张琳琳撇着嘴鄙视地看着吕男男："吕男男，瞧你那怂样，陆弘他能把你吓死不成？"

"当然能！万一他非要强迫我做他女朋友怎么办？你想我以后天天

都顶着绿帽子吗？”

“绿帽子多好看啊，回头我再给你买一条绿裙子，一身绿，正好配我这红花。”

……还能要点脸吗？

吕男男接通电话，示意张琳琳闭嘴：“陆队，你找我有事啊？”先把称呼改了，省得陆弘觉得两个人关系多近似的，这个绝对要不得。

电话那边的陆弘果然沉默了一下，然后问吕男男：“听说你们在做一期女企业家的访谈？”

吕男男愣住了，这个白婷说要找朋友，找的不会就是陆弘吧？她是怎么知道陆弘和林子华的关系的？

不过即便猜到了，吕男男还是不能说是自己让白婷去找人的，于是问陆弘：“你是怎么知道的？”

“我怎么知道的你不知道？”陆弘反问。

吕男男干笑两声：“是白婷主动说帮我去找认识林子华的朋友的，我哪里知道她找的是你啊，这事可不怪我，而且你和林子华的关系我是一点都不知道的！”吕男男就差拍着胸口保证了。

陆弘又是沉默许久：“我和林子华什么关系？”

吕男男开了免提给张琳琳听，想向张琳琳求救，谁知道张琳琳直接来了句：“吕男男说她不知道你被林子华包养的事情！”

吕男男几乎是顷刻间挂了电话的，怒气冲冲地看着张琳琳：“你神经病吗你？有你这么说话的吗？”

张琳琳撇嘴：“得了吧，你想问多少天了都开不了口，我帮你问了你不知道心里有多感激我呢，不用太感激，把饭钱付了就行。”

吕男男被气笑了：“你把我的大金矿气跑了我还请你吃饭？想得美！你付钱！”

“最多AA制。”

“AA制就AA制，我要跟你绝交。”

“壮士，喝了这杯酒，我们就分手。”说完，张琳琳二话不说端起桌上的酒杯一饮而尽，喝完了还说，“谁不分手谁就是孙子！”

吕男男豪爽地喝完杯子里的酒：“这叫绝交，不叫分手，以后我们就是路人，谁主动搭理对方谁就是孙子！”说完喊来服务员，“买单，分开买！”

“刚才的扇贝我可是一口没吃，得算你账上。”张琳琳打开钱包等着服务员结账。

“你点的大螃蟹我也一口没吃。”

两个人各自算清了账，互相“哼”了一声各自回家，两个都不想付饭钱的人就这样绝交了。

半夜，张琳琳有气无力地给吕男男打电话：“你是不是在扇贝里下毒了？”

“你又没吃，下了也毒不死你。”吕男男气死人不偿命。

“这次是真绝交，必须绝交。”

吕男男睁了睁眼：“好走不送。”

挂了电话，吕男男睡不着了，此刻她唯一的想法就是给陆弘打个电话，看自己有没有上他的黑名单，她的大金矿、大元宝啊！可不能生她的气啊！

第七章
这是我妈

【吕男男转身握住林子华的手：“妈，你看你儿子多极品！”

说完所有人都呆住了，吕男男二话不说跳下车就跑。妈呀，她真的不是要喊林子华妈，只是想对陆弘说：“你这么极品你妈知道吗？”】

操心了一整夜没睡好的吕男男，第二天早上就在自家楼下看到了陆弘的路虎。陆弘没有在车上，要不是他的车正停在她家楼道口，而且车牌比较顺，吕男男是看都不会看一眼的，见陆弘没在，她下意识地就要溜，然后便看到陆弘抽着烟走过来了。

陆弘本身长得俊朗，个子也高，穿着警服人模人样的。以前只觉得他算是比较彬彬有礼的那种人，可是这个画面却让吕男男觉得陆弘就是彬彬有礼那个类型里面的雅痞。

于是陆弘还没走近，吕男男便开口了：“你这么痞你领导知道吗？”

“我妈知道就行了。”陆弘走近她身边，却没有站得离她太近，烟气到不了吕男男身边。

吕男男点点头，看着他的车说道：“那你今天这么巧经过我家楼下，就是想在我们小区买盒烟吗？”

陆弘随意点点头：“也不完全是，就是来告诉你一件事。”

吕男男直觉和昨天晚上的事情有关，心里顿时有点紧张：“你们上班应该要准点的吧？你还不快去？”

陆弘笑了笑：“我上午外出有事，备过案的。”

“那你……”吕男男只想快点结束这谈话，“还不快去办事？你耽误你自己的时间不要紧，可是你现在是上班时间，不是你自己的时间，而是纳税人的时间，你在浪费我们纳税人的钱，小心被投诉。”

“不怕，反正我失业了也有人养。”陆弘那股子痞气又来了。

吕男男无语了，我们能不谈这个话题吗？能吗，能吗！看了陆弘许久，见他不开口，于是她说：“那真是白婷要去找你的，和我一万个没关系。”

“没关系，我认识林子华这事儿挺多人都知道。”

……

吕男男忍了又忍，忍了再忍，觉得这话不应该是她来劝的，但是话到了嘴边又忍不住，于是苦口婆心地劝了起来：“陆弘啊，你还这么年轻，可不要自暴自弃啊！你这工作也挺好的，这才工作几年就升了队长，以后说不定还能升职呢，你看人家普京，最初不也就是一个小职员嘛。你得先摆正自己的三观，可别把自己的前途毁在私生活上，不然多不划算。”

陆弘灭了烟：“那你觉得我应该怎么办？”

吕男男再次无语，她觉得自己已经说得挺清楚了，陆弘怎么还问自己？

“你应该找个正正经经、清清白白的女朋友，离那些不三不四的老女人远点，看着你挺帅、挺精明一小伙子，怎么就在这种事情上犯浑？”

吕男男教育得起劲，正想再说几句呢，便见陆弘的车子后车窗降了下来，再然后吕男男就张大了嘴巴，她口中那个不三不四的老女人此刻就坐在车里呢。吕男男吓得差点吐血，现在的有钱人心眼都小，她会不会被报复？半夜被人捅死之类的不要太残忍啊！

吕男男嘴巴比脑子快，看着对方直接来了句：“哟，陆弘你还金屋藏娇啊！姐姐，看您年纪一定不会超过二十八吧？我也是‘九零后’，但是您看我气质就没您好，长得也没您好。您这样的，只有帅哥才能配得上啊！”

林子华坐在车上看着吕男男小嘴咂巴咂巴的，着实愣了许久，然后看看陆弘，想说什么，终究没说出口，最终对吕男男道：“上车吧，去哪儿让陆弘送你。”

吕男男吓得后退两步：“不不不。”说完猛然想起自己的任务来，这下又变得身体比思想快了，二话不说，打开后车门就坐到了林子华旁边。

林子华再次看了看陆弘，眼里明明白白写着：你看这姑娘脑子真没问题？

陆弘脸都黑透了，最终在吕男男警告的眼神下上了车，然后就听到吕男男对林子华说了句：“姐，您跟陆弘可真配，男的俊，女的美，世纪最佳情侣。”

林子华微微侧着脸看吕男男，然后轻轻说出一句石破天惊的话：“陆弘是我儿子。”

吕男男的嘴巴再次僵掉了，这下身体和思想同时被放空了，张琳琳，你可真是害死人啊！

最后还是林子华打破沉默：“听陆弘说你想要采访我？”

吕男男瞪着大眼睛摇摇头：“我就是负责对接，有主播采访。”

“哦，那是个什么样的访谈？”

“就是您的发家史，以前怎么困难，现在怎么赚钱之类的。”吕男男此刻已经完全变成了小绵羊，成了被采访对象。

“这个倒是不太好讲，我进公司的时候公司规模已经很大了，倒也没什么很大的困难。”

吕男男点点头，然后说了句：“没有困难制造困难也要上啊！”说完了眼神又开始往窗外飘，只想跳车算了。

林子华倒是和蔼可亲，听了这话就笑了起来：“那你能得到什么好处？”

吕男男左手抠右手，右手抠左手：“大约会给我多发两百奖金吧。”

“两百啊，”林子华皱起眉头，“那我要是不去的话，会对你的经济状况产生很大的威胁吗？”

吕男男摇摇头，她还有陆弘给的五十万呢，本来想还给安一正，可是一直没机会，现在她已经不想给他了：“您想去就去，不想去我再找别人。”

林子华点点头：“我不能去，不过我可以介绍几个企业家给你。”

吕男男“星星眼”，几个？林子华介绍来的肯定是靠谱的，而且还是知名的，这么好的事儿怎么就落到她头上来了？她忍不住赞美林子华道：“阿姨您人可真好，像您这样的人必须是走哪儿哪儿花开，去哪儿哪儿帅哥来，不仅您美，您生出来的儿子也帅，叔叔肯定更帅！”

林子华嘴角含着笑，整个人都散发着一股亲近感：“陆弘他爸确实挺帅。”

吕男男又开始“星星眼”：“阿姨您性格这么好，除了陆弘之外，还有没有其他性格好的儿子？我朋友多，回头我给您介绍个人品好、长得好的儿媳妇。”其实她想问的是有没有不毒舌的儿子，这样说不定还可以自己留着。

结果林子华说道：“陆弘是独生子。”

吕男男有些失望，抬眼看了下后视镜里面的陆弘，正好对上他的目光，她朝着他做了个鬼脸，对他还挺生气的，大早上的带他老妈来，又不说一声，害她这么丢人。

结果还没瞪完呢，就听到陆弘说：“到了。”

“这么快？”吕男男下意识地往外面看去，然后问，“这是哪里？”她要去的是电视台啊！

“地铁站。”陆弘毫不客气道，“你早上不是要去坐地铁的吗？”

……

吕男男气不打一处来，然后又听到陆弘说了句：“你现在跑快点，两分钟内能赶上地铁的话说不定不会迟到。”

吕男男转身握住林子华的手：“妈，你看你儿子多极品！”

说完所有人都呆住了，吕男男二话不说跳下车就跑。妈呀，她真的不是要喊林子华妈，只是想对陆弘说：“你这么极品你妈知道吗？”

很显然，陆弘极品不极品他妈不知道，但是他妈似乎知道了她挺极品的。

看着吕男男狂奔的背影，陆弘转头对林子华说：“她平时不这样。”

林子华点点头，面上依旧是之前的表情，可见修养有多好：“挺可爱的。”

陆弘没有再多说什么，而是问：“还去看吗？”他们只是来吕男男所在的小区看地段可拆建情况的。

林子华点点头：“看吧。”

陆弘调转车头，往回走，车里又恢复了之前的安静，他有些不习惯，觉得有吕男男不停地说话似乎还挺好的，想到这里，嘴角不禁勾出笑来。

吕男男跟张琳琳抱怨了半个小时，还躲在厕所里碎碎念：“你说陆弘怎么就这么贱呢，肯定是故意坑我，不然怎么大早上的把车停在我家楼下，还是发生昨晚的事情之后，他妈还那么巧正好在车上。”

张琳琳早已忘记了昨天两人绝交的事情："丑媳妇早晚要见公婆嘛。要是对你抱有太高期望，看到你之后发现你是这种人，那谁受得了啊，还不如现在就知道。"

"公婆就算了，我倒是觉得你和陆弘挺配的，都这么毒舌。以后你们俩在一起共同话题多了去了，就看最后谁毒死谁，我还可以去给你们当评委。"

"得了吧，陆弘要是喜欢我早下手了，他等啊等，终于等到你单身了，也跟你表白了，你就别再作了，你想啊，陆弘他妈是谁啊？他们家什么家庭啊？就你这种条件人家根本看不上你，要不是陆弘喜欢你，他妈能坐那里有说有笑地跟你聊那么久？"

吕男男对张琳琳这个谬论觉得特别无语："你能说点别的吗？要是陆弘喜欢我，当年就答应了，想当年我追他追得多辛苦啊，他压根不拿正眼看我。"

"说了你们是虐恋情深嘛，话说回来，那个白婷肯定早就知道陆弘是'高富帅'，所以才这么上心，你就别再作了，你喜欢陆弘这么多年，你真当别人都不知道啊？"

吕男男翻了翻白眼："你再说这个事情，我们就要再次绝交了，总之陆弘我肯定是不要的。"

"随你，以后不准找我哭。"说完，张琳琳毫不客气地挂了电话。

吕男男心中实在是有气难平，觉得自己在端庄可亲的林子华面前丢了面子都是陆弘的错，于是她给陆弘发了个微信："你就是猪。"

陆弘的回复很简单，是一头驴子的照片。吕男男怎么看都觉得这头驴子有些眼熟，但是又想不起来在哪里见过，不过她并不纠结这个，恨恨地摁着屏幕："'富二代'，快还钱！"

陆弘："是'富二代'，但是没有钱，存了那么多年的压岁钱已经都给你了。"

吕男男："开什么玩笑！骗子！快还钱！不然我去问你妈要！"

陆弘："去。"

吕男男："……咱能要点脸吗？"

陆弘："比你稍微好点。"

吕男男："我要去你家门口泼油漆。"

陆弘："门口有保安，你小心点，我怕你打不过。"

吕男男："你这么秀下限你妈知道吗？"

陆弘："下次你见了咱妈问问就知道了。"

吕男男抱着好玩的心态问陆弘："陆弘，要是我真答应和你在一起，你真的会给我买路虎吗？"

陆弘："我妈会。"

吕男男："那我嫁给你以后是不是就变成豪门太太，出门十辆劳斯莱斯，回家二十辆法拉利，住在一百亩的大别墅里，以后每天的工作就是花钱，保姆几百个，衣帽间一眼看不到头？"

吕男男还在富人的生活中畅游的时候，陆弘回复了："想得美。"

……就知道陆弘这厮说不出好听的。

吕男男又问："你是独生子，那我以后是不是也可以继承你们家的钱？我要是生个儿子，是不是所有东西都是我儿子的？我儿子的就是我的，不还是豪门太太吗？"

陆弘："呵呵。"

吕男男收起手机，决定不和陆弘聊天了，这个人可真没劲，不像是"富二代"，倒像是豪门老太太。

没一会儿吕男男的电话又响了起来，打开便看到陆弘发的信息："不过我妈挺喜欢你。"

吕男男回复："呵呵，可惜我不喜欢你。"

陆弘："总会喜欢的。"

吕男男："你想得真多。"

陆弘："正常分析。"

吕男男："呵呵。"

至此两个人之间的谈话便结束了，吕男男再次觉得陆弘就是个神经病，而且竟然有向自恋狂发展的倾向，简直就是该吃药的表现！

接下来一周吕男男一直在等林子华的消息，她给林子华发了个短信告诉她自己就是那天在车上的那个人，唯恐林子华忘记了。林子华是用另外一个号码回短信的，表示她正在安排。对此，吕男男对林子华的评价又高了一层，一个有钱有权又好看的女人竟然会屈尊给她发短信，此人可交啊！

直到接到林子华电话这天，吕男男还觉得自己有些云里雾里。林子华竟然让自己去她家吃饭，说她们闺蜜之间有个聚会，还说了两个名字出来，都是如雷贯耳的、吕男男想都不敢想的人物。她几乎连想都没想就答应了，不过她还是侧重问了一下："阿姨，陆弘会在家吗？"

她不想见到陆弘。

林子华似乎知道她在想什么："这几天他一直在加班。"

吕男男满意地点了点头："那阿姨我们晚上见。"

挂了电话吕男男立刻请假回家了，把自己所有的衣服都扒拉了出来，然后挨着试了一遍，总觉得不妥。毕竟自己要去的是豪华大别墅，穿得太寒酸说不定会让陆弘家的佣人笑话，再说了，对方请自己去家里吃饭也是对自己的看重，是把自己当朋友，适当配合一下对方的家庭环境也是一种尊重。

最重要的是，自己要是真的能连着做好几期女强人的节目，那收入不还是哗哗哗地来？她必须得把握住机会，去买个高档点的裙子。

张琳琳永远是最配合吕男男的那个人，听了吕男男的想法，二话没说就请假出来跟吕男男进了商场。两人逛了足足三个商场做了四次回头客才终于要了一个八折的优惠，就算这样还要三千多，刷卡的时候吕男男几乎要把牙咬碎。

暗暗握住拳头，她安慰自己，没有高投资就没有高回报，值得的！一切都是为了未来！

可是当晚上吕男男到了林子华发给自己的地址之后她彻底惊呆了，不敢相信地问保安："这里真的是 ×× 路 793 号？"

那个保安挺着个大肚子叉着腿站在那里，说话很大声："就是这里！"

"我没有看错的话，33 号楼是在这里？"吕男男小心翼翼地指了指不远处的一栋楼，上面写着大大的 33 号楼。

那保安斜着眼看了吕男男一眼："这眼神不是挺好的嘛。"

吕男男只觉得自己脑子要炸开了，这分明就是个普通的小区嘛！说好的一百亩大别墅、一百个仆人呢？

低头看看自己身上的裙子，再看看房子，原本火热的一颗心此刻已经凉了。这时吕男男竟然觉得有些冷，搓了搓胳膊，才反应过来，秋天了呢，早晚温度都会低一些。

她不死心地又往里面走了走，小区的一楼都带着小院子，低层的房子多一些，不过小区里面车子很多，停在路两边，让原本宽阔的道路显得很拥挤，看得出来是个老小区，就和她家差不多。吕男男有一种上当受骗的感觉，迫不及待地拿出手机百度了一下林子华这个人，在看到林子华照片的时候，她再次觉得这个世界玄幻了。

现在的有钱人可真是莫名其妙啊！

为什么要住在这种地方呢？吕男男一边走一边思考着，总觉得剧本不该是这么写的，难道是为了让她觉得其实他们家一点也不富有？

想来想去只有这个可能了。

可是，阿姨，我真的没有要勾引你儿子啊！

我跟你儿子绝对是清白的！

林子华发给吕男男的地址是在一楼，小花园里还种着菜，吕男男挺喜欢这绿油油的感觉的。低矮的小门是开着的，不到二十步便直径穿过小花园，吕男男摁了门铃之后很快便有人来开门了。果然，没有佣人，来的人是林子华本人。

林子华表现得很友好，就像是那天在车上一样，见了吕男男立刻让她进屋，还关心地问她：“今天这么冷，怎么不穿厚一些？”

吕男男有些黑线，难道要告诉她自己是为了配合大别墅吗？

“前两天和朋友逛街买了条裙子，一直没机会穿，今天正好用上了。”

房子是很普通的三室一厅，连装修都很简洁。吕男男四下打量着，原本觉得他们家应该是低调的豪华来的，结果看来看去也没看到什么值钱物件，也就是林子华放在沙发上的爱马仕包包最值钱了，装修完全就和吕男男家是一样的。吕男男暗自好奇，这房子该不会是租来的吧？

林子华给吕男男倒了水，又把吕男男安排在沙发上坐下来：“她们堵车，马上就到，你看会儿电视，我去做饭。”

哦，还要自己做饭，阿姨，做戏是不是太认真了一些？

吕男男自告奋勇地走上去：“我也会做饭，我给阿姨打下手。”

林子华没有拒绝：“我买了韭菜，待会儿给你们做包子吃，你帮忙摘韭菜。”

哦，好简单的饭食，真的是用来招待闺蜜的吗？其实是想给她个下马威的吧？阿姨，您已经做到了啊！

吕男男一边默默地摘韭菜一边在心里叹气，如果林子华像小说中的豪门太太那样直接对她冷眉竖眼或许她还能好过一些，可是这么温柔，她应付不来啊！想了许久，吕男男开口了：“阿姨，您放心吧。”

林子华愣了下，声音依旧柔柔弱弱：“什么？”

“我不会纠缠陆弘的。”吕男男拍着胸口保证，大眼睛忽闪忽闪的，别提有多认真了。

林子华的表情依旧没什么改变，却也依旧可亲：“你以为我找你来做什么？”

“您是不是想往我脸上甩一张空白支票，然后对我说，离开我儿子，支票随便你填，我们家不会接受你这样没有背景的女人，你趁早认清自己的身份？”吕男男笑了，声音抑扬顿挫，别提有多喜感了，说完了又继续调侃，“阿姨您别客气，想怎么甩就怎么甩，甩了左脸不过瘾我还有右脸，各种姿势都配合上，保证让您甩个高兴！”

林子华似乎和陆弘一样，永远都只有一个表情，不过陆弘冷冷淡淡的，林子华却是恬淡温柔的，听了吕男男这话，她笑着说：“你这小姑娘有意思。”说着她微微皱眉，似乎在考虑吕男男的建议，然后说了句，“可是我没有支票本。”

“阿姨，咱不能拘泥于形式啊，人民币、美金、英镑随便来，我一律当成支票对待！”

林子华点点头，却没有继续讨论这个话题，而是问吕男男：“你为什么不喜欢陆弘？”

说起陆弘吕男男脸上的高兴就不见了，撇着嘴忍不住告状：“阿姨，你不知道陆弘嘴巴多刻薄，每次都要把我气死他才开心。”

“这孩子自小话就少，倒是没发现嘴巴毒，回头我说说他。”

吕男男干笑两声：“没关系，反正他也不喜欢我。”

这次林子华的声音终于带了些情感：“是吗？他说的？”

吕男男点点头：“以前他给我当家教，天天骂我、批评我，还体罚我，我就想追上他让他尝尝我的厉害，谁知道他转头就找了高墨琪当女朋友。”说到这里吕男男顿了一下，问林子华，“阿姨，陆弘和高墨琪真的分手了？他们还挺不容易的，在一起这么多年分分合合，差不多就算了，毕竟有这么多年感情，他以后再想找这么好看又清清白白，对他还一心一意的姑娘可就不好找了。”

林子华很安静地听吕男男说完，然后问她：“谁说他们在一起的？”

吕男男愣了下：“高墨琪自己说的啊！”她记得当初她表白被陆弘拒绝之后，他们两个就在一起了，她亲耳听到高墨琪说的，还是当着陆弘的面。要是没有这回事的话，依着陆弘的性格当时就否认了，怎么可能让这个传言传那么多年？而且在大学也传出他们两个在一起的消息，她又不是瞎子，看到多少次两个人在一起了，不多想才怪。不过真正见到他们两个人相处，吕男男又觉得两个人可能真的是清白的，她这么说也只是想再确认一下。

林子华略微思考了一下：“那陆弘说了吗？”

吕男男不知道该怎么回答：“他默认了。”

“没有亲口承认，那就是没有。”

吕男男不知道该怎么回答了，不过这似乎也不是她该关心的范围，干笑了两声：“要是没有的话，那陆弘岂不是到现在都没有谈过恋爱？阿姨，你可得抓紧给他介绍点门当户对的女孩子，可别让他被哪个小妖精勾走了，到时候还要给人家空白支票，那就太不划算了。”

“为什么要门当户对？”林子华身上一点傲气都没有，而且似乎挺不耻下问的。

吕男男被问得哑口无言：“你们这种家庭不都讲究门当户对吗？”难道小说和电视剧都是骗人的吗？她不相信。

林子华笑了：“你电视剧看多了，现在是自由恋爱年代。”

“那你不怕他找个坏女孩？看上你们家的钱，那多不好。”

“谈恋爱就像是投资，有挣就有赔，不过是人生的一段经历罢了。”

“……阿姨您想得真开。”

林子华摇摇头："不过陆弘已经找到了他喜欢的人，这个问题我并不担心。"

吕男男好奇："是谁啊？"其实她真的只是好奇陆弘这么闷骚、毒舌的人会喜欢什么样的人。

"你啊。"林子华似乎早就忘了之前吕男男说过的不喜欢陆弘的话。

吕男男彻底愣住了，干笑着："阿姨，您可别开玩笑。"

林子华认真道："我从来不开玩笑，陆弘上高中的时候钱包里就装着你的照片。"

吕男男扯了扯嘴角："他上高中的时候我都还不认识他呢。"

"你不认识他，他却是认识你的，你们那个时候见过一面的。"

吕男男愣了愣："不可能，要是我见过这么帅的小伙子，肯定当时就上了。"吕男男觉得不可能，要是有小伙子对她一见钟情，而且还是这么帅的小伙子，她肯定不可能无动于衷啊！

林子华肯定地点点头："当时我也见过你，我们的车子坏了，我站在路边等，陆弘在修车，然后你不知道从哪里跑出来，把他从车下面扯出来教训了一顿就跑了。"

吕男男没有印象，完全没有印象。

"阿姨，其实你们记错人了吧？"

"没有，当时你还扎着两个马尾呢，特别可爱。"

吕男男歪了嘴，好像确实她高中之前都是扎两个马尾的。

林子华又开口了："陆弘遇到你之后就没有再喜欢过别的女孩子，你要是觉得他还好，就给他个机会。"看吕男男急着开口，她又道，"凭你自己的心，不用强迫自己去喜欢他。"

吕男男这次彻底不知道该说什么了，倚着厨房的门看林子华包包子馅。

见吕男男久久不说话，又一脸纠结，林子华问："想说什么？"

吕男男摇摇头："阿姨，这个时候你应该往我脸上甩一张空白支票，然后说，我儿子看上你了，你让我儿子玩一晚，金额随便你填！"

"你似乎挺喜欢支票？"林子华笑得很开心，不等吕男男开口，又道，"改天我去银行领一本支票给你。"

……瞧这大手笔，不是一张支票，而是一本支票啊！

吕男男郑重道："阿姨，现在我要认真地考虑一下到底要不要喜欢陆弘了。"

林子华似乎没看到吕男男因为一本支票而歪曲的嘴脸："陆弘是个好孩子，以后会对你好的。"

看着林子华利索地包小包子，吕男男有些纠结："阿姨，你就不怕我是看上你家的钱？"

林子华没有回答，而是问："你是吗？"

这一刻吕男男觉得陆弘他爸可真是好福气，谁娶了这样的女人能有外心啊！体贴又大气，恬淡而又亲近，绝对算得上是美女中的美女，就算老了，也只是更有魅力而已。吕男男叹了一口气："暂时还不是，以后是不是就不知道了。"

"那就只说现在的事。"

"可我还是觉得是阿姨的错觉。"

林子华讲道理永远是细水长流的："既然有疑惑，为什么不去解开这个疑问呢？你追过他，难道不想知道自己现在对他是什么感觉吗？"

吕男男难得地红了脸："我有男朋友的。"

林子华并不惊讶："不是已经分手了吗？"

敢情对方早就打听清楚了啊！她刚想说什么，就听林子华解释道："小正订婚的事情圈子里的人都知道，他是个好孩子，只是可能不适合你。"

瞧这说法委婉的，竟然还夸了安一正，他身上有一点值得夸的地方吗？

吕男男承认她有些心慌意乱，以前只觉得她和陆弘是这个世界上最不可能会在一起的人，现在有人告诉她两个人都单身，而且陆弘还喜欢她，要不是吕男男脸皮厚一些，估计早跑了。

正在她不知道该如何回答的时候，客人上门了，吕男男像是小媳妇似的跟在林子华身后，然后便见到了传说中的那两个女强人——方威和赵晴。她们不是以谁的妻子或者谁的女儿的身份出现在媒体眼中的，她们只代表了她们自己。吕男男有些疑惑，难道在女强人的圈子里也有惺惺相惜这个说法吗？

而对方完全没有了商场上的凌厉，进了门就说："子华你上次做包子是半年前了吧？这次运气可真好。"

林子华笑着将两人迎进门，两人迫不及待地跑到厨房去看，再然后让吕男男眼珠子掉出来的一幕出现了：三个女强人一起包包子去了……

这是有钱人的特殊爱好吗？

虽然包子很吸引人，但是既然多出来了一个吕男男，话题自然而然地绕到了她身上，只听方威问吕男男："你就是陆弘的那个小朋友啊？"

吕男男心潮澎湃，又一个平易近人的有钱人："我不小了。"

方威又道："怎么不小，比陆弘小。"

吕男男耷拉着嘴角，为什么两三句话都离不开陆弘呢？于是她说："我和陆弘不熟。"

赵晴接话："嘿，你这小孩，和陆弘不熟就跑他家里来见婆婆了？"

……亲，我们还能正常交流吗？

最后还是林子华结束了这个话题："你们别逗她，她脸皮薄。"

最后的结果是三个女人在厨房里聊得热火朝天，吕男男在客厅看电视，最后吃了一堆包子。虽然包子真的很好吃，但是方威和赵晴像是中了邪似的不停地劝她吃包子，想到自己有求于人，只要对方说了吕男男就吃，最后，在婉拒了要送她回家的林子华之后，她是扶着林子华家的门离开的。

就算是自助餐她都没吃得这么饱过啊！

不过好的一点是合作都谈妥了，吕男男觉得也是值得的。

夜风比想象中要冷许多，吕男男本来是打算出了小区再打车的，谁知这么巧就遇到了回家来的陆弘。陆弘看到吕男男显然也比较意外，停下车子让吕男男上车，然后问她：“你怎么在这里？”

吕男男斜着眼看他，本来她是不想上陆弘的车的，但是想到林子华说的那些话，她又不想把自己内心的别扭表现得太明显：“来找你妈。”

陆弘开着车顺着出小区的路绕了一圈，没有问吕男男找林子华做什么，而是问：“我妈和你说了什么？”

“哦，”吕男男故意拉长声音，“就是说你和高墨琪感情挺好，让我离你远点。”

“然后呢？”

“还给了我一……笔钱。”本来她想说一张支票的，但是想到林子华没有支票，她便改了口。

“是吗？”陆弘浑不在意。

吕男男点点头：“是的，好大一笔钱。”

陆弘把车子停在路边，然后脱了外套丢给吕男男：“穿上。”

吕男男从善如流，问陆弘：“你不相信吗？”

陆弘看了她一眼：“我只知道你要是得了一笔钱的话就不是现在这个嘴脸了。”

吕男男噎了一下，再次觉得陆弘真不可爱，于是她问陆弘：“陆弘，你家是不是快破产了？”

“怎么说？”

“你家的大别墅呢？专车司机呢？一百个保姆呢？”

陆弘笑了出来：“你脑袋里天天都想些什么？我家没有一百个保姆，大别墅倒是有，不过我妈和我爸感情出了点问题，她暂时住在这里。”

听陆弘毫不避讳地提起父母感情的事，吕男男反倒不知道该如何接话了。林子华这种女人都会出现感情问题，可见现在的男人有多不靠谱，于是她东拉西扯道：“那小三会不会给你生个弟弟妹妹，以后来分家产？一块变成五毛的感觉不太好吧？”

……

“没有小三，他们理念不合而已。”

吕男男点点头：“理念不合，这是有钱人才有的问题，普通家庭一天到晚要忙柴米油盐的事情，哪里有什么理念，还是得怪钱太多。”

“那我妈和你说了什么？”

“没说什么，就是一直让我吃包子，我都要吃吐了，你妈的那两个朋友可真不客气。”吕男男揉着肚子，好撑好撑好撑。

“撑到了？”陆弘自从看到她那一刻开始就一直见她在揉肚子。

吕男男点点头，难得地没有和陆弘吵嘴，事实上是她不知道该如何和他吵才能显得比较自然。

陆弘把车子开到护城河边找了个地方停车，然后对吕男男道：“走吧，下车走一走。”

吕男男赖在车里：“我得赶紧回家睡觉，明天还要上班呢。”

陆弘已经帮她打开车门：“下来吧。”

吕男男跳下车，忘了自己穿的是高跟鞋，一个踉跄差点摔倒，倒是陆弘眼疾手快地扶住了她的腰，将她带到了怀里，然后……然后，就不肯松开了。

吕男男僵住了，再想到林子华的话，甚至都已经忘记了那天陆弘让自己出丑的事情，她颤颤巍巍地对陆弘道：“我说，哥们儿，你可以放手了。”

陆弘的声音比平时低沉了许多，还带着些许沙哑，难得地嘴巴也不恶毒了：“站好了。”

吕男男匆匆忙忙往后退了两步，然后就听陆弘道：“今天怎么想起来穿裙子了？”

穿着陆弘外套的吕男男虽然腿还裸露在外，却并不觉得冷，不过陆弘这话听着就不怎么顺耳了，咬咬牙，她瞪了陆弘一眼：“虽然我是女汉子，但是前提是女。”

“也是。”

……也是是什么意思？看不起她吗？果然就是个浑蛋。

两人谁都没有说话，绕着河道走了许久，不时能够遇到出来散步的人，陆弘不远不近地走在吕男男身边：“不管我妈和你说了什么，都是真的。”

吕男男在昏暗的路灯下歪了嘴：“你妈说你小时候最喜欢穿着开裆裤跑来跑去，到了五六岁还非要穿开裆裤。”

陆弘笑起来：“如果我没记错的话，那个人是你吧？我还有照片呢，你爸给我的。”

吕男男神色扭曲：“你放屁！”

“就在我住的地方，我带你去看看？”

“不去！”

“怎么，不敢面对过去的自己吗？没事，我不嫌弃你。”

“我嫌弃你！”

“又生气了？女孩子生气老得快，你得向我妈学习。”

“学你个屁！”

陆弘皱着眉头：“女孩子说脏话不好。”

吕男男拿出老生常谈的调子：“高墨琪不说脏话，你去找她玩，我要回家。”

“我不喜欢高墨琪。”陆弘的声音平稳无波，仿佛只是在说一个不相干的人。

吕男男觉得陆弘有点无情，毕竟高墨琪喜欢他那么多年，现在在他口中却只是一个代号一般，不含有任何感情：“那你的心还挺硬的，你们认识怎么也有十年了吧？改天说不定高墨琪就会出本书，书名就叫作‘我暗恋十年的男友终于结婚了’，男主角就是你的名字。”

“我喜欢你。”陆弘静静地听着她说完，吕男男最喜欢扯东扯西，就是不喜欢说正题，可是他并不打算放过这个机会。

吕男男脑子再次转不动了，哥们儿，咱说话能不要这么直白吗？

“哦，你喜欢我当你的朋友？喜欢我跟你一样喜欢射击？还是喜欢……”

陆弘打断她，绕到她面前挡住她的去路：“你，我只喜欢你。”

吕男男低着头，谁也不看：“那咱们该回家了，我睡觉的时间到了。”说完转身就走。

陆弘跟在吕男男身边，没有再逼吕男男正视这个问题，她是属于鸵鸟系的，很多事情必须让她慢慢接受。

车上很安静，吕男男扭着头看着车窗外，完全不看陆弘一眼，她觉得别扭得要死，哥们儿一样的人就这么大大方方地说喜欢她……还没安一正说这话的时候听着顺耳。

慢着，好像安一正没有说过这种话？这种浑蛋必须打死！

这一路车子停了又停，这不，这会儿陆弘又去给吕男男买健胃消食片去了，还嘱咐吕男男好好在车上等着不要乱跑。

五分钟过去了，十分钟过去了，吕男男终于等得不耐烦了，然后给陆弘打了个电话，再然后，陆弘的手机便在车厢里响了起来，手机就放在前排两个位置中间的小储物箱里。吕男男下意识地看过去，然后就看到了差点把自己气晕的一幕。

她就说什么喜欢她十年的事情不靠谱，果然没想错，敢问一下，各位少年，你们会把你们暗恋了十年的对象的来电显示图片存一只大耳朵驴吗？！

这年头暗恋也忒不值钱了！

难怪陆弘总说她是驴，哎哟，原来他的真爱是一头驴子！还有，他的手机屏幕是一只大狗，和她说话的时候总喜欢看手机屏幕，敢情在他眼中，她是一只驴狗杂交综合体啊？

气煞人也！

不过吕男男的这一股杀气没有能够持续到陆弘回来再发作，而是当时就发作了，发作的原因很简单，她看到安一正了。

就在大街上，安一正穿得别提有多风骚了，一身豹纹西装加裤子，简直跟个骚豹子似的。吕男男觉得自己简直蹿得比豹子还快，一下子跑到街对面，二话不说就踢了安一正一脚，拽住他的耳朵："你去哪儿了？你好好跟我说说你去哪儿了？"

安一正回头一看是吕男男，吓得差点屁滚尿流："祖宗，我的亲祖宗，这件事你可得听我解释……"

"解释个屁！"吕男男狠狠地朝着他的头上拍了一巴掌，又毫不客气地在他肚子上抡了一拳头，"我让你背叛我！让你偷偷订婚！让你跑！让你度蜜月！看我不打死你！"

安一正半跪在地上，被打得咳嗽了两声，感慨道："骑白马的不一定是王子，穿裙子的也不一定就是女子啊！"话音才落，又挨了两拳。

"安一正你就是个欠打的，说好的娶我呢？"吕男男下手毫不客气，加上安一正本身不经打，整个场面完全就是一场单方面的"家暴"。

然后所有人都看到安一正一边打电话一边哭："岳父啊！你闺女要把我打死了啊！你快来救我啊！"

吕男男朝着安一正的头“啪啪啪”又是三下：“让你打！就会打电话！你还能干什么你！”

吕男男其实并不生气，就是借机打安一正一顿出出气，可是让她掉眼珠子的一幕出现了——只见一个娇小可人的女孩子扑到安一正身上：“你要打就打我，不许你再打一正！”

看着女孩子一脸坚定的表情，吕男男傻眼了，这又是闹哪样？

更让人傻眼的是，安一正一把搂住那女孩子，把她整个人护在身后：“不准你打她！你要是敢打她我可就要还手了！”

吕男男看看安一正，再看看那女孩子，稍微明白了一些，敢情这就是安一正的未婚妻啊。她觉得有些不好意思，她和安一正虽然不是真爱，但是朋友还是真的可以有的，她从来没想过在女孩子面前让安一正落面子，见两个人视死如归的表情，她干咳两声：“你先起来。”

结果她这话才落，两个人抖了抖，抱得更紧了。吕男男有些无语，人与人之间还有基本的信任吗？她只是让两个人先起来而已好吗？

吕男男只得加重语气：“起来！”

安一正吓得一个鲤鱼打挺从地上爬起来，然后飞快地说：“男男，这事儿真不怨我，我跟你说了一百次了我妈不喜欢你，咱俩是没有结果的。再说了，你看看你浑身上下有一点女人样吗？你说我把你娶回家，到底是娶了一个女人呢，还是娶了一个男人呢？这事儿可得说清楚啊！”

听着安一正抑扬顿挫的说辞，吕男男伸手想给他扒拉一下头发，谁知道吓了安一正一大跳，整个人后退了一大步，警惕地看着她：“你想干吗？”

吕男男看看他，再看看那个女孩子：“你先把头发搞好、衣服拉好了，带着你的小女朋友赶紧走，回头我再找你。”

安一正依旧警惕地看着她：“你还找我干吗？”

吕男男冷笑着给了他两个字：“谈谈。”

安一正磕磕巴巴地回应："谈……谈……谈什么？"

吕男男依旧是两个字："呵呵。"

安一正的眼神越来越惊恐了，然后就看到了吕男男身后的那个人，脸色一变，仿佛看到了救星："陆弘，你可得救我啊！"

陆弘面无表情地看着几个人，直接忽略了安一正的话，看着吕男男道："打完了？"

……安一正在心中第一万次发誓，陆弘和吕男男绝对是天生一对！

吕男男点点头："暂时不打了，给他个面子。"

陆弘目光在安一正身后的娇俏女孩子身上扫过，那个女孩子似乎也认识陆弘，看陆弘的眼神跟安一正看陆弘的眼神是一样的，见到陆弘看过来，就可怜巴巴地喊道："陆弘。"

陆弘朝她点点头，然后对吕男男说："打完了就走吧。"

……

上了车，健忘的吕男男早就把大耳朵驴给忘脑后了，而是怒气冲冲地问陆弘："你说我打安一正打错了没？"

"他不报警的话，应该不算错。"陆弘客观地分析。

吕男男还在那里激动得手舞足蹈："要不是他未婚妻跟着，我得打断他的腿，竟然敢背叛我，小崽子嫌自己活得太长，都是我以前对他太好了，舍不得打他，才给了他出轨的机会，回头我要是再找个男朋友，一定得把他打服气了才行，而且……"她的话没说完，忽然停顿在那里，回头看陆弘，果然见他一脸怪异地盯着自己，然后她安慰陆弘道，"没事，我不会打你的，因为我不会找你当男朋友。"

陆弘点点头："也不是不可以打。"

吕男男心下高兴，觉得自己赚了，陆弘什么时候会说这种软话啊，以前在他面前自己似乎只有挨打的份儿，这个诱惑还是很大的，正在她异想天开的时候，陆弘又开口了："如果你能打得过的话。"

吕男男耷拉下嘴角，随即又想起了那个大耳朵驴子，看陆弘一百个不顺眼："打得过我也不打。"

陆弘接着说道："要是我家人打我的话，我是打不还手，骂不还口的。"

……

所以说他们之间是没有共同语言的。

吕男男到家的时候对陆弘说了一句话："我接了大单子，可能最近都会很忙，你要是没事的话就别找我了，钱打我卡上就行。"

陆弘没搭理她，让吕男男觉得自己又自作多情了一把。

接下来几天，陆弘果然没有再出现，吕男男也从最初的忐忑不安变成了直接忘记了陆弘这个人。栏目组是先做方威的节目的，方威说话随和，本身又是个"段子手"，整个节目都很顺畅。所有人都高兴，当然最高兴的还是他们组老大赵总编，竟然大手一挥要请他们组里所有人去泡温泉！还要去汤山的温泉！

于是在一个周末，他们一组人四辆车便浩浩荡荡地出发了。吕男男坐在赵总编的车上，自从录了方威的节目之后，赵总编看她的眼神整个都变了，仿佛看亲闺女似的，车行到半路，赵总编闲着没事找话说："你和方总很熟？"

吕男男不太明白赵总编这话的意思："不太熟。"

"哦，那你和她侄子很熟？"

方威的侄子？她连方威都只见过两面，怎么可能会认识她侄子？于是她实话实说："也不太熟。"

赵总编看着她意味深长地笑了："年轻人，还挺懂得做保密工作的嘛！方总都说了，你和她侄子在谈恋爱呢。"

这下连吕男男都不懂了，虚心求问："您说的是哪个侄子啊？"

赵总编嘴角抽了抽："你认识她几个侄子？"

吕男男思来想去，想去思来，觉得自己实在不认识方威的侄子，而且要说她认识的年轻人里能当她侄子的，似乎只有一个人——陆弘？再看看后排几个人的面色，完全只有赞同，吕男男顿时心绪如麻。

……方大姐，你为什么要破坏我的名声？！

本来开开心心的温泉之行这下因为这个消息变得无比糟心，原本她还指望在电视台里找个青年才俊比翼双飞呢，这下好了，似乎全世界都知道她傍上"富二代"了。

吕男男强词夺理："她侄子我是真不认识，也没和她侄子谈恋爱，不过我知道她喜欢开人玩笑，你们可别当真。"

所有人脸上都写着"休想骗我"几个大字。

吕男男觉得晦气得紧。

更晦气的是，她都跑到另外一个城市的小镇子里了，竟然也能碰到陆弘，这简直就是狗屎一般的缘分啊！

碰到陆弘的时候她正在眉飞色舞地讲自己的故事，因为温泉门票兑换进场之后有效时间是十五个小时，于是他们一分钟也不浪费，当晚便进了温泉，这样第二天早上再来可以待到下午正好离开。

众人冲澡之后就进了温泉，女生穿的都是泳装多多少少露点肉，吕男男小腹上的那道疤就露了出来，有人问："男男，你跟人打架了？还留这么长的伤疤？"

吕男男低头看看自己身上的伤疤，都说伤疤是军人的勋章，她一直都觉得这句话是经典，而且留伤疤这种行为也比较符合她的性格，顿时她便热血沸腾了，一拍大腿，便开始讲当年的故事："想当年，我也是以一当百的人物……"

有人质疑："确定能当百吗？"

吕男男收回之前的话："至少也能当十，在学校也是没人敢惹我的，我认识的人被欺负什么的，都是喊我去出头。然后有一天我朋友被人欺负了，我便去给她出头，你们知道对方有多少人吗？至少三十多个！”

有人哈哈大笑：“于是你就变身洪金宝一个人打倒了三十多个人，然后自己中了一刀去了医院吗？”

吕男男正想说那是，便听到有人说：“然后她忽然觉得肚子疼，就晕倒在地，拉到医院做了阑尾炎手术，就有了这个伤疤。”

众人笑疯了。

吕男男幽幽地看着水面，真想把开口说话的人摁到水里让对方好好喝几口水。

江文蹲在吕男男身边：“姐，这是不是真的啊？你这么英勇神武，不该在这种时候犯这种错误啊！”

吕男男眯着眼看江文：“是不是真的，你们陆队不是也在场吗？回去问他去。”

陆弘含笑看着黑脸的吕男男，又开口了：“一人打五个倒是真的，打三十个我就不知道了。”一边说着还一边进了温泉，就那么正好地坐在了吕男男身边。

吕男男咬牙切齿地看着陆弘：“真巧啊！”

陆弘点点头：“确实。”

陆弘组里的几个人挨个全部跳了进来：“姐，我们可是托你的福才能来泡温泉的，晚上必须请你吃饭。”

“关我什么事？”吕男男愣了下。

众人笑而不语。

江文挤到吕男男身边小声说道：“我们都知道了，我们队长决定追你了，姐，我们都是支持的！”

孙库也给了吕男男一个支持的眼神。

不远处的赵总编也听到了这句话，立刻维护自己的组员：“这个可不行，我们男男有男朋友了。”

陆弘抬眼去看赵总编，然后毫不客气地问：“是谁啊？”

吕男男翻白眼，这家伙是来砸场子的吧？

赵总编也毫不退让地回道：“是方威方总的侄子，方总亲口说的。”

陆弘愣了下，随即笑了起来，吕男男已经感觉到自己的脸在发烧了，佯怒道：“赵总编！都跟你说过了方总是开玩笑的，你怎么当着外人就说起来了。”

赵总编警惕地看着陆弘对吕男男说：“小吕啊，有就是有嘛，又不是什么丢人的事。虽然陆弘也很优秀，但是比起方总的侄子还是要差一些啊。”

“真没有。”吕男男坚持。

赵总编看着其他几个组员：“你们说有没有？”

众人纷纷点头：“有。”

吕男男想去死一死，赵总编，您所谓的方总的侄子就在我旁边呢，我们能不要争了吗？

然后吕男男便听到陆弘说了句：“这个事情我也听说了。”

……还可以更无耻一点吗？

“哦，”吕男男面无表情，“看来只有我没听说。”

既然没有了争吵的点，两边的人很快就打成了一团，只有陆弘老僧入定似的一直坐在吕男男身边，其间电视台这边的女生有几个想跟陆弘搭话都没能搭成。陆弘的聊天方式连吕男男都要看不下去了，比如，人家女生说：“陆队怎么会来这里？”

“有事。”

“你们最近有什么大案吗？”

“有。”

“你们工作还挺忙的吧？”

“还好。”

吕男男简直要捂脸，然后偷偷问江文：“你们怎么会来？”

江文看着她：“我已经说过了啊。”

……难道是认真的不是开玩笑吗？

“那你们怎么会知道我在这里？”

江文神秘地笑了一下，吕男男就知道了，他们是在网上订的房间，有用到身份证，想到这里她怒了：“你们这是公器私用！”

“稍微看一下而已。”

“偷窥。”

“这个万万没有的，恰巧知道了。”

“知法犯法。”

“真没有。”

“有什么是你们有的？”

“正义。”

吕男男觉得自己败了，败给了以陆弘为首的这群不要脸的人。

不过，虽然整个过程中吕男男都几乎没有和陆弘说话，但在众人结束泡温泉之后她还是在一个拐弯处趁着众人不注意把陆弘拉进了小胡同，然后还左看右看，一脸警惕，唯恐有人看到。结果她还没说什么呢，就听到陆弘说：“怎么，把我拉到小胡同里是想非礼我？”

……

吕男男的黑脸隐在黑暗里：“你想得可真多，我问你，你跟来做什么来了？”

“跟谁？”

……

要是有一个不要脸大赛的话，吕男男相信陆弘绝对是第一名。

“总之一句话，以后不准跟着我！”吕男男斩钉截铁地道。

陆弘点点头："我没跟着你，路这么宽，这又是个公共景点，我们是来消费的，不是来做其他无聊的事情的，你也别想太多了。"

"不是跟着我？你以为这是写小说呢？世界上会有这么巧的事情？就算你爱我爱到无法自拔，也不用当跟屁虫啊！你可是陆弘啊，在我心中是高贵沉默、不屑于追女生的陆弘啊，你可不能破坏我心中的那个形象。"

陆弘摊手："我们前天就预订了这里的房间。"

……这话是几个意思？好像他们是昨天才订的房间？所以说是陆弘先决定来这里，然后自己跟着来的？黑夜中吕男男的黑脸渐渐变成了红脸，幸好没人能看到。吕男男干咳一声，非常不要脸地说了句："总之以后不准跟着我。"

陆弘点点头："我带了不二家的童子鸡，准备和队友一起去吃了。"说完他便迈步往前走了。

吕男男纠结啊纠结，不过最终也没有跟上去，她是真的不喜欢陆弘，而不是欲擒故纵，想到两个人之间这么多年的恩怨，她实在对他下不去手，再说两个人躺一张床上都没能擦出火花，更何况其他时候。所以她忍痛没有跟上去，而是跟着队友去小吃街喝了牛肉汤，喝完了一直回到房间里还心心念念着童子鸡。

这家的童子鸡最初是吕男男发现的，总喜欢让吕大鹏帮她带点回家，吕大鹏忙的时候就会让陆弘帮忙，没想到今天反倒成了陆弘的最爱，真是不科学。

正思来想去睡不着的时候，有人敲门了，又是江文："队长让我给你送鸡。"

所以说，陆弘到底是什么意思呢？

不管陆弘是什么意思，吕男男打定了"你有千方妙计，我有老主意"，所以她决定守好自己的堡垒，绝对不能让陆弘攻陷了。

第二天早上所有人都去泡温泉了，吕男男早上容易饿，不愿意早早地去，所以在众人走之后就去了小吃街吃东西。这个小吃街是景点开发的，上至北京烤鸭，下到广东菜，一应俱全，就是人均消费太高，必须买够一百元的票才可以让你进场。

端着盒装的牛肉汤，啃着烧饼，吕男男本来是想买个鸡蛋的，谁知道一走到摊位前老板便热情地介绍："来尝尝我们本地的特产，这是鸭巴蛋，这是鹅巴蛋，这是……"

老板依次介绍过去，吕男男头脑发热地接了话："这个老板不用介绍，我知道，是鸡巴蛋。"

说完自己先愣住了，鸭蛋鹅蛋中间都可以加个巴，但是鸡蛋中间加个巴似乎有些不妥？

她一脸尴尬，老板正想解释呢，就听到一个熟悉的男声："你可真聪明，这个都知道。"

吕男男瞪了陆弘一眼："你怎么这么烦人，到哪里都能遇到你！"

陆弘不理她，指着眼前的几个盆："每一样要两个，分开装。"

吕男男本来还在犹豫自己手里的票不太够用，因为昨天晚上已经用过一次，谁知这么巧遇到陆弘，算他还有点良心，知道多买一份，可是，为什么陆弘自己拿着六个蛋走了！

吕男男简直想要仰天长啸一声，哎哟，这是一个正常人能做出来的事情吗？

说好的喜欢她，要追她呢？

她追上去不甘心地问陆弘："其实你说喜欢我只是为了让我纠结的吧？陆弘，我就知道你骨子里就是个坏蛋，还想唬我，没门！"

陆弘把手里的袋子递过去："要不要吃？"

吕男男毫不客气地抢过袋子虎着脸："真是再也找不到你这样讨厌

的人了。”

陆弘斜了她一眼，然后说了几个字。

吕男男再去问什么意思的时候，陆弘死活不肯说了，吕男男不愿意再搭理他，以至于所有人拔队离开，陆弘问她要不要坐他的车的时候，吕男男毫不犹豫地便拒绝了，不过陆弘脸上的笑就比较耐人寻味了。

很快吕男男便明白陆弘那几个字是什么意思了，开车走高速经过服务区的时候，赵总编竟然给她买了一瓶水！

这个举动把吕男男吓坏了，要知道在他们那儿，上下级的关系是相当分明的，别说领导给你买水，就算是跟你说句话，你都要荣幸半天。吕男男小心翼翼地问赵总编：“领导，您要是有事儿直接吩咐就行了。”

赵总编显然也没想和吕男男客气：“是这样，我本家一个兄弟想要承包宏林一个建设工程，你看能不能从中调和一下？”

吕男男被他说得一愣一愣的，最后实在有些听不懂，便问道：“宏林是什么？”说完便见赵总编变了脸色，她赶紧解释道，“领导，我是真不知道。”

“就是方总的公司。”

吕男男了然，不过了然之后是为难：“领导，我和方总真不熟，加上录节目那次，我们总共只见过两次。”

赵总编笑眯眯地拍了拍吕男男的肩膀：“没事，你和她侄子熟就行了。”

……

望着不远处陆弘揶揄的眼神，吕男男第一万次悔恨自己为什么要拒绝陆弘邀请她坐他的车这件事，不过她脑子转得快，也笑眯眯地对赵总编说：“领导，虽然我帮不上你，但是我知道有个人能帮上你，这个人和方总可熟了。”

“谁？”

吕男男指了指陆弘："就是他。"

赵总编看到陆弘的时候愣了一下，然后又犹豫了："这种事情我不好出面，而且我和陆弘也实在不熟，既然你和他熟，这件事就由你搞定吧。"然后不给吕男男拒绝的机会便离开了。

吕男男心中咆哮，一句话也说不出来，总觉得全世界都在和她作对，这种事难道不是男人之间谈更好一点吗？

一百万个不情愿地朝陆弘走过去，谁知道还没走到陆弘跟前呢，这人就开口了："想都别想，他那弟弟连承建资质都没有，而且他接过的工程后期有各种质量问题，这种事情没有水可放。"

吕男男恨恨地瞪了陆弘一眼，就知道他嘴里说不出好话来，见他不肯帮忙，她也不想和他啰唆，转身就想走。陆弘喊住她："我倒是有个办法让你不会死得太难堪，想不想听听？"

吕男男本来又想瞪他，但是转念一想，便绕了回去："你说你说。"

"我渴了。"陆弘看着她手里的那瓶水。

吕男男相当纠结地把水递了出去，刚才她都打开喝了一口了，实在不想和陆弘来一个间接的亲密接触，结果她想多了，陆弘根本没去接她手里的水："我要新的。"

……

跑进超市给陆弘买了水，吕男男没好气地道："可以说了吧？！"

陆弘点点头，然后开口："你可以辞职不干，这样他就不能给你穿小鞋了。"

吕男男只留给了他一个字："滚。"说完夺走自己买的水转身就走，下次她要是再相信陆弘她就是驴！

妥妥的驴！

第八章
十年守候换来一次表白

【陆弘的侧脸在路灯的照耀下显得很柔和，眼神也很深邃："我从来不开玩笑，男男，这句话你可以当真。"】

吕男男觉得自己的立场已经相当明确了，而且她也确定陆弘并没有要继续纠缠她的意思，可是她最近觉得自己特别倒霉，陆弘那些同事认准了她当嫂子，有事没事就跑来跟她打招呼，有时候同事还在呢，就集体喊嫂子，有一次竟然半夜集体跑她家楼下唱歌。

现在吕男男吓得家都不敢回了，她不敢回家，这可苦了安一正，张琳琳是死活都不肯收留她，说什么不能破坏她的好姻缘，对此吕男男只有两个字：我呸！

对于吕男男鸠占鹊巢的行为，他是敢怒不敢言，吕男男还非常不要脸地同时霸占了他家的笔记本、电视机，连平板都不放过，直接装进了她自己的包里，美其名曰她的青春损失费。

眼见过了九点，又过了十点，安一正忍不住看看旁边的娇俏小美女，又看看吕男男："你什么时候走啊？"

吕男男没好气地看他一眼：“我什么时候说要走了？”

安一正跳起来：“你的意思是你今天晚上不走了？！”

吕男男看了看忐忑不安地坐在单人沙发上的姜蓉：“她不是也不走吗。”

“那能一样？她是我未婚妻，不走是正常，你可不是我什么人。”

吕男男纠正他：“前女友，而且前女友也是女友，该做的咱们都做了，不该做的也做了，怎么能算是没关系？”

安一正看看可怜兮兮的姜蓉，再看看吕男男，几乎是求爷爷告奶奶的态度：“你这话可是有歧义，什么该做的不该做的，咱俩可是亲都没亲过，其他更没有做过！”

“拉过我的手没有？”吕男男斜视，眼中写着“你这个愚蠢的人类”，如果她照照镜子的话，会发现自己可能已经被陆弘同化了。

“拉手又不会怀孕！”安一正忍无可忍。

“抱过我吧？”吕男男又问。

“那是……”安一正想解释，每次吕男男打他的时候都要给他来个过肩摔，两个人有肢体接触实在是太正常了好吗？

“那就是有。”吕男男斩钉截铁地说，“不管怎样，我们的关系都这么近了，你好意思赶我出去吗？”

安一正被她说得哑口无言，他不但打不过吕男男，也说不过她，这就是现实。

吕男男又问姜蓉：“你好意思吗？”

姜蓉摇摇头，水汪汪的大眼睛里写着不忍心，连说话都是水汪汪的：“不好意思。”

吕男男点点头：“我就看你还像是个正常人。”

姜蓉的笑容里带着些许羞涩，连声音都有些小兴奋：“是吗？”

吕男男愣了下，觉得自己和姜蓉无法交流了。这小女孩和她绝对不是一个世界的，看着她眼中的崇拜，她下意识地觉得自己不能刺激对方，被保护得这么好的小女孩是怎么落到安一正这种人手里的？她疑惑地看向安一正，就见安一正把姜蓉拦到身后难得地和吕男男对上了：“我跟你说，你可别想教坏了蓉蓉。”

姜蓉赶紧站队：“我不会让任何人把我教坏的。”

吕男男眼角抽搐，嘴角抽搐，觉得眼前这个场景可真是不和谐，那个时刻需要她保护的小正正竟然都会保护别人了？这种感觉就像是你养了个儿子，最后被狗叼走了，相当怪异。

她朝着姜蓉招招手：“我不教坏你，你过来，以后我罩你，要是安一正欺负你你就告诉我，我帮你收拾他。”

最后两个女人很快便成了联盟，安一正坐在一旁狼狗似的盯着吕男男，唯恐她把人给教坏了。

吕男男简单地问了姜蓉和安一正认识的过程，原来两人竟是青梅竹马，难怪这些年安一正护狗食似的护得那么严密，原来早就下手了啊。对此，吕男男丝毫没有觉得生气，安一正能够找到自己的真爱她也是很高兴的，只是这孩子是不是也太傻了点？

怎么说呢，就是又蠢又萌，具体就表现在——

当吕男男想去厨房倒水喝的时候，姜蓉已经迈着小短腿去帮她倒好了，嘴里还说着：“一正说你喜欢红枣茶，我给你放了红枣，你尝尝好喝不，不好喝下次我再放点枸杞进去。”

当吕男男和安一正说话，把他说得哑口无言的时候，姜蓉就会“星星眼”地看着她：“你怎么这么厉害？”

当吕男男早上起床，自己锻炼一会儿来个前空翻的时候，姜蓉又凑上来：“你教教我，我也想变厉害。”

吕男男做着扩胸运动问她：“为什么想变厉害？”

姜蓉瞪着水汪汪的大眼睛不说话了。

吕男男立刻便明白了："安一正欺负你了？"

"没有。"姜蓉情绪低落。

"他怎么欺负你了？"吕男男又问。

"他笑话我力气小，身体素质不高。"姜蓉立刻告状。

吕男男一听这话，感觉就像是自己儿子欺负了自己的狗似的，立刻想要批评自己儿子一顿。不过她才跑到楼梯口便停住了脚步，昨天晚上还好好的，怎么早上就欺负人了？这在房间里发生的事情可不大好说啊！

看着姜蓉水汪汪的眼睛，吕男男把她拉到阳台上小声问她："昨晚你们住一起了？"

姜蓉果然像个没长大的孩子几乎是瞬间便红了脸颊，像做错事的小孩子一样低下了头。吕男男干咳两声，想了想安一正的小身板，实在是没忍住，问姜蓉道："他行吗？"

不要怪她这么问，实在是安一正太不经摔打了，现在又来了一个更不经摔打的姜蓉，这组合简直是绝了，不过对于自己养大的儿子，她还是挺关心安一正到底行不行的。

姜蓉果然脸更红了，小声骂着"讨厌"，跑开了。看她这个动作吕男男还是挺骄傲的，有一种"吾家有男初长成"的骄傲，不过看着姜蓉这么可爱的小动物样，吕男男又有些想打人了，安一正完全可以早点让她们认识的嘛！

一连一周，吕男男已经成功撬走了安一正的墙脚，在安一正家里俨然过上了大爷的生活，不但奴役安一正，现在连姜蓉都对她言听计从。

要不是她爸爸吕大鹏要回来，吕男男是说什么都不肯走的。安一正听到这个消息的时候立刻开了一瓶香槟庆祝，还放下豪言："男男，咱们什么关系，前男友前女友，绝对是世界上最铁的关系，你想什么时候回来就什么时候回来，绝对没有人拦着，知道不？"

吕男男点头如捣蒜："等我爸妈走了我就回来。"

安一正的表情立刻变得跟吃了屎似的："男男，你知道什么是客气话吗？我刚才说的那句就是。"

吕男男顺手将桌上的一瓶男用香水装包里，然后便听到安一正说："你是决定彻底变成男人了吗？前两天拿我的剃须刀也就算了，现在连我的香水都拿？"

"给我爸用。"吕男男顺口回了句，再说了，她也不是什么牌子都要的，要不是名牌，她看都不会多看一眼的，以至于安一正的生活水准直接从国际名牌变成了小超市不知名的牌子，"再说了，我让你妈给我青春损失费她都不肯，真是小气，认识这么多年了，这点交情都没有。"说完，还回头看了一眼一直可怜巴巴跟在他们身后的姜蓉，"是不是？"

姜蓉有些纠结，她对金钱没有太大的概念："好像是。"

吕男男欣慰地拍了拍她的肩膀，道："蓉蓉，再把我的电话号码背一遍。"

姜蓉乖巧地背了一遍。

吕男男还挺舍不得姜蓉的，她简直就是那种养在家里的毛茸茸的小动物，连对她大声说话都会不忍心："要是安一正欺负你了，一定给我打电话知道不？"

姜蓉乖巧地"嗯"了一声，又问她："那你什么时候回来？"

安一正白眼一翻，差点晕过去，觉得眼前这一出实在不符合常理，眼前这两个人难道不应该是仇敌吗，怎么比亲姐妹还亲？

瞧瞧，吕男男走出门走了两米远了，还不放心地又回来拉着姜蓉的手嘱咐她："安一正要是欺负你了，一定给我打电话，不要怕他，知道不？"

至此，安一正觉得自己做人还挺失败的。

嗯，是很失败。

吕男男一路都跟做贼似的，她身上简直跟装了报警器似的，随时随地都有可能爆炸。

现在赵总编看她的眼神已经不能用让她汗毛竖起来形容了，原因是宏林发布了一个拒绝入围竞标名单，赵总编弟弟的公司就在第一位。

到了她家楼下，她驻足看了足足十分钟，确定不会有人冲出来把她带走她才急匆匆跑进了楼栋。她家就住在一楼，回家之前她已经跟吕大鹏确定了许多次他在家，所以一打开门，在看到那个背影的那一刻二话不说就跳到那人背上："吕大鹏！你这么久都不回来看我！得罚你款！"

然后吕男男就看到了陆弘缓缓转过来的脸，再然后她就被吓到了，她就说嘛，吕大鹏明明没有这么高才对！而她被吓到的后果就是整个人往后仰倒，好在陆弘眼疾手快地抱住了她，不好的一点是，吕大鹏正好从隔断后面走过来看到了这一幕。

顿时，三个人都愣住了。

吕男男是最先反应过来的人："大鹏哥，你得听我解释……"

吕大鹏打断她，亲热地拉着陆弘往里面走："你看你们两个孩子谈恋爱就谈恋爱，这事儿不必瞒着家里。"

"不是……"吕男男还在挣扎。

她妈杜美琪已经不知道从哪里拐出来了："你们终于在一起了？都这么多年了，早该在一起了。"

"我……"

陆弘又开口了："是我的不对。"

……哥，你这话是什么意思？

吕男男还站在那里不知道该怎么扭转局势的时候，吕大鹏已经又开口了："站着做什么啊？还不快去给陆弘倒杯水？"

吕男男歪着嘴看陆弘，正好对上陆弘含笑的目光，吕男男气愤地转身就走，不过最后还是给陆弘倒了水，才刚走了过去就听到吕大鹏说：“去去去，坐陆弘身边。”

吕男男僵了下，正想解释呢，陆弘便拉了一下她的胳膊，她整个人直接坐在了他身边，再然后便听到吕大鹏问：“你们准备什么时候结婚？”

吕男男唯恐陆弘说出什么石破天惊的话，赶紧接口道：“暂时没有这个打算！”

陆弘难得地和她站在了统一阵线上：“这件事我们准备过几年再说。”

吕男男回头瞪人：慢着，过几年也不说的！

陆弘又开口了：“毕竟我们才刚在一起。”

吕男男口吐白沫：“爸，你别听他乱说，我和他就是普通朋友。”

吕大鹏毫不介意：“不管以前是不是普通朋友，现在不是就行了。你们在一起，爸爸是一百个赞成的，而且陆弘是我定好的女婿，闺女可以换，女婿不可以换。”

杜美琪附和地点头。

……吕男男被气歪了嘴，什么时候她爸妈都开始胳膊肘往外拐了？

“既然你们这么喜欢陆弘，不如认个干儿子？”

“当儿子多好，干吗非要加个干字？以后他娶了你就是我亲儿子。”吕大鹏反驳，坚持自己的阵线。

吕男男看陆弘那是越来越不顺眼：“我还有人权不？现在还是自由恋爱社会不？”

吕大鹏听了这话，老僧入定似的坐在那里：“总之你懂的。”

吕男男觉得自己不是亲生的，不管别人信不信，反正她是信了。

十分钟后，陆弘在陪吕大鹏下棋，吕男男在厨房帮杜美琪做饭，吕男男心不甘情不愿地切着大白菜：“妈，我真不喜欢陆弘，你们就不能不要干涉我的私事？”

杜美琪在和面，准备做她最拿手的大蒸馍，听了吕男男的话，她毫不客气道：“不能。”

吕男男噎了一下，提高嗓音：“为什么啊？”

“你这么蠢，有陆弘看着你我们也放心。”

吕男男嘴角歪啊歪，就差歪回姥姥家去了：“妈，我这是正常你知道不？你要是想知道什么是蠢，明天我就带你见见我那朋友，见了之后你就知道我有多正常了。”

“你说的是姜家那孩子吧？”杜美琪对吕男男的动作似乎还挺了解的。

只是吕男男不知道为什么杜美琪会对她这么了解：“妈，其实你派了人监视我吧？？”

杜美琪冷笑一声：“你想得可真多，陆弘打电话说你好几天没回家了，我问了琳琳知道你不在她家，除了安一正家你也没地方可以去，他周围比你还蠢的人就只有姜家那孩子了。”

“那你怎么知道人家姓姜的？”

杜美琪觉得自己的女儿实在是太蠢：“我不但知道，还知道安一正追她好多年了，我不但认识那孩子的爸爸，还认识她妈妈。平时让你多跟我出门走走你不肯，现在搞得连姜家都不知道，要是你消息灵通一点的话，怎么会被人甩？连我都知道你早晚会被甩，只有你自己不知道。”

吕男男无语，这个世界为什么会这么玄幻呢？

吕男男辩解：“我已经打过他出过气了。”

杜美琪赞赏地看了她一眼：“输阵不输人嘛，这次我看你打得好。”

“妈，你知道了为什么不告诉我？”

杜美琪看了她一眼：“我看你挺喜欢逗他玩的，这本来只有一只宠物，现在变两只了，不错不错。”

吕男男无语，觉得杜美琪的思想太前卫了一点：“那陆弘还喜欢逗我玩呢，跟我逗安一正是一个性质，这可不叫喜欢。”

杜美琪觉得吕男男脑子生了锈，忍不住提点她道：“陆弘要是不喜欢你，能千方百计地非要跟你爸认识？”

“错，他们是在小公园下象棋认识的。”

“哦，有那么多老头都喜欢下象棋，他干吗每一回都要找你爸？”

“这只证明了一件事，那就是他们有缘分啊！”

“呵呵。”杜美琪冷笑两声，“后来他到了咱们家，你爸明确问了他想干吗，他当时就说喜欢你，要你当他女朋友，这总不会错吧？”

吕男男瞪大眼睛，竟然还有这么一段往事，为什么她不知道？

杜美琪有些得意：“当时你爸就告诉他，你上大学之前他不能追你，也不能让你喜欢他，要是他做不到的话以后都不会准你们在一起，不过他做得还不错。”

吕男男黑线，似乎明白了当年陆弘为什么死活不肯和她在一起了，对于他的行为，她只有一句话：“他这个人说话还挺算话的，我敬他是条汉子。”

杜美琪皱起眉头：“按理说后来你上了大学你们也该在一起了，怎么就蹉跎了这么多年？”

吕男男翻白眼：“因为我已经有了男朋友啊！”

杜美琪点点头：“陆弘确实不像是会撬墙脚的那种人，人品还是很好的，又等了你这么多年，既然早晚要在一起，你就别再作了，把他作得心凉了可就没有这么好的人了。”

“感情这事儿不能勉强，这是原则问题。”吕男男坚持己见。

杜美琪龇着牙：“你竟然还是个有原则的人？打你出生起，我就没见你有过什么原则。”

……妈，你这么形容你女儿真的好吗？亲人与亲人之间最基本的亲情还有吗？

“这是我的隐藏属性。”

杜美琪换了一种比较迂回的说法：“那你告诉我你想找一个什么样的人？”

“反正不是陆弘那样的。”

“具体一点。”

“要高要帅，能挣钱，专一贴心，会哄我，最好打得过我……”

吕男男还没说完呢，就听杜美琪冷笑一声：“做梦呢你，这种条件的除了陆弘谁还会喜欢你？”

……似乎，好像，是这么回事？

吕男男陷入了沉思，严格来说，陆弘完全符合她梦想中的男主角的形象，除了两个人认识太久之外，其他完全符合。换一种说法，假如她是刚刚认识陆弘的话，是绝对不会放过他的。

如果再想找一个这种条件又专一的人，好像的确是一件很难的事情。

可是，陆弘……

他们都说她喜欢陆弘，她的确是喜欢过陆弘的，可那是在陆弘一次次拿高墨琪当挡箭牌之前的事情。

后来……后来的事情，不提也罢。

一顿饭，四个人里有三个人都吃得很高兴，唯一不高兴的那个人便是吕男男，她怎么也不能明白陆弘跟她爸妈的关系为什么比她还好了，这真是一件让人郁闷至极的事情。

待到吃完饭，吕男男便被赶出家门去送陆弘了。

好吧，她绝对不是亲生的。

夜风已经很凉，在门口的时候陆弘还主动帮她拿了外套，仿佛他一直都是这么做的，可是只有吕男男知道私下里他有多么恶劣。

出了门，陆弘最先开口：“以后回家住吧，不会有人抓你了。”

听到这话吕男男心里就有气，恶狠狠地问他：“是不是你指使的？看我一次次地被抓进去，然后你再以恩人的态度把我救出来，我告诉你，英雄救美这招对我不管用。”

陆弘点点头：“确实不管用。”

吕男男气得要死，这不是侧面承认了这件事是他干的吗？有这么追人的吗？！

她还没来得及说什么，就听陆弘说：“我已经罚过他们了，以后他们不会再这么干了。”

吕男男噎了一下：“不是你干的？”

陆弘发出一种类似于冷哼的声音：“我每天忙得要死，你觉得我会有时间去搞这个吗？”

吕男男有些纠结，但是又不太相信陆弘的人品，他的人品绝对没有她妈说的那么好，但是想到她妈说的话，她更纠结了。

错过陆弘，确实找不到比他更好的人了。

纠结来纠结去，她问陆弘：“你真的喜欢我？”这件事她抱有十万分的怀疑态度。

陆弘的侧脸在路灯的照耀下显得很柔和，眼神也很深邃：“我从来不开玩笑，男男，这句话你可以当真。”

吕男男才不会被他这副表象骗到：“男女之间的那种喜欢？”

陆弘的回答很直接，修长的大手直接捧住吕男男的脸颊便吻了下来，吕男男只觉得整个人都颤了一下，原谅她，这种法式热吻她真的没有经历过。

一直到吕男男整个脑子都晕晕乎乎的，陆弘才放开她，声音低沉且有魅力：“现在相信了吗？”

吕男男点点头，依旧有些晕乎乎的："既然你这么喜欢我，那我们试试吧。"她已经不知道自己在说什么了，不过说完这句话，她脑子立刻清明了起来，连语气都有些恶狠狠的，"不过是有条件的！"

陆弘不说话，只是低头看着她，眼睛里有笑意，看得出心情不错。

吕男男觉得又别扭又生气，好像她是不得不找了陆弘似的，语气也相当恶劣："我们领导弟弟的事情你得搞定，让我看到你的诚意。"

原本吕男男以为陆弘至少会犹豫一下，可谁知在她话音落下的那一刻陆弘便说："好。"

这下换吕男男傻眼了，她说这话的时候甚至带了点刻意为难的意思，可是陆弘这么爽快就答应了真的好吗？

吕男男有些不死心，尝试着去碰触他的底线："咱们得约法三章。"

"你说。"

"以后不准讽刺挖苦我，不准毒舌，不准和我对着干，也不准教唆别人和我对着干，做得到吗？做不到现在就说，我们……"

"好。"陆弘爽快地答应，并且直接截住了吕男男后面要说的话，"不会让你找到机会退婚的。"

吕男男龇着牙："注意用词，咱们俩连谈恋爱都不算。"

"嗯。"陆弘这次倒是听话，不过很快吕男男便听他道，"早晚的事。"

吕男男又不开心了，嘴里抱怨道："你知道试试是什么意思吧？"

陆弘没有回答，而是低声道："回去吧，外面冷，明天我来接你去上班。"

……我去，这角色带入也太快了点吧？吕男男相当不适应，于是她对陆弘说："你正常点说话，而且我这么大人了，也不用你把我送到地铁口，我自己走路就能去。"

她承认自己是故意恶心陆弘的。

陆弘果然笑了："男男，只要你一天是我女朋友，你说东，我绝对不会往西。”

看着陆弘眼中的笃定，吕男男那叫一个不习惯啊，朝他不耐烦地摆摆手：“快走快走。”

陆弘揉揉她的头发：“早点睡。”

吕男男吓得落荒而逃。

夜半，吕男男翻来覆去睡不着，等到终于睡着的时候却做了一个非常离奇的梦，梦到人死之后真的是有牛头马面的，还有孟婆老太太，再去见阎王爷，哎哟，完全就是陆弘的脸！

吕男男被吓醒了，再也睡不着了。

第二天陆弘果然一大早便到了吕男男家门口，还站在小区的绿化带和正在锻炼的吕大鹏说了一会儿话。吕男男看到他们的时候顿时联系到了之前自己做的那个梦，吓得她蹲下身子就想跑，然后一双鞋子便出现在了她的视线里。吕男男幽怨地抬头看了陆弘一眼，这人是长了千里眼吗？最后吕男男心不甘情不愿地上了陆弘的车，嘴里抱怨着：“不是说了你不用来吗？昨天晚上还说听我的话呢，现在就反悔了，可见男人的话有多么不可信。”

对于吕男男的抱怨，陆弘似乎完全没有听进去：“《好男友守则》第一条，每天接送女友上班。以后你就会发现有我这个模范男友的好处。”

听了这话吕男男跟吃了屎似的，心里堵得慌，看着这个自称是她男友的陆弘，她要有多后悔就有多后悔，昨天晚上怎么就脑子发热跟他说要他做自己男朋友呢？看来洗脑太可怕了，难怪有那么多人陷入传销窝，一个人说你不信，一群人说就由不得你不妥协了。

“好男友说好的给我买辆路虎呢？”

“周末我们去挑。”陆弘的话里没有一丁点不满意，假如是其他人，听到女友问自己要这么贵的东西，多少要皱一下眉头的，可是陆弘的态度就像是买白菜，下一句便问吕男男，“你喜欢什么颜色？”

吕男男本来只是想噎一下陆弘，谁知自己反倒被噎住了，遂有些闷闷不乐：“既然好男友愿意随时接送，路虎就以后再买吧，不着急。”

陆弘点点头：“那就让好男友暂时先享受一番接送的乐趣吧。”

吕男男不想说话了，因为眼前的这个陆弘跟自己认识的那个陆弘已经完全不是一个人了。以前的他腹黑又闷骚，可是现在完全就是“明骚”了啊！原谅她的小心脏，真的承受不住了。

临到电视台楼下，陆弘提议：“晚上好男友陪你去看电影怎么样？”

吕男男一个踉跄，差点栽下去，回头看陆弘：“哥，你能正常点吗？”

陆弘一副波澜不惊的样子：“我觉得自己挺正常的。”

吕男男无语，不知道该怎么和陆弘形容他的不正常，于是她换了一种思维方式：“你觉得我好看吗？”

这个问题让陆弘挣扎了一下，严格来说吕男男不是那种能被定义为美女的人，但是五官还是很耐看的，看久了就会觉得，哦，原来这也是个美女。最终，陆弘开口了：“好看。”

看着陆弘这不带任何诚意，甚至连说好看都略带挣扎的模样，吕男男又道：“那你觉得我是史上最美的好女友吗？”她决定陆弘怎么恶心自己的，自己就怎么恶心回去。

终于，陆弘那完美的表情破功了，略带嫌弃地看着吕男男：“你有事没事站在屎上干吗？”

假如是以前，吕男男绝对会顶回去，可是此刻，她听了这话竟然有一种深深的放心的感觉，满意地点点头：“你还是这么说话我听着舒服，以后就这么着吧。”

陆弘看看手表，又看看吕男男：“你迟到了。”

吕男男愣了一下，随即骂道：“我就知道你没安好心！我告诉你，你就是一实习期的驾驶证，扣完分就跟你分手！”

陆弘拉住她的手腕：“晚上我来接你，我们去看电影。”

“自己看去！”

陆弘依旧没有放开她，看着她一惊一乍的表情，就像是猫似的，遂低声道：“骗你的，还有十分钟。”

陆弘对吕男男的认知大抵都和动物有关。最早的时候觉得她就像是小兔子，一蹦一跳的；后来看着像大狗，表情很能唬人；再后来她像一头眼睛像是能说话的驴；而现在，或许是身份变了，他觉得吕男男就像是猫咪，还是一只脾气不好随时奓毛的猫咪。

吕男男愣了下，抽回自己的手，这次陆弘没有再阻拦，她看外星人似的看着陆弘：“你真的是陆弘吧？”

见陆弘不说话，她又道：“我认识的那个陆弘可不会开玩笑。”

“以后就会了，《好男友守则》第二条，要幽默风趣。”

吕男男歪嘴，意味深长地拍了拍陆弘的肩膀：“这事儿你慢慢修炼，暂时来看你还没入门，我走了。”

陆弘又重复了一遍：“晚上我来接你。”

吕男男从来不知道陆弘竟然有这么啰唆，而且他是觉得她没听到他前两次说这句话吗？她有些不可思议地看着陆弘：“你真没事吧？”

陆弘手插在口袋里，嘴角微微含笑，本就长得好看，此刻看起来更好看了，就像是韩剧里面的男主角，再配上他的路虎，活生生电影里走出来的人，然后“电影里的人”开口了：“晚上见。”

吕男男一整天过得都比较玄幻，总觉得自己像是在拍韩剧，可是她和美艳的女主角完全没关系，她顶多算是配角的配角。

更玄幻的事是，一直对她横眉竖眼的赵总编竟然笑眯眯地把她请进了办公室，吕男男正紧张得不知道手脚该怎么放的时候，赵总编已经给她拉好了椅子，亲热地说道：“男男，来坐这里。”

吕男男吓得手脚并用坐下，以为赵总编会直接说正题呢，可是他竟然给她泡起了功夫茶，还一边泡茶一边讲起了自己家里的事情，好似他和吕男男有多熟似的，吕男男越听心里越发毛：“领导，你找我到底什么事啊？”吕男男说话一般不带后缀，除非是求人或者心虚的时候才会带上类似“啊、哦、么”之类的后缀。

赵总编一个年过四十的老男人竟然给吕男男卖了个萌：“你说这是什么话，没事就不能找你了？”

“能能能，随时随地待命。”吕男男拍着胸口保证。

赵总编又不高兴了：“待什么命啊，咱们都这么熟了。”

领导，咱们是有多熟啊？吕男男暗自想着，莫不是他看上自己想要“潜规则”？可是这都半天了，对方完全没有表示，吕男男已经不知道该怎么应对了。

赵总编又自说自话了许久，才终于切入正题：“这次我弟弟的事情多亏你了，你转正的事情我已经报上去了，估计很快就能批复。”

后面那个消息吕男男倒是没有多高兴，因为那是早晚的事情，只是，他弟弟的事，和她什么关系？

电光石火之间，吕男男想到了自己昨天晚上和陆弘说的话，这厮的速度是不是也太快了？而且不是他自己说的赵总编的弟弟没有承建资质吗？

赵总编很快为她解惑了：“虽然工程队要对方出人，技术监督对方也要全权把控，但是能做到这样也已经很好了。男男，什么时候把你男朋友约出来，我们一起吃个饭？”

吕男男惊恐得无以复加，赵总编是自己的领导，吕男男实在不知道该怎么拒绝，况且，她也真的没有方威的侄子可以拉来当男友啊，连忙推拒道：“他忙，连跟我吃饭都抽不出空呢，我回去和他说说，让他尽快安排时间，可以吗？”

赵总编点点头：“当警察的嘛，为人民服务当然会很忙，这个不急，陆弘什么时候有空就定什么时候吧。”

吕男男下巴磕在赵总编的茶桌上，差点没把她牙磕碎，说话结结巴巴：“陆……陆弘？”

赵总编一副“你别骗我了”的表情：“年轻人嘛，想要保密也是很好的，上次你们做得就不错，继续保持。”

出了赵总编的办公室，吕男男觉得自己再次进入了韩剧剧情，特别是连白婷都特意来了，依旧是居高临下的姿态：“听说你和陆弘在一起了？”

这一刻吕男男怀疑自己其实已经和陆弘谈了十年恋爱，而不是一天，怎么好像全世界都知道了似的？

吕男男飘飘然地点点头，然后就听到白婷说：“这年头像你这么运气好的人实在不多了。”说完还冷哼了一声。

吕男男难得地没再次在白婷面前受气：“有些人运气好也没用。”说完她竟觉得自己神气了许多，连白婷那张难堪到肿胀的脸都忽略了。

回了自己办公室，吕男男给陆弘发了一个兔子的表情，表情里面有两只兔子，其中一只正在拿着葱打另外一只兔子的脸。

陆弘很快就回复了：“怎么了？”

吕男男发了个“怒火中烧”的表情：“怎么全世界都知道我们在一起了？”

陆弘：“等下，我问问。”

吕男男：“快去！”

没一会儿陆弘便回复了：“我妈认识你们主任，早上他们好像见面了。”

吕男男发了个“捶地”的表情：“这么巧？”

陆弘：“无巧不成书嘛。”

吕男男觉得巧的事情不止这一桩，早前主任给她奖金让她去找陆弘跟拍的时候估计她已经被人算计了。这些人还有原则吗？那个时候她可是有男朋友的！

在吕男男发愣期间，陆弘又发了消息过来："看到了我的诚意吗？"

吕男男心里一阵复杂，简单来说，陆弘是一个非常有原则的人，说话从来说一不二，这从哪里可以体现呢？这就要说一说早先他给她当家教的事情了。他每天布置的作业都是定量的，做错一个或者少做一个，就要去跑十公里。平时吕男男锻炼一般都是五公里，十公里虽然不多，但是也是有的，但是十公里和下午跑不完半夜接着跑联系起来就不那么美好了，每次她都要担惊受怕唯恐自己被人拖进花坛里去，无论她有多么害怕一个人半夜出门，陆弘一次都没有心软过，他就是这么一个心硬如铁的人。

吕男男："给他弟弟真的没关系吗？你不是说他质量不好吗？"

陆弘："所有事情已经帮他安排好，做老板这件事我想应该不用人教。"

吕男男有些不服气："之前我问你，为什么你要拒绝我？"

陆弘："早先你又不是我女朋友。"

……好吧。

吕男男："需要这么区分对待吗？"

陆弘："必须，不然做我女朋友和做我朋友有什么区别？"

吕男男："那你的意思是，我还占了个大便宜？"

陆弘："天大的。"

吕男男："呵呵。"

陆弘："你已经拿到钥匙，以后会开启各种模范男友模式。"

吕男男："其实这才是你的本质吧？这么卖弄风情、油嘴滑舌。"

陆弘："只对特定人开启，不过你的形容词很新鲜。"

吕男男："感觉你以后会朝着安一正那个方向发展，我是不是应该把你扼杀在摇篮里？”

陆弘：“我是个男人，谢谢。”

吕男男正想反驳，陆弘又发过来一条消息：“他是半成品。”

虽然吕男男很无语，但是不得不承认，陆弘这个形容竟然非常准确。

抱着逗逗陆弘的心思，吕男男打下一行字：“安一正也是个男人，这事儿我可以证明。”

果然，陆弘许久没有再回复，这个许久是真的很久，足足一个多小时，吕男男几乎都要忍不住给他打电话了，他才终于回复：“刚才去开会了。”

吕男男：“哦。”

陆弘：“之前没有立刻回复，也是因为我需要整理一下我的情绪。”

吕男男：“然后？”

陆弘：“我不介意。”

吕男男：“……”

两个人有一搭没一搭地聊着天，直到陆弘打了句“出门往右拐，车子停在路边”，吕男男这才发现竟然已经下班了，她竟然和陆弘聊了一下午，这简直就是不可思议。

此时已经渐渐入冬，天气寒冷，有车接送绝对是一件幸福的事情。这绝对比给她买一辆车之类的虚话来得更有诱惑。吕男男一爬上车就舒了一口气：“你准备带你的漂亮女友去哪里？”

陆弘果不其然愣了下，然后干咳一声：“不是说过了吗，我们去看电影。”

“为什么要选电影院？黑漆漆的，是不是觉得可以发生点什么不可说的事情？”吕男男觉得逗趣陆弘绝对是这个世界上最好玩的事情。

陆弘回了一句：“还不到时候。”

至于是什么还不到时候，吕男男怎么问，陆弘都不肯说了，不过很快吕男男便明白了，陆弘约会的模式绝对是按照模板走的，先是烛光晚餐，然后是去看电影，电影票是他提前订好的。问陆弘为什么要提前订电影票，陆弘回答说：“把一切都安排好难道不好吗？”

吕男男觉得极其怪异，但是又说不上来哪里怪异，难道去看电影不应该是到了电影院两个人商量一番然后再决定看哪个，最后在网上团购电影票直接兑换看吗？

看的片子是一个名不见经传的外国片，看介绍的时候明明觉得还好，谁知竟然是一个大烂片，出了电影院，吕男男拉着陆弘随便在街上走走，想到那个片子她就觉得各种浪费钱，于是问陆弘：“你的电影票是在哪里买的？”

陆弘沉默了一下，没有说话，直到吕男男回头去看他，才开口：“朋友帮忙买的。”

吕男男了然，哪个朋友会这么闲特意提前去买票：“是你家的管家，还是助理？”

“我妈的助理。”

吕男男点点头：“那他报的电影票多少钱一张？”

陆弘再次沉默了，不用说吕男男也知道了，于是一边走一边抱怨：“我们可以看之前团购一下，然后直接去换票，还有，吃饭的时候能不能也让我挑挑选选，这都让别人弄好了多没意思，你到底谈过恋爱没有？”

“没有。”

陆弘一句话把吕男男所有想说的话都堵死了。

最终，吕男男憋出来一句：“挺好，挺好。”

不过很快这件事就变得不那么好了，为什么呢，因为一连三天陆弘的安排都是吃饭、看电影，比程序还要标准。吕男男觉得陆弘不是这么刻板的人，那就说明了一件事，他可能真的不知道该怎么谈恋爱。

联想到之前陆弘的高大形象，吕男男觉得有些不可思议，能够把所有事情都做得那么完美的陆弘竟然也有不会做的事情，这可真是一件，呃，怎么说呢，萌的事情。

对，就是萌。

吕男男当然没有放过这么好的讽刺陆弘的机会："陆弘，你不会谈恋爱就问我啊，哪有你这样天天去看电影的，你喊我一声师傅我就教教你。"

路灯下陆弘的面颊上起了可疑的红晕，绷着脸道："不用。"

吕男男拽拽他的胳膊，觉得此刻的陆弘实在是太萌、太可爱了，和她之前认识的那个人完全就不是同一个："怎么不用？你看你傻的，跟个愣头青似的，幸好你遇到的是我，不然早就被人骗走了，我得把你教好了，这样以后就算我们没有在一……"

吕男男的话没有说完，陆弘微微一转头就噙住了她的唇瓣，大手扶住她的腰身将她固定在自己怀里，很生涩的吻，却很认真。有那么一刻，吕男男是完全相信了陆弘真的没有谈过恋爱。

耳边隐约响起陆弘的话："现在到时候了。"

到时候？到什么时候？可以在黑暗的电影院做坏事的时候？陆弘怎么可以这么萌？

待到陆弘放开吕男男之后，吕男男微微抬头看着陆弘，光亮照进她的眼睛，竟然看起来柔柔的："然后呢？"

陆弘的脸色又红了，依旧是那句话："还不到时候。"

吕男男点点头，总结道："所以你还是个小处男。"

握在她腰间的大手紧了一下，很快她耳边就响起了陆弘半带威胁、半带羞涩的声音："很快就不是了。"

吕男男拍着他的胳膊："没事，哥，我可以教你。"

这下陆弘的脸彻底黑了下来，一看就是明显不高兴了，整个人沉着脸也不说话，吕男男走一步他便跟一步，也并不翻脸，吕男男略微思考了一下，觉得还是不要刺激他的好：“我上学的时候看过许多碟，要不回头我发两部给你看看？”

陆弘的脸更黑了：“不用。”顿了一下，又道，“吕男男，以后你最好不要再开这种玩笑。”

吕男男点点头，现在的陆弘就像是没有了獠牙的狼，和现在的他说话别提有多爽快了，看着他好像看着以前的自己，果然是待遇大大的不同啊！

“开了又怎样？”

陆弘盯着她，不说话。

吕男男再点头，郑重道：“哦，开了这种玩笑你会生气，我知道了。”

陆弘沉默着，不用想就是默认的意思。

原谅她吧，她实在忍不住了。只听大街上传来一连串大笑，吕男男笑得上气不接下气：“陆弘，你以前也这么可爱吗？”

陆弘终于恼羞成怒，语气凉凉的：“你最好一次笑完了，我怕你以后笑不出来。”

吕男男相信陆弘的威胁会成真，但是……她真的忍不住，哈哈哈哈哈哈哈！

见识了陆弘的可爱之后，吕男男整个人都是高兴的，由内而外散发出一种轻松的气息，不知不觉两个人竟然在大半夜足足走了五条街，待到吕男男走累了才想起车来，和陆弘大眼瞪小眼：“怎么办？”

“打车回去吧，明天我再来取车。”

吕男男可有可无，顶多是第二天陆弘不送自己上班。

可是很快她便发现自己想多了。第二天早上一出门，就看到了陆弘的车子方方正正地停在那里，吕男男一时间竟然觉得有些心疼，他得起多早啊，绕这么大一圈子。

而且自从她笑话陆弘约会只会吃饭、看电影之后，陆弘终于变了套路，竟然带着她去击剑了。这个运动吕男男还是很喜欢的，只是每次都输，她便不高兴了，把剑往地上一扔，就生气了：“你就不能让我一把？”

陆弘去了头套把吕男男的剑拾起来：“这还只是平常锻炼，要是比赛的话，你也丢剑？怎么跟个孩子似的？”

吕男男听了这话更生气：“就算是平常锻炼，你见过次次都输的吗？”

陆弘的印象中吕男男一直都是一个很要强的人，不会撒泼耍赖，更不会因为输了就生气，他皱着眉头：“拿出自己的实力是对对手的尊重，为什么要生气？”

“因为老子不是你的对手！老子是你女朋友！”吕男男几乎是用吼的，没见过这么不解风情的人，以前就事事不让着她，现在更胜以往了，甚至刚才她还没出一剑呢就输了，还能愉快地玩耍吗？

陆弘愣了下，很快便明白吕男男为什么生气了：“再来，这一盘让你赢。”

这话绝对比直接打败她更让她觉得羞辱，只有强者才能随便说出这种话。吕男男气得咬牙，用食指捣着他胸口：“你记住了，是你实力不敌我才输给我，不是你故意让我。”

陆弘嘴角抽了抽：“差不多是这个意思吧。”

吕男男翻白眼：“什么叫差不多？本来就是这个意思！”

陆弘点点头：“说得好。”

……

结果下一局陆弘明明已经多有退让，吕男男攻击性也很强，但是她还是一不小心输了。这可把吕男男气坏了，觉得陆弘是扮猪吃老虎，故意这样做的，于是吕男男便生气了，这是她和陆弘谈恋爱以来第一次生气，而生气的后果就是换完衣服之后她没有等陆弘便直接走了。

陆弘一直都是心理很强大的人，在他的世界里没有什么事情是不可解决的，只除了一件事，那就是感情。

自从第一次见到吕男男，他就觉得这孩子可真是傻透了，他明明只是在修车，结果她冲上来就把他从车底揪了出来，还把他骂了一顿，她当时的话他现在还记得清楚：“蠢货，走在路上也能被车撞到，看你好手好脚的应该就是没事了，赶紧回家别让你妈担心知道不？没事多练练武，下次再有车撞到你，你一个飞旋脚就能把车给踢飞，知道不？”

说完她便顶着她的两条羊角辫一甩一甩地走了，脸上鄙视的神情他现在还记得。

当时他觉得这么蠢的人肯定很好糊弄，可是后来他发现最好糊弄的人原来是他自己，她喜欢吃什么、喝什么，他记得比她自己还清楚，记得她的小日子，不准她吃冰的凉的，她就和他对着干，像个小老虎。他一直以为两个人会像其他的青梅竹马那样顺其自然地在一起，可是事实并非如此。他曾有过两次恐惧，第一次是她和安一正在一起的时候，再一次便是现在。

无所不能的陆弘，竟然不知道该怎么应对生气了的吕男男。

一直得不到，可以用其他方式引起她的注意；可是得到了，他却是不准自己再失去的。

夜风很凉，陆弘坐在吕男男家小区里面的长椅上拿出手机打开微信给吕男男发了一行字：“在干吗？”

吕男男趴在床上跷着脚正在抖腿，其实回到家之后她已经不生气了，只是还没想好要怎么和陆弘说话才能显得自己理直气壮，见陆弘主动和自己说话，立刻找到了台阶，直接给他发了一个打人的表情。

很快陆弘便又回了过来：“还在生气？”

似乎觉得这句话不能表明自己的立场，他又加上一句：“以后都让你赢，别生气了。”

吕男男发了个怏怏不乐的表情：“这种事情说出来就不像是我赢了啊！你要默默地输给我知道不？蠢蛋！”

陆弘：“知道了。”

陆弘：“下次我会注意。”

陆弘：“好男友没谈过恋爱，首次犯错可以原谅。”

这下本来就不占理的吕男男更是显得无理取闹了：“本大人大人有大量原谅你了，快跪谢吧！”

陆弘发了一个兔子一边奔跑一边大哭的表情：“那大人什么时候赏脸见小的一面？”

吕男男看着陆弘自称小的，立刻乐了，豪爽道：“随时见！”

陆弘：“我在你家门口。”

吕男男几乎是没有片刻犹豫地跳下床，跑出家门，然后便撞到了陆弘怀里，她抬手扯着陆弘的脸：“你怎么来了？”连她自己都没发现自己的声音里带了少有的愉悦。

陆弘任由她扯着自己：“吃饭没有？”

“吃过了，我妈给我做了四道菜呢，你放心，就算跟你吵架我也不会虐待我自己的。”吕男男实话实说，她不但吃了，还把四个菜都吃光了，可见当时她有多生气。

陆弘把她的头摁在自己怀里：“以后就算是吵架也要吃了饭再走，知道不？”

吕男男点点头：“吃饱了我就能打得过你了，到时候你让我走我也不走。”

虽然吕男男觉得陆弘这样抱着自己很奇怪很奇怪，但是他的怀抱似乎很温暖，她还是很喜欢的。

陆弘在她耳边低笑：“刚刚我想了下，也不能总是让你赢。”

吕男男怒目而视，这厮想要反悔？她还没来得及发脾气就听陆弘道：“总让你赢你就不能进步了，我会适当地小赢一下。”

吕男男撇着嘴依旧不开心：“我都没有赢过你。”

陆弘皱着眉头，理性地和她分析：“你在女人里面已经算是爆发力很好的了，毕竟男女之间在力量上还是有差别的。”

吕男男低着头想了一会儿，然后说：“我要是个男人就好了。”

“不行。”陆弘很快便回答，还带着不可反驳的气势。

吕男男觉得陆弘太认真了，说好的风趣幽默呢？她拍拍陆弘的胸口：“你还是可以跟我好嘛，条条大路通罗马。”

“我不喜欢男人。”陆弘难得认真地说道。

“那我如果真的是男人你还喜欢我不？”吕男男好奇道。

陆弘皱着眉头想了一会儿：“可能不会喜欢。”

吕男男撇嘴：“就知道你对我不是真爱。行了，这都大半夜了，你赶紧回家去吧。”

黑暗中，陆弘并没有动，而是嘶哑着声音道：“男男，你不知道我等这一刻等了多少年，我不知道这是不是真爱，但是这么多年你一直是我心中挂念的那个人。”

吕男男愣了愣，再次学到了新知识，陆弘这样的人竟然还会表白，而且竟然被自己听到了，这简直就是天大的新闻。如果对象不是她的话，她一定要让全世界都知道陆弘竟然是会对一个女人表白的，可是对象是自己……心中竟然有一丝骄傲和甜蜜？

吕男男撇着嘴，有些不高兴：“陆弘，你谈恋爱的时候一直都这么傻、这么萌吗？”

“嗯？”陆弘不明白吕男男为什么忽然问了这么一句话。

“我好像也喜欢上你了。”

沉默之后，陆弘轻轻“嗯”了一声，然后再次把吕男男抱进了自己怀里，在他的计划里，这时应该到了亲吻的地步，不过开门声打断了两个人接下来的动作。

吕大鹏贱兮兮地看着两个人，热情地招待陆弘："这么晚了，陆弘你来家里睡好了，正好明天带男男一起去上班。"

吕男男嘴角抽了抽，这还是自己的亲爸吗？她幽幽地说了句："明天周末。"

"周末也可以住这里嘛。"吕大鹏已经完全忽略了自己闺女的存在。

"人家家里有大别墅，干吗要住你这小破房子？"说着还回头看陆弘，"是不是？"

陆弘点点头："伯父，我这就回家了。"

吕大鹏被落了面子，讪讪道："大半夜的不回家就别在门口搂搂抱抱，影响不好。"说完还对吕男男说，"赶紧回房睡觉！小姑娘家的像什么话！"

吕男男无语了，她这亲爹还真不是一般地爱面子，而且这话前后是不是太矛盾了一点？

陆弘扶着吕男男的腰往前送了送："去吧，早点睡。"

吕男男进屋之后还隐约能够听到吕大鹏的抱怨："还什么兄弟如手足，女人如衣服，有了衣服就不要手足了。"

吕男男一阵无语，都说老小孩，老小孩，吕大鹏果然是越老越小了，还领导呢，这样子真能当好领导吗？

对此吕男男抱以深切的怀疑。

就在吕男男猜测着陆弘周末会带她去做什么的时候，神奇的事情发生了，陆弘竟然没有约她！

更神奇的是，陆弘把杜美琪约出去了。

等到晚上的时候，杜美琪提着大包小包回来了，而且还都是名牌，至于有多出名呢？就是你知道的那几个国际大牌。

吕男男嘴都合不拢了：“杜美琪！你出去收礼了？”

杜美琪得意洋洋地看着吕男男：“我收的是我未来女婿的礼，我们一个愿打，一个愿挨，有什么办法？”

吕男男无语了，敢情陆弘这是曲线救国啊？可是两个人既没有吵架又没有闹分手，他这是搞的哪一出？

像是知道吕男男在想什么，陆弘发了微信过来：“《好女婿准则》第一条，一定要讨好丈母娘。”

吕男男翻来覆去把短信看了许久，然后问陆弘：“你可还记得当年我们在大明湖畔的誓言，说好的月还五千？”

无论如何杜美琪这笔账绝对不能算到她头上，这是吕男男的第一想法。

才半分钟不到，吕男男的支付宝便发过来一条信息：“您有一笔进账请查收。”

吕男男打开，里面赫然有陆弘打过来的一万块钱。

吕男男傻眼了，赶紧问陆弘：“这是两个月的？”

陆弘：“本金加利息，加好男友发的零花钱。”

吕男男眉开眼笑：“谢谢大爷！”

陆弘：“明天陪大爷吃饭。”

吕男男：“然后呢？”

不会又是吃饭看电影吧？吕男男不想去看电影，最近实在没有什么好电影。

陆弘：“见公婆。”

吕男男：“……这个是不是太超前了？”

陆弘：“普通家庭聚餐而已，只有我们几个人。”

吕男男：“我不要。”

陆弘："那明天陪你爸妈吃饭。"

吕男男："这个可以考虑。"

陆弘："早点睡，别老玩手机。"

吕男男："玩手机也是因为你老和我说话。"

陆弘："那我去睡了，你现在可以放下手机了，晚安。"

吕男男："还少一句话呢。"

陆弘："？"

吕男男："没事，去吧，我睡啦！"

陆弘发了一个可爱表情过来。吕男男越看陆弘，越觉得他有妻奴属性，以前怎么没发现他是这样一个人呢？果然人与人之间还是要慢慢了解的啊！

说是和她父母一起吃饭，最后吕男男和杜美琪都成了配角，反倒是陆弘和吕大鹏把酒言欢，聊得热火朝天。吕大鹏最喜欢翻旧账，一顿饭下来没有哪怕一刻钟放过陆弘的："你小子贼精，你倒是说说你为了跟我攀上交情，在小公园蹲守了多少天？"

陆弘即便喝了酒也直直地坐在那里，丝毫看不出来有没有醉："也没多久。"

"那你学象棋又用了多久？"

"两个月。"

吕大鹏有些生气，哼哼道："以前怎么问你你都不肯说，可是你小子的脑子里到底都有些什么？才学了两个月就下得比我还好？"

陆弘实话实说："也不是很难。"

吕大鹏气得站起身就走，杜美琪提着包在后面跟着，还不忘对陆弘说："这老爷子好面子，就是想给你们小两口腾地方呢，你们倒是快让我们抱孙子啊！"

吕男男脸红得无以复加，去看陆弘，他脸上也是非一般的潮红，吕男男干咳一声："我爸年纪大了，你以后别怂恿他喝酒。"

陆弘点点头："大多数都是我喝的。"

吕男男看看陆弘的杯子，果然比吕大鹏的大一倍，她觉得自己劝错了人，以后应该劝吕大鹏别总是让陆弘喝酒才对。

吕男男坐到陆弘身边握住他的手："有没有觉得晕？我记得你酒量好像不太好，你说你不能喝酒，以后还怎么在饭局上和领导混熟？"

陆弘点点头："我能力突出，不用靠那些。"

吕男男觉得现在的陆弘就是个综合体，又萌又傲娇，特别是现在，他的表情跟她微信表情包里面的兔子似的，不过，她还是问："真的没有觉得头晕？"

两人曾在饭桌上打过一架，似乎吕男男还赢了，就是因为陆弘有些醉了，想到这个，吕男男有些跃跃欲试。

陆弘终于说了实话："天旋地转。"

吕男男点点头："看来晕得还挺厉害，我送你回家？"

陆弘报了一个地址，不是上次吕男男去过的地方，听起来也不像是大别墅的地址，应该是陆弘自己住的地方。到了地方果然和吕男男想的一样，不过是个挺高级的小区，从大门入口处到陆弘家门口足足用了三个密码，加上陆弘家的密码，已经四个密码，如果是记性不好的人估计连门都进不来。

吕男男正犹豫着要不要和一个半醉的人同处一室呢，陆弘已经半挂在她肩膀上了，吕男男推了他一下："站好了，站好了，要是你打算酒后乱性，我觉得你可能想多了。"

陆弘唔了一声，果然站直了拉着吕男男便进了门，吕男男叹了一口气认命地去了厨房帮他烧水，站在厨房里面大喊："你家有茶叶吗？"喝醉的人喝浓茶能解头疼。

陆弘没说话，吕男男走出厨房到了客厅跑到沙发旁边看着脸颊潮红的陆弘又问：“你家有茶叶吗？”

陆弘终于睁开眼看了她一眼，眼神似乎有些迷离：“在柜子里。”

吕男男这才发现他的不对劲，摸了摸他的额头，竟然烧得吓人：“你发烧了自己不知道？”

陆弘闭着眼睛：“吃过药了。”

吕男男气得想打人，知道自己病了还喝酒，真是该打，她是不是应该趁着他这会儿没有反抗能力打他一顿出出气？

“药呢？”

“床头柜上。”

“哪个床？”

陆弘指了个方向，他的房子是三室两厅的，装修风格很简约，也很舒服，而且是在一楼，大落地窗外面就是花花草草。吕男男还挺喜欢这格调的，直奔陆弘的卧室去床头柜上拿药，然后就愣住了。

陆弘的床头柜上摆着一张照片，是她的照片。

照片中的吕男男笑得很开心，一身墨绿色衣服衬得她更白了一些，应该是大一时候的照片，她记得那个时候两个人关系并不好，她看到他总是怒目而视，恨不得打他一顿出气，他却把她的照片摆在床头。

这可真是，五味陈杂啊！

拿了药，吕男男喂陆弘吃下去，然后就坐在他旁边发呆。其实她真的不想蹲在他旁边发呆的，是她喂陆弘吃完药之后，他就一直握着她的手不肯松开，这么难受的姿势，吕男男觉得陆弘这是在故意报复。

从远处看陆弘是一个帅气俊朗的人，从近处看，好吧，更帅了，有一瞬间吕男男怀疑自己可能真的捡到宝了，一个原本不属于自己的宝石被自己捡到，这是什么感觉？忐忑不安？怕被人抢走？

好像有那么一点。

杜美琪打来电话：“你在干什么呢？”

吕男男：“我能干吗？还能背着你偷人不成？”

杜美琪：“我倒是希望你背着我偷人，陆弘喝了那么多酒，就没有一点想酒后乱性？男男，你可得抓紧啊，过了这村可就没这店了。”

吕男男：“有你这么当妈的吗？”

杜美琪：“我就是看陆弘比你顺眼。”

吕男男：“给你买了几件衣服就看他顺眼了？我孝顺了你这么多年，你就一点没看到我的心意？”

杜美琪：“我对能看不能吃的东西向来不感兴趣。”

“你就对陆弘感兴趣，可惜人家名花有主了，那个主还是我。”

杜美琪在电话那端赞赏地点点头：“就是有点可惜，鲜花插在了牛粪上。”

吕男男一口血差点吐出来：“你找我到底什么事？”

“关心一下你到底什么时候搞定陆弘。”

吕男男翻白眼：“那你可要失望了，陆弘生病了，我现在正在照顾病人呢。”吕男男低头去看陆弘的手，可恶，连手都这么好看，还有天理吗？一个大男人的手这么修长。

杜美琪惊讶地“啊”一声：“生病了？那你这几天好好照顾他，不用急着回家，反正我和你爸周一就走了。”

吕男男觉得自己老妈已经逆天：“知道了，周一我去送你们。”

杜美琪还在那边可惜：“也没来得及和亲家坐一起吃顿饭，听说他爸妈闹分居呢，你上心点，有机会就撮合一下。”

吕男男愣了下，除了觉得杜美琪还挺八卦之外，又想起了陆弘说要家庭聚会的事情，今天陆弘没有去参加家庭聚会，也没人打电话过来，那就是说今天的家庭聚会取消了，看来陆弘爸妈所谓的理念不合还挺严重的啊。

吕男男捉摸着自己是不是应该从中撮合一下，毕竟以后她和陆弘在一起了，他家的事很可能就变成她的事。

不对，吕男男捶捶头，怎么就到她要和陆弘在一起这一茬了？两人这才刚开始谈恋爱呢！

必须得把这个念头从脑海中赶走才可以，必须！

第九章
永远不做让她伤心的事

【“抱一下，抱我一下。”高墨琪嘶哑着声音，“给我个结束。”

陆弘愣了一下，甚至没有思考便后退了一步：“不合适。”】

最后，吕男男睡着了，再醒来的时候便发现自己紧紧窝在陆弘怀里，原本就不太宽大的沙发上，两个人紧紧贴着彼此，幸好现在是冬天，到了夏天指不定出多少汗呢，不过，她是怎么上来的？

抬眼，果然看到陆弘正在看着她，吕男男干咳一声：“还晕不晕了？”

陆弘眉眼都含笑：“晕。”

吕男男皱眉，伸手去探他的额头：“不烧了啊，睡着之前我记得我摸过的。”

陆弘拉下她的手放在自己的大手里细细把玩着：“幸福晕了。”

吕男男翻白眼：“那你可真容易满足，想不想更幸福一点？”

陆弘挑眉，似乎明白了吕男男的意思，吕男男被他看得心里发慌，干咳两声还没说什么呢，就听陆弘道：“刚睡醒嘴里味道不好闻，你去刷个牙，我就让你亲我一下怎么样？”

吕男男大呸一声，她还没嫌弃他呢，反倒被他先嫌弃了，这是什么世道？

从他身上翻过去落到地毯上，吕男男对陆弘怒目而视：“你不要以为你还生病我就不敢打你。”

陆弘坐起身看着吕男男，虽然已经不发烧了，但是脸上还是带着一些病容：“打不还手，骂不还口。”

吕男男赞赏地点了点头：“这么好的气氛，我们是不是应该发生点什么？”吕男男只是想到了杜美琪的话，然后跟陆弘开玩笑的。

只是她没来得及知道这个问题的答案，陆弘家的门铃便响了起来，吕男男看看窗外渐沉的夜色对陆弘道：“这个时候谁会来你家？该不会其实你已经结了婚，然后你老婆回来了，发现家里竟然还有其他女人？这两天的新闻我可是看了，原配当街把小三烧死了，一会儿你老婆要是有异常举动，我可是要反抗的。”

陆弘有些无奈地一直等着她说完，然后拉着她的手：“走吧，我们去看看我老婆。”

看他一脸笃定的模样就知道他没有老婆，连初恋都是她呢，想到这里，吕男男忍不住贼笑两声，门打开了，吕男男脸上的笑僵住了。

门外的人也愣住了，最后是陆弘打破了这种沉默：“都进来吧。”

众人还没能从看到吕男男在陆弘家这件事的震惊中反应过来，江文最先吆喝了一句：“姐，你不会问我们队长要钱要到家里来了吧？”

孙库很快接话过去：“你知道智商输给狗是什么意思吗？”

又有人道：“手，队长和女人牵手了！”

吕男男的脸皮难得地薄了一回，下意识地就想抽回自己的手，谁知竟被陆弘重重地握住没能抽出来。她斜眼去看陆弘，他依旧和以前那般的表情无二，还是很能唬人的，干咳一声，吕男男解释：“其实我就是看你们队长无家可归收留他而已，你们懂的。”

有个女队员呛声：“怎么会无家可归，我们局里多得是想收留他的人，可人家不从啊！”

吕男男摆出山大王的表情：“那没办法，我这是硬抢来的，像他这样脾气不好又傲娇的，我就当为民除害了，佛曰，我不下地狱，谁下地狱。”

“我们都想下地狱，关键是地狱不收我们。”

来人依次进门，吕男男和他们说说笑笑，然后就看到了最后进来的高墨琪，她下意识地回头去看陆弘，陆弘的表情甚至没有变一下，只是对着高墨琪点点头：“你也来了，进来吧。”

高墨琪的表情就不那么好看了，至少没有上次吕男男见她的时候那么好看：“听说你们聚餐，我就厚着脸皮跟来了。”

陆弘点点头：“今天我有事，忘记通知他们取消了。”

高墨琪看了吕男男一眼，这就是所谓的有事吧。

吕男男对着她笑笑，还是那种胜利者的笑容。想一想，吕男男也觉得自己挺贱的，但是谁让高墨琪恶心自己这么多年呢，当年就是她一直跑到自己耳边说什么陆弘和她谈恋爱的，搞半天都是骗自己的！

这个笑容似乎刺激到了高墨琪，她很快就收回了目光朝客厅里走去，陆弘往外走了一步去关门，转身就挨到了站得离她很近的吕男男，他低头，下巴正好触到她的额头，吕男男后退一步看着他：“说。”

“什么？”陆弘看到吕男男这样的表情心都是软的，撇着嘴瞪着眼，就像是毛茸茸的小动物，让他忍不住想要揉揉她。

“要进你家不是得按四个密码吗？物业都没打电话，他们是怎么进来的？”

陆弘点点头：“脑子转得挺快的嘛。”

吕男男抬手就给了他一拳，恼羞成怒：“我要生气了！”

陆弘拽住她的手：“高墨琪以前来过我家帮我拿资料。”

吕男男哦了一声：“她一个人？”

陆弘点点头："有点急，她又正好在附近。"

吕男男又点头："后来呢？"

"只有那一次。"

吕男男依旧是点头，但表情有些怪异："来了一次就记住了这么多密码，还怪不容易的，好好招待吧。"

陆弘搂住吕男男的腰，不让她离开："密码已经换了，以后只让你一个人知道。"

吕男男满意地扯了扯他的脸，正想要和他讨论一下他这么"忠犬"到底是不是好事的时候，里面就有人大喊："队长，嫂子，你们在干吗呢？电饭煲在哪里？"

吕男男被这个"嫂子"吓了一跳，问陆弘："我有这么老吗？"

陆弘反问："难道你想让他们喊你妹子？"

吕男男沉默了一会儿，终究是没有反驳，江文他们带来了大虾煲，连火锅汤都带了过来，已经有人在厨房洗下锅菜。吕男男正想去厨房帮忙，走到门口就听到两个女的在讨论，其中一个说："话说，你和我们队长真的分手了？"

接下来是高墨琪的声音："我已经有新男友了。"

啧啧，瞧瞧这说话技巧，没承认也没否认和陆弘分手了，根本就没有谈过嘛。

那个女的显然还想说什么，看到吕男男站在厨房门口表情便有些讪讪的，端着盘子便出去了，顿时厨房里只剩下高墨琪和吕男男两个人。

虽然吕男男很想挤对她一番，但是她本身不是那种尖酸刻薄的人，便往里站了站，帮忙削起了莲藕皮，一时间厨房里没人说话，气氛显得异常怪异。

最后还是高墨琪先开口："在门口你们说了什么？"

吕男男看了她一眼，这人是自找着被挤对啊，失恋的女人都这么疯狂吗？吕男男随意说着：“也没什么。”

眼看着高墨琪异常想要提起密码的事情，可是吕男男就是憋着不说，像是恶作剧似的，又像是抢了糖的孩子般得意扬扬，让人恨不得给她一拳头。

“你运气很好。”高墨琪又道。

吕男男撇撇嘴：“有些事情和运气关系倒不是很大。”说完又加了一句，“和魅力关系倒是有一些。”

然后她成功看到高墨琪变了脸色，吕男男愉快地笑了起来，所以说，有时候就得比谁更不要脸。

恰在这时陆弘进来了，似乎也听到了那句话，忍不住多看了吕男男一眼，吕男男瞪着大眼睛看他，要是这厮敢在这种时候拆她的台，她就敢打断他的腿。

陆弘倒是没拆台，对高墨琪说：“我和男男来吧，你和他们出去坐一坐。”

高墨琪洗菜的动作明显顿了一下，然后朝着陆弘笑了一下：“行，那我先出去了。”

陆弘已经换了一身衣服，他穿休闲服的模样很好看，比其他时候都好看，特别是这么好看的男人还会做家务，吕男男挤到他身边：“我怎么看她对你还余情未了啊，你到底对她做什么了？”

“这个真没有。”顿了下陆弘又道，“只是我很小的时候就认识她，两家关系好一些。”

吕男男点点头：“她不是有男朋友了吗？”

陆弘点点头，一脸的不在意：“她家里安排的吧，具体我没打听。”

有些大家族里喜欢商业联姻，电视上经常有这种情节，吕男男没想到现实里还真有这样的：“那你家里为什么不给你安排一个？”

陆弘皱着眉头：“我爸妈感情很好。”顿了下才道，“己所不欲，勿施于人。”

看似不关紧的两句话，却道出了原因，吕男男问陆弘：“那如果我们没有在一起的话，你家里会不会给你安排一个？就像是高墨琪那样的。”她本来想问他爸妈的关系的，却觉得有些不合时宜，还是下次陆弘带她去聚餐之后她再问比较自然一些，毕竟现在还只是他一个人的家事而已。

“没有这个假设。”陆弘把洗干净的生菜放进玻璃盆里，样式是吕男男喜欢的那种。

吕男男已经完全不干活了，只看着陆弘干活，一边看，一边感慨：“陆弘你长得真好看，以前我怎么没发现呢？”

陆弘瞥了她一眼，正想说什么，就见吕男男瞪了回来：“不准说我眼瞎！”

陆弘伸手在她脸上拍了拍，拍了吕男男一脸水：“现在你不觉得亏本了吧？”

吕男男面上一哂，干笑两声，用手背擦着脸颊上的水，竟然也不觉得生气：“要是你以前也表现得这么招人喜欢，我早就从了你了，所以说还是你的错。”

有人进来打断两个人说话：“队长，你以前多雷厉风行一个人啊，怎么谈个恋爱变得跟大姑娘似的，这菜都洗了有十分钟了吧？快快快，大伙都饿了。”

几个人走出去，餐桌上已经就绪，陆弘给吕男男拉了椅子，就坐在他身边，有人看了心里泛酸：“队长，什么时候结婚啊？”

陆弘对于这类的酸言酸语从来无感，不会表现出自己的喜好：“到时候会请你们喝喜酒的。”

高墨琪总是那个在恰当时间出现的人：“我带了红酒过来，大家喝一点。”

吕男男在桌下踢了踢陆弘的脚，意思是让他别喝，谁知道下一刻江文就问：“大嫂子，你踢我做什么啊？”

吕男男立刻忘记了自己要做的事情：“嫂子就嫂子，姐就姐，大嫂子是什么意思？”

陆弘在吕男男话音落下的那一刻就开口了：“江文，档7的案子让你主要负责吧。”

说完所有人都愣了一下，这绝对是赤裸裸的报复啊，说是负责，不如说是做苦力，而且这个案子是要去外省考察的，人少出门的话只能报销普通车票，车都不准开的，绝对是个出力不讨好的活。

江文一脸苦色：“队长，我知道错了，你放过我吧。”

吕男男本来还觉得陆弘这是故意不给她面子，谁知道剧情大反转，竟然是给自己报仇的，她咧着嘴，转头去看陆弘，真是越看越觉得他好看，绝对是捡到宝，不必再疑惑。

陆弘看了吕男男一眼，然后说：“这是正常工作分配，你不满意？”

“满意！”江文的声音立刻一百八十度大转变，还带着些许尖锐，“我非常满意！相当满意！”这可是个大坑，他们队长最喜欢挖坑让人跳，你要是不满意的话，他可不会怜悯你，只会挖个更大的坑让你跳。

陆弘点点头：“你这么说我就放心了。”

所有人都跟着呵呵笑，心里都下定决心，就算惹了他们队长都没关系，吕男男是绝对不能惹的，想到之前他们动不动就把吕男男抓回局子里，所有人都下意识地出了一身冷汗。

不知道谁说了句：“队长，我看你有当妻奴的资质。”

吕男男下意识地点头，这个问题她已经想和陆弘讨论很久了。

众人看到吕男男点头，都有了一种了然的感觉，不知道谁打破了这个话题：“快吃快吃，虾子煮老了就不好吃了。”

众人换了话题，聊得热火朝天，吕男男也挺乐呵的，不过吃到一半的时候她的电话响了起来。她拿着电话去阳台接，是姜蓉打过来的，接通之后她一句话没说，就哭了起来，还不是那种大哭，而是小动物一般啜泣地哭，哭得吕男男一阵心疼，火急火燎地问她怎么了，她就是不肯说，只说是安一正欺负人。吕男男怒火中烧，安一正这个欠打的，这才几天他就皮痒了？

陆弘见她打了许久电话，脸上全是烦躁，便走上阳台："怎么了？"

陆弘的声音很好听，就像是大提琴的声音，也有可能是看一个人顺眼了，便觉得他哪里都好。吕男男一脸愤慨："安一正这个混蛋竟然敢欺负姜蓉，打电话哭呢，我得去看看。"

陆弘虽然觉得吕男男能够和姜蓉做朋友是一件很不可思议的事情，但是他并不反对吕男男去找他们，也并不怀疑吕男男见了安一正会发生什么不该发生的事情，如果两个人之间会擦出火花的话，早就没有他的机会了。

帮她拿了包，又拿了外套，陆弘一直皱着眉头："要不我陪你去？"他回头看了看客厅里还吃得兴意盎然的人们。

吕男男愣了一下，这才反应过来安一正是自己的前男友，而自己要去前男友家里，这件事还被现男友知道了。她拍了拍陆弘的小臂，语重心长地道："陆弘，你可得相信我，我和安一正绝对不会旧情复燃的。"

自从见识了陆弘的好，安一正那种"顺水流"的家伙已经入不了她的眼了。

"我知道。"陆弘帮她套上外套，拿了车钥匙给她，"外面冷，你开车去。"

吕男男没有接："我可能晚上就不过来了。"她总不能真的在陆弘家过夜吧？太快了。

"没事。"说着陆弘将她送到门外，到了门外还想送到车子旁边。

吕男男不干了，推着他："你病还没好全呢，快回去。"说着又想到什么，“你不会喝酒吧？首先你还病着，再者，你可别真的跟谁酒后乱性了，那样我可就不要你了。”

陆弘推着她：“去去去，我不喝酒。”

吕男男哈哈笑着，转身在他脸颊上亲了一下飞快地转身走了，陆弘站在原地看着她的身影不禁失笑。

回到家里，大家纷纷问：“哟，队长，把小娇妻送走了？”

“她以一敌百，可当不了娇字。”

“咱们墨琪格斗也厉害，身上就没一点女汉子的气质。”

“可惜咱们队长就喜欢女汉子。”

陆弘并不在意他们的调侃，刚坐下来就有人敬酒：“队长，恭喜你终于找到老婆，这杯酒我敬你。”

陆弘端起陶瓷杯：“我今天不能喝酒。”

“被嫂子管了吧？”

陆弘挑眉，算是默认。

“队长，你的英雄气概呢？可不能讨了老婆就儿女情长、英雄气短啊！”

陆弘点点头，抿了一口水：“周一我们去格斗室，我让你看看我的英雄气概。”

“呵……呵呵，这个就不必了。”

“队长，说真的，你是怎么把人拿下的？”

陆弘瞥了一眼说话的人，然后说了两个字：“诚意。”

“这年头诚意可不值钱，肯定还有其他法宝。”

“该不会是嫂子忽然知道了你的身家吧？”

陆弘忽然说了一个名字，众人没反应过来，问他：“你提咱们大领导做什么？莫不是你提了咱们大领导，嫂子就答应你了？”

众人哄然大笑。

陆弘淡淡地说出几个字："那是她爸。"

众人不笑了，也不敢笑了，那人是吕男男她爸？！也对，好像是一个姓氏，可是真要是有那么给力一个爸，还天天混电视台给人跑腿，每天穿得像学生妹？这不科学啊！

不过都传吕大鹏是个"硬钉子"，无论你找他办什么事，无论你拿着多么值钱的东西去，只要是违反纪律的事，一律得让你踢铁板。原本这只是个传言，可是把吕男男和吕大鹏联系起来之后，众人相信了这个传言。

陆弘的话缓缓传来："现在你们还觉得她是看上了我的身家吗？"

众人纷纷摇头，他们队长是不是也太厉害了点？家里有钱，现在又找了这么个老丈人，什么叫好命？这就是啊！

陆弘又开口了："以后你们对男男尊重点，你们得罪一个她，就是得罪十个我。"

这简直就是威胁啊！

有人拈酸掐醋："队长，你找了这么一个老丈人，以后的路子可就宽了，到时候不能忘了我们啊。"

这种话原本大家只是心里想一下，谁也不会真的说出来，无论是羡慕也罢，嫉妒也罢，都是背后的话，被人当众说出来，难免会觉得难堪。

高墨琪出来打圆场："有本事你也去找这么个老丈人，自己找不着，还能怪别人不成？得罚酒！"

"对对对，得罚酒。"

那人痛快地喝了一杯，手抓着头发一脸不好意思："我就是心直口快，没其他意思，队长，你可别在意。"

陆弘微微颔首，面上完全没有不悦："没事，我在局里待不了太久，以后可能不做警察了。"

众人惊呆了，如果说他们局里谁是最有前途的人，绝对非陆弘莫属，他的破案率是几个大队里面最高的，受到的表扬最多，晋升也最快，可是他竟然不要当警察了？！而且，有这么个老丈人，他竟然一点都不稀罕！

“为什么？”

陆弘笑得可有可无：“当警察一直都是她的梦想，我陪她玩玩而已，以后成家了准备做一些稳定的工作。”

虽然对于他来说做警察，特别是刑警，并没有想象中那么危险，但是以后假如和吕男男在一起的话，他不得不把所有因素都考虑进去，世上没有绝对的事情，他也不想吕男男担惊受怕。

众人窘了，这个理由……也能是理由？！

“队长，到底人家多大的时候你就盯上了啊！这种梦想怕是很小时候的梦想吧？！”

“十四五岁吧。”

“可是放弃这么好的工作真的不用再考虑一下吗？”

陆弘端起杯子喝了一口水，说得漫不经心：“没什么要考虑的。”

“万一其实嫂子是喜欢制服诱惑那种呢？”

这个问题倒是把陆弘难住了：“回头我问问她。”

……队长，您的男子汉气概呢？嫂子，以后我们都封您当偶像！

一顿饭吃得所有人都有些感慨，觉得跟着陆弘就像是坐过山车，让他们既怒其不争，又羡慕嫉妒，最羡慕的还是吕男男，怎么就这么轻易地把他们队长收服了呢！

吃完之后高墨琪和两个女的在厨房里刷碗，结束之后高墨琪笑着对她们说：“你们先走，我和陆弘说些事情。”

两个人露出了然的表情来，一点不觉得意外，因为人多，没人刻意说，就没人留意到高墨琪不在，出去再说，自然有人帮她想理由，可是这些人里不包括陆弘。

把所有人送出门之后，陆弘并没有关门，而是站在门口看着客厅里的人："你不走？"

"我们谈谈。"高墨琪抽了两张抽纸擦手。

陆弘皱眉："上班时间在单位谈吧，现在不合适。"

"怎么不合适？"

陆弘抿着唇，内心里来说，他并不喜欢高墨琪这样纠缠，也已经或明或暗和她说过许多次，可是高墨琪从来没当一回事，他觉得自己有必要再说一次："我女朋友不在家，我不习惯和别的女人站在家里谈一个和我女朋友有关的话题。"

高墨琪笑了，依旧站着不动："你到底喜欢她什么啊？"

陆弘的目光凉下来："和你无关。"

高墨琪点点头："陆弘，你的心可真硬，这么多年，哪怕你回头看我一眼，我也不会这样不甘心。"

陆弘只是冷着脸站在门口任由她指责。

"吕男男到底有什么好的，让你念念不忘这么多年？"高墨琪原本坚定略带讽刺的声音不知何时染上了悲凉，"我到底有什么不好的？为什么你从来不肯多看我一眼，我这么努力，无论是射击还是格斗，我都只是想站在你旁边，可你的心为什么总是这么硬？"

"不，我的心不硬，只是对着男男以外的女人心硬而已，而且我已经拒绝过你很多次，如果你能听懂的话，现在也不会这么难堪。"陆弘对客厅里弓起身子抱着自己呜咽的女人没有任何心软，"如果没有其他事情，你可以走了。"

高墨琪用手指将眼角的泪水擦干，然后深呼吸，站起身拿了包，走到门口扶着鞋柜穿鞋。她喜欢陆弘的时候年纪很小，因为两家背景相似，他们是小时候认得的，从小到大，她最喜欢跟着陆弘，看他做什么她都高兴，以为青梅竹马，总是会日久生情的。可是事实并非如此，陆弘没有哪怕一次回应过她，今晚他做的一切更像是要和她完全划清界限，他是故意的，对，他就是故意的。

“如果你心里对我没什么的话，为什么要在我面前和吕男男‘秀恩爱’？”

“‘秀恩爱’？”陆弘重复了一遍，“我确实想这样很久了，只是之前她一直没有答应我。”

高墨琪眼中最后的坚持也支离破碎，咬咬牙，再咬咬牙，坚持住，不能掉眼泪，不能一次次在看到他之后就掉眼泪，也不能再在深夜辗转反侧想到他就以泪洗面。都说女追男隔层纱，可是她一次次抛出橄榄枝，十万八千里之外的陆弘甚至不屑于看一眼。

“抱一下，抱我一下。”高墨琪嘶哑着声音，“给我个结束。”

陆弘愣了一下，甚至没有思考便后退了一步：“不合适。”

“这样都不愿意吗？”

“我不会在她看不到的地方做让她不高兴的事情。”

高墨琪点点头，再次用手指抹一下眼角：“你变了，陆弘，你不再是你了。”

陆弘一直用手扶着门：“我一直都这样。”

高墨琪低笑一声，低着头走出去，甚至不敢再看他一眼，一步一伤。这一生她最大的折磨便是陆弘，成也他，败也他，若是那个人不是他，是谁又有什么区别呢？

陆弘并没有过多去关心高墨琪，在她走出去之后只略微站了一会儿便准备回屋，然后便看到一个身影冲过来一下子跳到他身上。陆弘正要发怒，就看到一张嬉笑的脸，吕男男现在最喜欢做的事情就是扯陆弘的脸皮，整个人挂在他身上：“陆弘，你真是越来越可爱了。”

陆弘皱着眉头：“怎么跟个猴子似的，要是我手快一点把你推开怎么办？”

“那我就一个后空翻落到你面前，摆一个帅帅的姿势。”

陆弘拍拍她的背：“你先下来。”

吕男男手脚并用夹紧他：“不要！”

陆弘无奈，托着她往屋里走：“怎么这么快就回来了？”

“再不回来你可就被女妖精勾引走了。”吕男男下巴搁在陆弘肩上，像个赖皮的孩子赖在他身上。

“女妖精可没有那个本事。”走到沙发旁边，陆弘微微一低身，吕男男便掉在了沙发上，却抱着他的胳膊不让他走，陆弘只得坐在她身边。

吕男男对陆弘刚刚的表现相当惊奇，连她看到高墨琪那梨花带雨的模样都心动，陆弘却是一脸嫌弃，这家伙的审美实在有些异于常人啊。原谅她，她并不觉得多得意，真的只是好奇：“那种时候你不是应该抱她一下安慰她的吗？”

陆弘把她的小手放在自己手里揉弄：“为什么要抱她？”

这个问题还需要她解释吗？吕男男翻白眼：“就没有一点觉得愧疚想要补偿她？没有一点觉得心动？”这简直就是不应该啊，高墨琪可是真正的美女，真的很美很美，虽然她很不想承认。

“哦，”陆弘的回答很平淡，“我又没有和她在一起过，补偿她什么？”

……

虽然很牵强，但是也勉强算得上是回答。

吕男男挺高兴的，伸手去摸陆弘的额头：“有没有喝酒？”

陆弘额头抵着她的手，语气低柔，想到她是特意回来看他的，整颗心都柔了下来：“没有。”

吕男男点点头，走到一边去拿药：“再吃一顿就好了。”说着拿了水去给陆弘喝。

陆弘握住她的手：“晚上别走了。”

……

时间静止了几秒钟，吕男男的脸色有些红，语速很快：“那我住你家客房！”

陆弘眼中闪过促狭的笑意：“都在一张床上睡过那么多次了，怕什么？”

吕男男冷哼一声，想和她比厚脸皮是吧？她中气十足：“怕你病得太严重没力气。”

“这个担心可能有点多余，”陆弘嘴角的笑让吕男男想打人，“现在我一个打你五个不成问题。”

“你敢碰我一下我就打死你！”吕男男一听自己打不过陆弘立刻激动了，很快便发现陆弘是在和她开玩笑，表情有些讪讪的。

陆弘揉揉她的头发：“真像头小驴。”

吕男男怒瞪他：“违反规则！我要生气，从现在开始不准理我。”说着就跳下沙发往客房跑去。

暧昧啊，太暧昧！这样有墙、有顶、有床、有窗的地方，她和一个对彼此有好感的男人待在一起，简直就是诱惑她犯罪。

她倒是不担心陆弘会对她怎么样，只担心她会不会忍不住对陆弘怎么样。想到晚上看到的那一幕她就觉得开心，他说的每一句话她都听到了，每一句话都让她怦然心动，再加上这么好看的脸，哎，百分百诱惑啊！

陆弘是在十分钟后进房间的，吕男男把被子拉到眼睛下面只露出眼睛在外面：“你干吗？大半夜的，是不是想犯罪？”

想犯罪的那个人明明是她啊！

陆弘从背后拿出一只熊：“喏，给你的，抱着睡吧，我帮你关灯。”

吕男男的眼珠子从陆弘手上一直转到自己耳边，拉长了声音：“哦。”

陆弘不欲在她房间多待，在她额头上落下晚安吻便关灯出去了，吕男男脚丫子露在被子外面，满心的失望。

可口的陆弘就这么飞了。

翻来覆去，睡不着呀睡不着。

最后吕男男又光着脚进了陆弘屋子里，才刚走到床边，腰身便被一双大手揽住，轻轻一拖，便将她抱在了怀里，却没有了接下来的动作。

吕男男脑袋在陆弘怀里蹭了蹭，声音义正词严：“我想了想，觉得既然都一起睡过了，对你还是很放心的，就允许你抱着我睡好了。”

陆弘低笑，在这样的黑暗里显得越发的暧昧：“就只是抱着？好男友现在体力可是很好。”

吕男男红了脸，幸好没有开灯，不然得多丢人啊，可是“煮熟的”陆弘就在身边啊就在身边，她咬住他的脖子：“陆弘，我想对你犯罪。”

沉默啊沉默，该死的沉默，该死的陆弘，怎么不吭声了？

吕男男故意气他：“我说过教你的嘛，这……”下一刻她的唇便被堵上了，陆弘的吻虽然生涩，却带着侵略性，一直到吕男男喘不上气才放开她，吕男男只听耳边陆弘不高兴的声音：“说过了你再提这件事我要生气的。”

陆弘真的不只是嘴上说说而已，男女之间那些事是不用人教的，很快吕男男便已经城池失守，她怪叫一声：“不行！”

陆弘猛然停住，果然没有再动作，过了许久，连声音都变了：“这次就放过你，下次不准跑我……”

他的话没有说完便被吕男男打断了：“这事儿我得在上面。”

陆弘又是沉默许久，然后低低地笑了：“为什么？”

吕男男咬着牙说了两个字：“威武。”

陆弘的低笑变成了朗笑：“男男，以前怎么没发现你这么可爱？”

“你才可爱！你最可爱！”吕男男嘴里这么说着，心里也是这么想的，自从两个人在一起之后，陆弘身上无时无刻不在散发着一种可爱又萌的气息，殊不知，在陆弘眼中，她也是这样。

陆弘将人扑倒，语言带了魅惑：“待会儿让你在上面。”

于是这一晚便成了一首《血与泪的交织》，吕男男已经不想再回想自己是怎么忍着剧痛还非要在上面这件事的，没有威武，只有丢人。

丢死人。

都是陆弘的错。

哼。

不开心。

第二天吕男男是趁着夜色逃跑的，悄无声息的，一点没有惊动陆弘就跑回家了。当然，回到家也没敢惊动吕大鹏和杜美琪，也没法惊动，因为两个人出门晨练去了。

吕男男跑回自己房间钻进被窝里就再也不肯动一下了，昨晚上一冲动把陆弘给办了，这事本来不在她计划里的，而且她和陆弘……才恋爱几天啊，她是不是有些轻浮了？陆弘会怎么想？

真是越想越烦躁。

很快，烦躁的根源也跟了过来，可能是吕大鹏帮陆弘开的门，总之吕男男看到他的时候，他已经在她房间里了。在看到他的那一刹那，吕男男做了一个非常傻的动作，就是钻进了被窝。

她发誓，这绝对不是她做事的风格。

可是已经做了，她没脸再出来见人了。

以至于无论陆弘怎么哄，吕男男就是盖着棉被把头包裹在里面不出去，她的一世英名就这样没有了。

“我不吃饭，我也不出门，我要在被窝里老死。”

陆弘隔着棉被把她包裹住抱在怀里：“早饭必须吃，我给你买了好吃的。”

他心里除了浓情蜜意之外，还有一股抱歉。吕男男是个满嘴跑火车的，什么事情都编得跟真的似的，如果不是她之前骗他，他应该更温柔一些的，毕竟两个人都没有经历过，他不想给她留下什么阴影。

瞧，现在连饭都不肯吃了。

吕男男露出一个脑袋瞪着他，一脸的幽怨："都怪你，我觉得自己好像越来越矫情了。"

陆弘点头："对对对，都是我的错。"

吕男男伸出一只手去掐他的脸："都怪你长得太好看，让我忍不住犯罪。"

"那我还得感谢我这张脸了。"

吕男男撇着嘴，把他的手枕在下面，想了许久，然后纠结着说："你放心，我会对你负责的。"

陆弘点头："什么时候？"这才是他最关心的事情，两个人既然早晚要在一起，他希望是尽早，他不希望在这个过程中再出现什么意外。

吕男男歪着头想了想："反正不是现在。"具体是什么时候她也不知道，但是现在绝对不是结婚的好时机，她还没有准备好。

"你要是不喜欢让别人知道你结婚了的话，我们可以隐婚。"陆弘提议。

吕男男点头："这个法子倒是不错，我考虑一下。"

"考虑多久？"

"不知道。"

"那就一个月吧，刚才我和伯父谈过了，他也赞成这个法子。"

吕男男愣住了，大叫一声："你跟吕大鹏说了？"

陆弘表情不急不躁，仿佛没看到她有多着急："我没说，不过他们自己看出来了，就问我们什么时候结婚。"

吕男男的脸瞬间黑了下来，这样的话岂不是想拖也拖不了了？

“绝对是你故意的。”

陆弘语气诚恳：“这个真没有。”

“你就有。”

“那就有吧。”

……还能有点原则吗，哥？

想了一会儿，吕男男又开始找借口：“是不是太快了？我们谈恋爱还没多久呢。”

“不快，我们都认识这么多年了，早该在一起了。”在他原本的计划里，吕男男现在可能已经是他儿子的妈了。他将她裹在被子里抱起来，“去吃饭！”

一锤定音。

纵使吕男男脸皮再厚，也忍不住有些别扭尴尬，一只脚放在椅子上一只脚耷拉在椅子下面，做出大爷的姿势来，想要自己看起来很有气势，和陆弘没话找话说：“你猜猜昨天晚上姜蓉给我打电话做什么？”

“安一正能欺负到她？”陆弘显然是不信的，他告诫吕男男，“姜蓉可没有看起来那么软软弱弱的，你可别被她骗了。”

在他眼中吕男男才是那种毛茸茸的小动物，心里想什么，嘴上就说什么，虽然嘴欠，但是心地善良；而姜蓉更像是伪装成兔子的狼，看上去柔柔弱弱，但是惹到她，就不那么美好了。

吕男男撇嘴，摇着头嘚瑟道：“没事，就算她是恶毒女配也伤不到我，她又打不过我，你不觉得她跟小动物似的吗？可爱死了。”

“没有。”陆弘看了吕男男一眼，她这摇头晃脑的模样才更像是小动物。

吕男男了然，连高墨琪那种女人都无法打动她，更别说姜蓉了，现在她已经大致了解陆弘的风格了，他就是喜欢女汉子类型的。这个事实并没有让吕男男感到高兴，毕竟她觉得自己还是有一些个人魅力的。

“我还没跟你说昨天的事情呢，你猜他们为什么吵架？”

陆弘本来想说没兴趣，但是看到吕男男那兴致勃勃的模样便改了口：“为什么？”

“因为两个人理念不合。”说完吕男男愣了下，想到陆弘说的他父母也是理念不合，立刻解释道，“不是你想的那种。”

虽然她也不知道他想的是哪种。

“肯定是生活琐事，安一正不肯妥协，姜蓉又非要让他妥协，他们之间应该掀不起风浪。”

吕男男笑了，还笑得很大声：“因为姜蓉喝酸奶舔瓶盖，安一正不让她舔瓶盖，觉得这不符合他土豪的气质，可是姜蓉非要安一正也跟着她舔瓶盖。哈哈哈哈哈，你说这都什么事啊？”

陆弘看她心情愉悦，也跟着笑了：“然后呢，怎么解决的？”

“我买了十瓶酸奶让安一正舔瓶盖，不舔就打他，嘿，他竟然还挺硬气，死活不肯，最后我把他打了一顿，然后被姜蓉劝住了，我说……”吕男男顿了一下，看着陆弘，“你怎么这么了解他们？”

陆弘并未隐瞒：“因为我和他们认识很多年了。”

“哦。”吕男男已经搞不清到底是陆弘撬安一正墙脚，还是安一正撬陆弘墙脚了，她正想问一下当年的事情，便听陆弘道：“我已经看他不顺眼很多年了。”

……吕男男发誓，被陆弘惦记上绝对不会是什么好事。

吕男男正不知道该怎么接话的时候，陆弘又开口了：“他喜欢姜蓉很多年了，如果他不得罪我的话，早就抱得美人归了。”

……

而安一正是怎么得罪陆弘的，不用说，大家心知肚明。吕男男只问了自己最关心的问题：“假如我得罪了你，会有危险吗？”

陆弘好笑地看了她一眼：“你觉得呢？”

吕男男点点头，暗自发誓一定不能得罪陆弘。就算后来陆弘说了一百次不会，她也不放心，恨不得每天念叨十遍：不要得罪陆弘，不要得罪陆弘……

一整个早上吕大鹏和杜美琪都没回来，吕男男觉得这种行为也太故意了一些。要是有全市最好老丈人奖项的话，吕大鹏必须拿特等奖啊！竟然还打电话让她好好招呼陆弘，到底是什么世界嘛！

就连中午吕大鹏和杜美琪要走都是陆弘去送的，吕男男觉得陆弘才是他们的亲儿子，而她更像是不受人待见的媳妇，特别是杜美琪在过安检之前还拉着她的手交代："最迟一个月，你们必须把证领回来，知道不？不然到时候我和你爸回来，就不是领证那么简单了。"

吕男男黑脸，在他们走了之后问陆弘："你到底给他们吃了什么迷魂药啊？"

陆弘一副大权在握的模样："我这么优秀，不用给他们吃药。"

……还能再自大一点吗？

吕男男虽然不满意，但是不得不承认陆弘说的似乎是实话。

陆弘的动作很快，吕大鹏走的当天就帮吕男男收拾了东西，搬到了他自己的家里，自此两个人算是过上了同居生活。

吕男男对此也挺满意的："既然时间这么紧迫，咱们有必要试婚一段时间，万一不合适了，到时候也好调整。"

陆弘语气坚定："不会不合适。"

吕男男觉得他说得太笃定，这个世界上没有什么事情是不可能的，不过和陆弘同居也是挺好的，因为陆弘什么都会做，真正的上得了厅堂，下得了厨房，杀得了木马，翻得了围墙，开得起好车，买得起新房……

总之一句话，吕男男很满意。

唯一不满意的就是陆弘喜欢早上五点钟就把她叫醒，拉着她一起去爬山。每天早上开车去爬二十公里外的不高不低的从崀山，吕男男多次反对都无效，干脆耍赖，坐在台阶上不肯动了。

“你背我！”

陆弘拉她的手：“再不赶紧你上班就要迟到了。”

吕男男得意洋洋：“我现在是正式员工，谁也不能开除我，赵总编看到我跟看到祖宗似的，才不管我有没有迟到。”

陆弘点点头：“听说你们单位以后是年审，没有终身制了，全部变合同制，你要是年底不能通过考核，我也是不介意养着你的。”

吕男男瞪人：“你听谁说的？”

“不管听谁说，消息是真的。”

吕男男不管不顾，跳到他身上：“总之你背着我！”这对她来说可不是什么好消息，她一辈子的梦想就是混个铁饭碗，现在有人告诉她铁饭碗变成了陶瓷的，好看不好用，她能高兴吗？

陆弘任由她跳到自己背上，微微往前倾身，就怕她一个不稳掉下去，脚下的步子很稳，拾阶而上，轻松自如。

来晨练的人并不少，只是没有年轻人，大多都是老年人，所以他们就显得比较打眼。看到陆弘背着吕男男，有人不满意了：“现在的女孩子可真是矫情，不但好吃懒做还喜欢发号施令，这又不是平地，怎么还让人背着？真是太不应该了。”

吕男男傻眼了，从陆弘身上跳下来，忍不住去和大娘唠嗑一番：“大娘，你这话说得可不对，你没听人家都说要想生活好，老婆当块宝吗？”

“那都是被惯的，女人啊，不能太矫情！”大妈一副春心少女的模样。

吕男男略微思考了一下，觉得陆弘对她虽然好，但是也没到那种无条件谦让的地步，于是她问陆弘：“你惯我了吗？”

陆弘似乎知道她在想什么：“这个可以有。”

吕男男看了看山顶，挣扎了一会儿：“算了，还是改天再惯我吧，来都来了，今天我们比赛一下，谁先到山顶对方就答应一个条件。”话音都还没落，人已经蹿了出去，明显是想作弊。

大妈还在后面吆喝：“哎，你回来听我跟你讲为妻之道啊……”

可能是跑得太急，吕男男到了山顶之后死活不肯动一下，最后还是陆弘把她背下山的，吕男男趴在他背上：“你以后还是惯着我吧，为妻之道我是学不会了。”

陆弘的步子一步一步相当稳妥，声音也好听：“你这样就挺好。”

吕男男伸手帮陆弘擦了擦他额头上的汗水，除了在训练场上，她什么时候见过陆弘流过这么多汗水啊？虽然她越来越习惯对他百依百顺的陆弘，但她总觉得身处云里雾里，有些不真实，于是她问陆弘：“陆弘，你的男子汉气概呢？你可不能成了一个只听老婆话的软蛋啊！”

想想就好害怕。

陆弘脚步顿了下，打开车门将吕男男扔进去，是真的扔，看这动作就知道他不高兴了。果然，下一刻他便皮笑肉不笑地对吕男男道：“男子汉气概？你这是对我昨天晚上的表现不满意？”

吕男男想到自己昨天晚上死去活来，活来又死去的模样，顿时被吓醒了：“满意！满意！一百个满意！”满意得她都想回自己家住了好吗？

陆弘点点头，嘴角带着可怕的笑：“不想我以后顺你的意？这个事情倒是好办。”

吕男男赶紧搂住他的脖子：“喜欢喜欢，喜欢死了！”她怀疑假如自己说不喜欢的话，他真的会把她丢在这里，陆弘可是做过这种事情的。

这次陆弘嘴角的笑容终于不那么可怕了，揶揄她道：“既然老婆大人这么喜欢这么满意，以后我只能更加努力了啊！”

……哥，咱能不要这么实在吗？

就在吕男男琢磨着假如陆弘再开口邀请她参加家宴她就决定答应撮

合一下他爸妈的时候，林子华的电话打了过来，约她单独谈谈。

这个单独，林子华表达得很清楚，吕男男觉得这顿饭绝对不只是谈谈这么简单，至于谈什么，她还挺担心和陆弘有关的。

如果是以前，谈谈她自然是不害怕的，甩支票她热烈欢迎，可是现在……好像，有些……舍不得陆弘？

下午的时候她找了个借口让陆弘不用来接她，然后独自去赴约。林子华属于那种很低调的人，但是低调中又透着奢华，为了这个单独赴约，她包了半个餐厅，吕男男看着钱哗啦啦水一样往外流的空桌子，心疼得要命，不喜欢可以甩给她啊！

林子华很有礼貌，也很会照顾人，点菜也顺着吕男男的口味来推荐，这一切都让吕男男更担心了，婆婆，您有话倒是说啊！

可是林子华偏偏不说，只是问吕男男一些琐事，比如工作怎么样，朋友有哪些，最近有没有什么趣事。吕男男已经化身“中国好媳妇”，一顿饭的时间里一个脏字都没说，问什么答什么，唯恐自己未来婆婆嫌弃自己。

不过，软蛋硬装硬汉，早晚会崩坏。吕男男一脸认真地问林子华：“阿姨，您找我到底什么事啊？”

虽然林子华很和善，上次也说了很多让自己和陆弘在一起的话，但是她这次的态度着实诡异，加上吕男男对林子华的认识本身就停留在豪门太太“所有一切都应当属于我儿子，我儿子喜欢是你的荣幸”的层面上，潜意识里觉得这一刻早晚是要来的。

唯一让她欣慰的是陆弘的态度，这厮一天到晚想着跟她领证呢，这个她倒不是很担心，陆弘也不是那种任由别人摆布的人。

出乎意料，绝对是出乎意料，林子华从包里拿出了一沓东西，还用信封包着，信封上有银行的标志，不用想就知道是什么。

吕男男的心凉了一下。

果然是怕什么来什么啊。

林子华说话了："你喜欢的，送给你。"

吕男男的声音僵硬沙哑，面前色香味俱全的菜色顿时失去了光彩："什么？"

"支票。"

一直回到陆弘家，吕男男还有些晕晕乎乎的，倒床上便睡，回来的路上她拆开信封看了，是整整一本支票呢。

她越发摸不准林子华的意思了，到底是因为之前的承诺，还是有其他的意思？假如只是履行承诺的话，陆弘又为什么不可以到场的？

吕男男趴在床上一动不肯动，陆弘进房间把她搬正了，帮她脱了鞋子："怎么什么都没买？"

"没看到合心意的。"

"想要什么？我帮你看看。"

吕男男趴在被子上像死狗一样有气无力："想要大别墅，别墅里堆满了钱，无数美男伺候我，还得……"

吕男男的话没说完就被人就地正法了，陆弘身体力行地让她明白了什么叫作异想天开。他的行动简单来说就是一句话：找美男？想都不要想。

吕男男忧心啊忧心，于是她悄悄尝试着花了几张支票，整整一本，都是一万一张。既然花出去了，林子华那边肯定要入账的，到时候她发现自己花了她的钱，却又没有离开她儿子，应该会回来找人，这样吕男男就能弄明白她到底是存着什么想法了。

可是第一次的一万块花出去简直就像是石沉大海。

吕男男不死心，又花了好几张，心想着这下总该有动静了吧？连陆弘都有些疑惑，不明白吕男男为什么忽然兴起了买包的心思，这都是她这周去买的第五个包了吧？

“你这是打算买齐了赤橙黄绿青蓝紫七种颜色，凑成一道彩虹吗？”

吕男男严肃地点了点头：“你这个建议还是不错的。”

只是她没能来得及凑成一道彩虹，便发现陆弘出轨了。

是的，你们没有看错。

好男友陆弘出轨了。

吕男男隔着橱窗看着里面说话说得热火朝天的两个人，心里诅咒着陆弘，他不是说自己约了人吗？

原来是约了美人。

吕男男的嘴巴几乎要耷拉到地上去了。

陆弘其实是一个很冷峻的人，话也不多，他温和的时候很少，除非是对着很亲近的人，可是此刻他却对着一个吕男男根本就不认识的小姑娘笑了足足三次！

她发誓自己没有看错，绝对有三次。而那个小姑娘从头到尾一直在笑，还是学生模样，肤色很白，笑起来还有小酒窝，眼睛弯弯的，实在好看，像谁呢？有点像那个电影明星周冬雨，五官单薄却让人印象深刻。

吕男男猫在车后面的花坛里给安一正打电话：“据说你和陆弘认识几十年了？”

“谢谢，我也才二十几岁，说几十年不大合适。”安一正任何时候都不忘记嘴欠。

不过此刻吕男男没工夫和他计较：“他都认识什么人你清楚吗？”

“当然，为了蓉蓉……慢着，你先说什么事。”

吕男男奸笑两声：“你确定我先不先说跟你说与不说有很大关系吗？”

安一正明显沉默了一会儿——是啊，好像是没有关系，如果他不肯说的话，吕男男自然有一万种方法让他说的。于是他别别扭扭地道：“那你先说来听听。”

“陆弘身边可有什么十八九岁的小姑娘？”对于安一正，吕男男从来不拐弯抹角，是什么就是什么，也是因为安一正的性格问题，这问题换一种说法保管他听不懂。

“怎么，你终于意识到自己是老娘们儿了？哈哈哈哈，男男，我跟你……”

“你想死是吗？”吕男男阴恻恻地说，多日发不出来的憋火似乎终于找到了地方发泄。

“不不不，这个我真不知道，陆弘什么人啊，他想让你知道的事情自然会有一万种方法让你知道，他不想让你知道的事情，你就是有一万种方法，也不可能会知道啊！”

吕男男握拳，再握拳，该死的陆弘，竟然摸了人家的头！她想要砍掉他的手！她要变成暴力女了！

安一正的声音又传过来：“你在干吗呢？”

吕男男咬牙切齿地说了两个字：“捉奸。”

安一正不屑地笑了：“要是陆弘想出轨，能让你捉到？真是为你着急，喂喂，你怎么挂了……”

为什么挂了？因为陆弘和小姑娘出来了！小姑娘还跟着陆弘上了他的车，陆弘还帮人拉开了车门！就坐在她平时坐的那个位置上。

哎哟，这感觉，吕男男真是从来没有体验过，也不知道该怎么处理，按照她的性格，应该是当场捉奸，然后把陆弘暴打一顿的，就像是在高三她对他表白的时候，可是……她下不去手。

她害怕。

爱情果然能够让人产生畏惧，惧怕并非来自本身，而是来自于对惧怕这件事的无奈，害怕去打破这种平衡，却又不甘心，所以才会有那么多当街怒打小三的例子吧。

坐在出租车上，吕男男咬着牙指挥："师傅！你倒是踩油门啊！前面的车都看不到了！"

"我想踩油门啊，但是人家是路虎，咱们是夏利，所以咱得有自知之明，这和做人是一个道理，你明明是个驴套子，非要当马鞍，那怎么能合适？而且……"

吕男男打断他："一千！干不干？"

"小姑娘，这不是钱的事，我跟你说，你得先付才行。"

吕男男本来以为自己遇到的是一个心灵鸡汤演说家，可谁知竟然是个"段子手"，她乐了："给你一千一！"

只要能捉到奸，给多少她都愿意。

"得嘞！"那师傅脚下一踩，车子嗖地一下飞了出去，"这年头不遇到堵车就不挣钱啊，油价还这么贵，简直要逼死人。"

吕男男无语，敢情他开这么慢，就是等着堵车多计费啊？那她以前得被骗了多少钱啊。

只要有足够的动力，路虎也并不难追，很快便到了陆弘停车的地方，果然是一个大学。随着出租车越开越近，速度也慢下来，吕男男看到那个女孩子踮脚亲了陆弘一下，她的心一紧，先前捉奸的决心顿时没有了，大声吩咐师傅："师傅师傅！快绕路回去！快快快！"说着她还迅速地卧倒。

师傅绕了个圈，故意慢慢走："先说好，往返一个价啊。"

吕男男一听头都大了："你这是宰人！"

"你要是不想坐，我现在就放你下去。"师傅还真就威胁上了，这年头人与人之间还有基本的信任吗？

"坐坐坐！师傅，你可真懂得时机的重要性啊！"

师傅得意扬扬："那是。"

于是坐了一次出租车，吕男男花了足足两千两百块钱，等到下车的时候腿都软了。师傅还热情地拉着她问要不要送她去其他地方，吓得吕男男立刻跑远了。

这简直比知道陆弘出轨还吓人。

吕男男有些烦恼，不对，是异常地烦恼，不知道该怎么办，不敢去捉奸，也不想回家，更不想回自己家，反正陆弘早晚会找去。

简单地来说，她暂时不想见陆弘。

于是她去北京找吕大鹏了。吕男男让吕大鹏的秘书带着自己足足去玩了三天，登长城的时候，她从早上足足走到了天黑还没走到尽头，要不是秘书小赵抱着她的大腿死活不让她再走下去，吕男男还是很想知道长城的尽头到底是什么样的。

回去的路上，原本人模狗样的小赵整个人像死狗一样瘫在车上："妹子，你体力可真好。"

吕男男得意："那是，这可是我跟我男朋友练出来的。"

小赵意味深长地看了吕男男一眼，吕男男立刻涨红了脸，干咳一声："我们每天去登山。"

小赵呵呵笑得丝毫不加掩饰："那你男朋友呢？"

这几天一直忙着疯玩，吕男男已经很久没有想起陆弘了，所以她也不确定陆弘到底在哪里："可能在上班吧。"

不过到了家门口的时候，小赵看她的眼神又变了，因为那个可能在上班的人就在她家门口站着呢。

第十章
永远不要误会我

【吕男男恍然大悟，摇头晃脑一番，然后语气清晰道：“其实是这样，试婚一段时间之后，我发现咱俩不合适。”】

严格来说不算是她家门口，房子是单位的房子，吕大鹏可没钱在这个寸土寸金的地方买房子。

看陆弘风尘仆仆的模样，显然也是刚到，都还没来得及进门呢。看到吕男男和小赵，他目光冷峻，面色又黑又沉：“这是谁？”

完全一副傲娇的表情。

吕男男不喜欢他这个表情，想要恶心他一下，谁知她还没开口呢，小赵已经狗腿子一般地笑着上前给陆弘递了一支烟：“大哥您好，我是吕部长的秘书，我叫小赵，以后还要请您多多关照。”

……还能再狗腿一点吗？

听了这话，陆弘的表情比之前好了一些，甚至和小赵握了下手，两个人还说了几句寒暄话，小赵看情况不对就立刻找理由跑了，瞧这一副滑溜样，绝对是看人下菜的老手，不过“润滑剂”走了，吕男男和陆弘之间便立刻尴尬了起来。

吕男男左看右看，上看下看，就是不看陆弘，不过，陆弘看了她一会儿，可能觉得她不好看，干脆也不看她转身去敲门了。

吕男男吓了一跳，上前抱住他的胳膊：“你干吗呢？”

陆弘长得高，再配上一副“死人脸”，就给人一种居高临下、睥睨天下的意思，他嘴角勾出一抹丝毫不是发自内心的笑：“拜访。”

吕男男歪了嘴：“我家没人！”

陆弘不理她，又摁了两遍门铃。

吕男男觉得自己被无视了，而且还是有目的的无视，她不能忍：“你到底干吗？”

陆弘面色不改，重复着之前的话：“拜访。”

吕男男正想强行把他拉走，门开了，杜美琪站在门口看着两个人，毫不客气地说风凉话：“我就说你们小两口吵架，床头吵床尾和，哪来那么多烦恼，快进来。男男你也是的，明明就是小事，还跑北京来，人家陆弘多忙啊，你这纯粹就是耽误事。”

吕男男无语，她什么时候跟杜美琪说过她和陆弘吵架了？她一直表达的都是她和陆弘试婚一段时间之后，发现彼此不合适好吗？

杜美琪大大地歪曲了她的意思。

陆弘见了杜美琪跟变了个人似的，先前甩脸子的模样立刻没有了，笑得别提有多得体了，对杜美琪说：“阿姨，打扰了。”

杜美琪一边把人请到客厅一边嗔怒：“怎么还喊阿姨，以后得喊妈。”

吕男男正在喝水，爬了一天长城她已经累坏了，听到这话立刻喷了，这还不算，整个人被呛住了，脸色涨红地咳嗽起来。

陆弘瞥了吕男男一眼，正好对上吕男男投过来的杀人般的目光，他不咸不淡地开口了：“妈。”

这下吕男男咳嗽得更厉害了。

杜美琪却像是没反应过来似的，对着吕男男破口大骂：“你这个死孩子，脏孩子，你快去拖地！”说完愣了一下，转头看陆弘，笑得跟朵菊花似的：“你刚才喊了什么？再喊一声。”

吕男男站在自己的口水里尖叫：“妈！客人来了你怎么都不倒水？”

杜美琪去倒水，吕男男和陆弘大眼瞪小眼，陆弘凉凉开口：“客人？”

吕男男僵了一下，觉得陆弘的笑有些瘆人，但是下一刻她便发现自己有点怂，她什么时候在陆弘面前这么怂过啊？绝对没有过的！而且明明是他没理，他怎么做到这么理直气壮地跑到她家还威胁她？

想到此，吕男男目光带着杀气，恨恨地看着他：“就是客人，不想当客人你还想当什么？”

陆弘嘴角扯了一下，吕男男发誓那绝对不叫笑，下一刻她便听到陆弘说：“妈，别这么客气。”

杜美琪显然被这一声“妈”取悦了，笑得别提有多美了：“我正打算把男男赶回去呢，你就来了。怎么来的？什么时候来的？”

“坐飞机来的，刚到。”说着他便把手里提着的一堆东西递给杜美琪，“妈，这是给你买的。”

杜美琪兴高采烈地打开每一个盒子，看着盒子里的东西就差抱住亲两口了。吕男男瞪大眼睛看着那些打开的盒子，哎哟，这不是她的彩虹包吗！她都还没集齐呢，就被陆弘送人了！

这厮简直就是作死！

陆弘瞥了一眼吕男男猪肝色的表情，然后对杜美琪说：“妈，还差两个颜色正好集齐一道彩虹，还有两个我下次给你带来。”

杜美琪连拍了三次陆弘的胳膊：“好好好，比男男对妈好。”

……妈，您这么看中物质真的好吗？

陆弘和杜美琪相谈甚欢，问杜美琪：“我爸呢？”

……吕男男无语了，觉得这个世界上再也找不到比陆弘更不要脸的人了。

这厢陆弘和杜美琪母子被迫分离三十载，此刻终于团聚，那边的吕男男一整晚都没能插进去一句话，就算是吕大鹏回来，都没她说话的份儿。她由衷地觉得自己在家的地位简直不如一条狗，假如她家有狗的话。

当然，很早之前他们家是养过狗的，那个时候杜美琪天天学做饭，每次都傻傻地糖、盐分不清楚，明明要放盐，却放成了糖，知道自己放错之后再放一次盐，简直就是黑暗料理，连他们家的狗都不肯吃。最后杜美琪便天天逼吕男男吃，吕男男气不过，大声反问：“为什么不让狗吃？！”

杜美琪的回答更奇葩：“我怕把狗毒死了。”

……您就不怕把您闺女给毒死了吗？

到了最后吕男男练就了百毒不侵的本事，不过杜美琪的手艺却慢慢好了起来，虽然如此，吕男男却早已对她的手艺无感了。

扯远了，吕男男只是想表达一下她对于吃饭的时候杜美琪把鸡腿都夹到陆弘的碗里这件事的不高兴，更不高兴的是，该睡觉的时候，杜美琪把陆弘带到了她屋里。

两个人谁也不肯坐，就站在那里大眼瞪小眼，彼此脸上都是一副“你杀了我亲爸”的表情。

最后是陆弘先动的，吕男男心里本来还挺高兴，本着先动先输的兵法策略，她这个人生赢家自然是应该占上风的。谁知陆大爷往她的小床上一坐，便老神在在地开口了：“说吧。”

吕男男愣了一下，立刻被人牵着鼻子走了：“说什么？”

陆弘嗤笑一声：“你跑什么啊？”

吕男男恍然大悟，摇头晃脑一番，然后语气清晰地道：“其实是这样，试婚一段时间之后，我发现咱俩不合适。”

确实不合适，她可不是水灵灵的小女孩，也没有那么讨人喜欢。

“怎么不合适？”对于吕男男的话，陆弘一点也不意外，在找不到她的那一刻他就知道她会说什么，此刻他只想听到理由。

吕男男望天，觉得自己想要糊弄过去是不太可能了，于是她说：“理念不合。”

陆弘不但没有生气，还笑了起来，然后说了两个字：“不分。”

瞧那语气肯定的，好似这事儿和吕男男没有一点关系似的，吕男男觉得不开心：“分不分你说了不算。”

陆弘忽然站起身朝她走过来，吕男男吓得后退了好几步：“你你你，你想干吗？”

陆弘回了她一个字：“想。”

吕男男愣了一下，随即发现严肃正直的陆弘竟然开黄腔！于是她怒了：“滚！老娘就要跟你分手，我告诉你，我不喜欢你了，我看到你就恶心，你赶紧从我家滚出去！”

“晚了，”陆弘步子很稳，“你不能后悔了，说不定你现在都已经怀孕了，现在后悔晚了。”说着就要去抓吕男男的手腕。

吕男男自然是不肯的，加上怒火中烧，于是两个人便扭在了一起，简单来说，是吕男男单方面在挣扎，她好像一直都打不过陆弘，假如陆弘不肯让着她的话，她完全没有胜算。被人钳制住，吕男男更怒了：“你说过让着我的！你这个浑蛋！”

陆弘冷笑一声：“你不是要和我分手吗？既然分手了，为什么还要让着你，你跟我什么关系？”

吕男男气极反笑：“对对对，没有关系，你赶紧滚。”说着便要反抗，手上不能动，便下了脚，结果没踢到陆弘，她的膝盖反倒磕在了小桌上，台灯掉在地上发出巨大的声音，两个人都愣住了。陆弘下意识地护住她的膝盖，正想说什么，房间的门被打开了，吕男男在看到吕大鹏的那一刻立刻拉住陆弘的胳膊怪叫着："别打了别打了，我知道错了，我……"

两个人的姿势本来就像是以强欺弱，加上地上的台灯，吕男男膝盖上的血，一切似乎对陆弘都不利。

而陆弘本人在听到吕男男说这句话的时候整个人脸色都变了，几乎是瞬间便抽身离开了，站在那里看还微微倚着床头的吕男男，眸光无波无澜，看不出在想什么，不过周身散发着一股浓浓的"我很生气"的味道，不用想就知道这厮气坏了。

吕大鹏和杜美琪显然也没料到是这么一幅场景，之前听到吕男男在屋里大呼小叫，还以为小两口又吵架呢，谁知没一会儿竟然开打了……但是私心里来说，他们又实在不认为陆弘是会家暴的人。

吕大鹏开口："这……"

陆弘的反应很直接，谁也没理，直接侧身穿过吕大鹏和杜美琪出去了，没一会儿传来了关门声，显然是走人了。

吕男男摊手："这事儿可真不怪我，你们都知道我打不过他。"

吕大鹏和杜美琪看吕男男这反应就知道是陆弘吃亏了，杜美琪气得上前重重拍了一下她的脑袋："你作死啊你这死孩子！这下把人气走了，你开心了？"

吕男男的膝盖疼得要死："我有什么好开心的，我就想和他分手，怎么连这个自由都没有了？"

杜美琪气得要死："那你到底为什么要跟人分手啊？"

吕男男翻了个白眼："看他不顺眼。"

这句话是真的，吕男男是真的看陆弘不顺眼，看到他就想到那个小女孩，哎哟，长得可真好看，连她都想摸一把。

"就你长这样，你看谁顺眼啊？"杜美琪听了这话简直气不打一处来，立刻开始抹黑自己闺女。

吕男男已经连白眼都懒得翻了："亲妈，您闺女还受着伤呢，能不能先给我一片创可贴？”

杜美琪果断地拒绝了她：“不能，忍着吧你！快去给陆弘打电话，去追他，什么时候他回来我什么时候和你说话。”

……这可真是亲妈。

可吕男男才不会去追陆弘，她巴不得他走呢。

不过，独自躺在床上，吕男男又有些担心，这大半夜的，不知道陆弘有没有地方住？

吕男男觉得自己越来越心地善良了，暗暗发誓，前任这个物种她绝对不会再去碰触。

不过前任很快便找来了，发的微信。两个人如胶似漆的时候总喜欢发微信，有一搭没一搭的，只要有空就会发，单聊天记录就存了几百页，陆弘甚至要负责每天讲一个笑话给吕男男听，抱着这种复杂的心态，吕男男打开微信，便看到陆弘说：“开门，再说最后一句话。”

吕男男思量了半天，觉得买卖不成仁义在，不能一棒子打死了，万一以后她有什么事让陆弘帮忙也说不定。于是她蹑手蹑脚连灯都没敢开便打开了家门，楼道的灯也没有亮，只能隐约看到陆弘站在那里。吕男男觉得正好，这么黑，不用再看他的黑脸了，甚好。

“什么事？”

陆弘塞了一样东西进她手里：“药膏，回去记得擦。”

黑暗里吕男男怔愣了一下，没想到陆弘在那么生气的情况下竟然跑去给她买药了，换个人必须妥妥地被感动了，说不定就要以身相许，可惜她是吕男男：“那就谢了。”

陆弘不说话，也不动，吕男男心里念着他赶紧走，可是他一动不动，外面的空气还挺冷的，吕男男穿的短裤，因为家里有暖气不明显，可是站在这里没多大一会儿她就开始抖腿了：“那个，你还有事？”

显然，陆弘是真的有事，吕男男也不认为陆弘会闲着没事站在她家门口和她唠嗑，果然，陆弘开口了：“给个理由吧，就算是尊重我们这一段感情。”

吕男男坚持：“就是不喜欢你了，看见你讨厌。”

讨厌，竟然觉得有些心疼了，不过这话听着确实像是分手的言论。

陆弘没有再说话，转身离开了，吕男男下意识地想喊住他问他要去哪里，不过幸好她收得快，不然陆弘肯定会回她一句：“关你什么事？”

还是不要自作多情的好。

第二天陆弘没有再出现，第三天也没有，第四天吕男男的假期终于到头了，不得不回江城去了。

这几天吕大鹏和杜美琪轮流逼着吕男男给陆弘打电话，吕男男死活不肯，两个人便开始轮流给陆弘打电话，开启了专业黑闺女二十年精神，职业操守绝对棒棒棒，就差把吕男男批评成一堆狗屎。

陆弘依旧很礼貌，甚至喊两个人“爸、妈”，但是提到吕男男的问题，他只说局里有事，没空来接人。这一点正合吕男男心意，觉得陆弘还是很懂事的。

不过作为一个不懂事的人，吕男男临走的时候都没人送她，连秘书小赵都消失不见了，她只能自己提着行李去坐车，别提多可怜。

不过好的一点是，到江城的时候张琳琳来接人了，一上车就问吕男男：“你和陆弘真的掰了？”

吕男男毫不犹豫地回答：“掰了。”

“为什么啊？”

吕男男老生常谈：“看他不顺眼。”

张琳琳“嘁”了一声：“我看是他看你不顺眼吧？谈得好好的分了，只有两个原因，第一是你出轨了，第二是他出轨了。你这样的想出轨恐怕也不好出，可是陆弘出轨？可能性也不大，所以，最后是你出轨了？”

吕男男怒瞪她一眼："他他他！我这么有职业操守的良家妇女怎么可能天天想着出轨？"说完她又有些后悔，太冲动，暴露了，看张琳琳的目光更加愤怒，"就知道你个浑蛋是套我话，来接我就没好事！"

张琳琳挑眉，笑得很夸张："行了吧，我已经猜到了，陆弘那么好的男人，出轨也正常，快跟我说说他出轨的对象是谁？"

"我怎么知道。"吕男男不开心，靠在椅背上叹了口气，"果然是男人靠得住，母猪能上树啊。"

"你可真怂，连对方是谁都不知道就被人踹了？"

吕男男义正词严地道："是我踹他，谢谢。"

张琳琳比了个大拇指："你可真棒。"

"呵呵。"

"要不我给你打听一下这三儿是谁？到时候你去打她一顿出出气？"张琳琳出主意。

吕男男坐直了身子，严肃地对张琳琳道："第一，人家不是三儿，我和陆弘又没结婚，只是谈恋爱而已。第二，我可打不过陆弘，万一到时候他来打我怎么办？"

张琳琳无语："你想得可真多。"

"我这叫未雨绸缪。"

吕男男觉得不开心，为什么一回来就有人和她说陆弘呢，那么不愉快的话题，而且他已经是过去式了，有什么好说的？

上了两天班，正好到了周末，赵总编提议组里的人一起去摘草莓，说是市郊一个大棚里开发出了一个新品种——牛奶草莓，特别好吃，还带了样品来给他们吃。虽然吕男男对这种反季节的东西不感冒，但是为了合群，她还是毫不犹豫地选择了一起去，然后便出现内部问题了：车子不够。

吕男男给张琳琳打电话借车，张琳琳的车是一辆新车，她倾家荡产买的，虽然只有几万块钱，但是这绝对是张琳琳的宝贝疙瘩。吕男男本来只是尝试一下，看能不能借到，谁知道张琳琳竟然异常爽快地答应了，并且理由也很充分："万一你哪天和陆弘复合了，以后说不定你还是豪门太太，到时候我会问你借钱买一辆好车的。"

吕男男也异常爽快地答应了张琳琳。

不过，吕男男的"马路克星"出现了，她才刚从张琳琳家出来没多久，刚走到十字路口就被交警叫停了。并且这小交警的理由还挺充分："同志，你压线了，驾驶证行驶证，麻烦下来跟我们去警局一趟。"

吕男男无语："我看你这意思怎么像是我把你的线压坏了？"

小交警又敬礼："同志，走吧。"

吕男男看着川流不息的车辆，对小交警说："你这，到底合法不合法啊？我还没听过压线把自己压进警局的。"

"凡事都有特殊。"

"那咱能稍微有点职业操守不？你先指挥完了可以不？"吕男男已经想好怎么偷溜了。

小交警龇着牙看了她一眼："不可以。"

好吧，吕男男认输。

可是，亲，你确定这是去交警队的路？她怎么越看越像是去陆弘单位的路？于是吕男男问："咱们去哪儿啊？"

小交警果然说了陆弘所在单位的地址，吕男男无语望天："其实你认识我，是吧？"

小交警已经把车子停在了陆弘单位门口，扭过头来对吕男男说："去吧，我只能送你到这里了，有人在等你呢。"

吕男男抱着车座不撒手，有两个穿制服的拉开车门二话不说就把人拽了出去，对于这个程序吕男男已经相当熟悉了，之前她已经被抓好几次了，不过这次她反抗了："我要报警！"

那人后面窜出来一个人头："姐，别怕，我就是警察，我给你主持正义。"

吕男男扭脸一看，就看到了江文，整张脸都扭曲了，说："你赶紧给我麻溜地滚，不然一会儿打死你。"

江文指了指自己肩膀："我这可有录像，姐，你说话要当心，你现在可是侮辱公职人员，必须跟我走一趟。"

于是好几个人站在车旁边请吕男男进了警局，吕男男想骂人，想打人，可是袭警似乎不大好，她只是傻，不是脑残。

可他们把她放在办公室又不搭理她是什么意思？

没多久，陆弘又来领人了。

是的，是又。

吕男男心不甘情不愿地跟在陆弘身后，深深觉得自己被耍了，而且最可怕的是，有冤无处申啊！

出了大楼，陆弘的脚步终于慢了下来，似乎在等吕男男，吕男男跟上去，干笑两声："那这次就谢谢你了，我先走了。"

其实她是很想把陆弘骂一顿然后和他绝交的，但是本着多一事不如少一事的态度，她诚恳地转身给了陆弘一个建议："你们做警察的，我觉得还是遵纪守法一些比较好。像我这种情况，扣扣分就行了，还抓人，幸好抓的是我，要是抓的别人，上了新闻，能有你们好果子吃？"

陆弘站在台阶上看吕男男，耐心地听她说完，然后问她："听说我出轨了？"

吕男男愣了下，又愣了下，该死的张琳琳，八婆嘴，早晚缝住她的破嘴，她脸上的笑愈发假了起来："你怎么会出轨，你这么深情专一的人，就算是出轨，那也是我不是？不过我觉得为了你好、我好、大家好，咱们既然已经分手了，就敬往事一杯酒，让它过去算了。"

陆弘不答应："我跟谁出轨了？"

吕男男的脸黑了下来，转身就走，她觉得自己已经够好言好语了，陆弘还想怎么样？简直是自己作死。

本来已经准备好了如果陆弘纠缠上来的话，她就大吵大闹和他彻底撕破脸，谁知陆弘竟然没有跟上来，一直到吕男男开着车走了好远，还没有反应过来，哎哟，这不是陆弘的风格啊。

窘窘窘，她又自作多情了，原来陆弘也是一个对感情很干脆的人啊，这样很好。

就在吕男男对陆弘的态度赞赏有加的时候，有人不识相撞了上来。

周末吕男男和组里的人一起去摘草莓，草莓大棚里的人还挺多，摘一斤要五十块钱，吕男男正在心里大骂着傻，有钱没处花，就看到了大棚入口处来了一群学生模样的人。组员林哥拍了拍吕男男的肩膀："快看，清纯美女，阳光帅哥。"

吕男男扯了扯嘴角："你这么老，看了也是白看。"

"那可不一定，万一我将来发财了呢？万事皆有可能啊！"

"你先把你这扣子扣好了，别一个高一个低的，现在大家都不拼有钱，就看外表，你这衬衫都恨不得一半在腰里一半在外面的，我看啊，玄！"

"你这是名花有主就开始嘲笑我们这些未婚人士吧？"另外一个人插了进来。

"这个真没有，我现在也名花无主，你要不要考虑下？"吕男男故意和他们打趣，并没有去注意刚才那一群学生模样的人。

一个青春俏丽的声音插进来："姐姐，你让一让，我看那里有一个草莓挺好。"

"行。"吕男男答应得爽快，然后回头看了一眼，愣住了，这不是陆弘的小姑娘嘛！

显然，那个女孩子也愣了一下，然后朝着她甜甜笑了一下：“姐姐，你是干什么的？”

吕男男翻了个白眼，觉得贱人就是矫情。她是什么人，能不知道自己是干什么的？于是吕男男说：“干陆弘的。”

小女孩脸色果然变了，吕男男得意，这才是正常人的反应嘛。她正得意，小姑娘开口了：“姐姐，我们做个朋友吧。”

“就你？”吕男男说话丝毫不客气，也没必要对这种人客气，“我为什么要跟你做朋友？”

小姑娘还没开口，有人扯了扯吕男男的胳膊：“你跟个孩子计较什么？走，咱们去那边。”

吕男男也是这么想的，可是她不找事儿，事儿来找她啊，脚下还没动一下，小姑娘的同学开口了：“你这人怎么说话的？”

吕男男斜着眼看了那男同学一眼，语气凉凉的：“就是这么说话的，怎么，你不服气？要不咱俩去外面比比？跟你说，我格斗得过青少年组第一名，练过拳击和跆拳道，劝你不要冲动。”

她才不信世界上有这么巧的事情，这里离市区那么远，还是五十块一斤、她都舍不得买的草莓，一群学生舍得来这儿糟蹋钱？明显是针对她来的，既然是作死，那她也不介意让他们知道什么叫“不作死就不会死”。

小姑娘一脸慌张地拉了拉吕男男的胳膊：“姐姐，我朋友没那个意思，你别计较了。”

吕男男微微低头看着自己胳膊上的小手，然后冷声道：“松手。”

小姑娘下意识地放开了吕男男，吕男男心里得意，觉得自己还是很有气势的，便不想和他们计较，转身就走，那男生显然气坏了，磕磕巴巴地跟吕男男挑战：“你你你……你就看我不打女人是吧。”

吕男男笑了，点点头：“其实我是看你打不过女人。”

原谅她，她真的不是讽刺人，而是实话实说，看这小身板，啧啧，连江文都打不过她，更何况是这小身板。

组里的人拉着吕男男走开了：“你看你，还跟小姑娘计较上了。”

吕男男觉得无辜，自我辩解道：“其实我才是受害者。”

几人歪了嘴，显然不信：“说你是施害者，我们勉强信一下。

不远处的赵总编招呼着大家：“你们快来看我的超级大草莓，肯定比你们所有人的都大，我们比赛，如果我赢了，你们每人输给我一百块钱。”

……这个比赛还能更公平一点吗？

一群人玩得还挺开心，吕男男没有刻意去注意那几个大学生。不过她不注意别人，不代表别人不会注意她，所以说害人之心不可有、防人之心不可无啊！愉快地摘完草莓，他们准备出大棚的时候，奇葩事情发生了，因为大棚入口处有为众人准备的洗手的地方，吕男男前脚才刚踏出大棚，就被人泼了一脚水。

吕男男气笑了，哎哟，这种人要是穿越了，绝对是活不过两集的配角，瞧这手段低下的，还有基本的智商吗？

吕男男还没开口，便已经有人给她抱不平了：“你们这群人是不是神经病？怎么总是缠着人不放呢？”

这次换了个女生出马：“谁让你们恰好走出来？我们只是把用过的水倒掉而已，人品不好才会遇到这种倒霉事，还能怪别人？”

吕男男看了几人一眼，越发觉得这几个人是来泼狗血的，简直智商堪忧，情商感人，于是她耐心地问：“你倒是说说，我怎么人品不好了？”

“你破坏别人的感情还叫人品好？”

吕男男的目光一下子落在了那个她不知道名字的小姑娘身上：“敢情搞了半天，我才是‘三儿’啊，这我还真是最后一个知道的，还得谢谢您告诉我了。”

小女孩面色涨红：“不是不是，我朋友她不知道你和陆弘之间的事情。”

吕男男组里的几个人先前听到“三儿”这个词还在讶异，再听眼前这个女孩子说的话立刻明白了，揶揄吕男男：“看来你这个三儿还挺吃香的啊，让人家陆弘每天车接车送，还睡人家家里，怎么，住的不会是这位正室的房间吧？”

众人哄笑。

吕男男脸色有些红，这群混蛋是怎么知道她和陆弘同居的？心里虽然在骂，脸上却不显：“你们别瞎说，我和陆弘可是清清白白的，比他们还清白。”

众人又是大笑。

先前说吕男男是三儿的女生涨红了脸：“你怎么这么不要脸。”

吕男男一副“妹妹我得教教你”的表情：“要脸干什么啊？这年头要钱就行了。”

这话无疑是戳人心窝子，那小姑娘听了这话整个人面色都变了。吕男男心里咯噔了一下，陆弘这厮不会是真花钱养着人吧？

哎哟我去，还真是看不出来一本正经的陆弘竟然会干这种事。

那女生气得发抖，上前就要和吕男男撕扯。吕男男觉得这次可能真的要丢人了，说不定待会儿还要打群架，可是她实在不大会打女人啊，看着一个个娇嫩得跟花朵似的，她也下不去手不是，正在她纠结着不知道该怎么办的时候，女生的手被人拽住了，吕男男愣住了，这不是陆弘还能是谁？

哎哟，这么急着来给小情人撑腰啊？吕男男有些不开心，于是她对陆弘说：“你今天要是敢说我一句不是，我就把这小美人打扁了。”

看到最后谁心疼。

陆弘斜着眼看了她一眼："我说你做什么呀？"

不是来批评教育她的？那他来干吗？

哦，是和小美人一起来的啊。

啧啧，还当众"秀恩爱"啊，不要脸。

小美人可怜巴巴地看了一眼陆弘，叫了一声："陆弘。"

骂吕男男的女生也开口了："陆弘，这人欺负林檀。"

对方所有人都看着陆弘，吕男男组里的人也都看着陆弘，这种八卦可真是不多，他们必须一次看个够本，唯一没有看陆弘的估计就是吕男男了，因为吕男男怕自己看他一眼就忍不住打他一拳。

陆弘没有表情的时候面色一向很瘆人，浑身上下透着"没事别理我，有事更别理我"的气势，而现在他的表情比没有表情更让人觉得森冷，他看着说话的女生："你刚才说谁是'小三'？"

那女生脸色一下子红了："你你你，你不是和林檀在一起吗？"

陆弘看着林檀："你告诉别人我们在一起？"

林檀嘴唇都在颤抖，声音破碎不堪："我没有。"

"既然你没有，就和他们解释清楚，你新的赞助人晚上就会给你打电话，以后有事没事都不要再出现在吕男男面前。"顿了一下，他又说了一句，"你朋友的嘴巴你最好管严了，你若是管不好，下次我就帮你管，而且，我保留你们侵犯我太太名誉的诉讼权利。"

林檀脚下一软，后退了一步，脑子里一片空白，只来得及喊一声："陆弘。"

陆弘不再看他们，而是对吕男男组里的人说："不好意思，让你们看笑话了，是我之前赞助的贫困学生，闹了点误会。"

一句话解释了个清楚。

众人都是人精，哪里还看不出这是什么事，明显是"小三"找上门，难怪吕男男在大棚里的时候对那女孩子那么不客气，嘴里纷纷说着："哪里，哪里。"

陆弘引着众人往停车场走，还僵站在门口的吕男男心里那叫一个不甘心啊，这些人可是跟她一起来的，怎么到了最后全部都抛弃她了？

跺跺脚，哎哟，脚都要冰掉了，这群人可真黑心，竟然用冰水泼人，即便再不甘愿，吕男男还是忽略身后一群人不善的目光跟了上去。

吕男男因为是自己开车来的，车上还带了几个同事，回程她自然是没打算和陆弘同路，可谁知她还没走到自己车边呢，驾驶室的位置便有人探出头来："正好手痒练练车，男男，你不介意吧？"

……哎哟，这也太明显了吧？

吕男男点头："我介意。"然后她指了指陆弘的车子，走上前悄声对车上的人说："陆弘的车好，你去开他的，你开口他绝对答应。"

"我这都已经上车了，你不是这么小气的人吧？还能愉快地做同事吗？"

"我还真有点小气。"吕男男严肃道。

那同事二话不说，踩了油门便走，吕男男傻眼了，还能好好说话吗？她决定去坐其他同事的车子，结果剩下的三辆车子一看到她走近，全部都踩油门走人了。

……

吕男男只想说一句："你们城里人可真会坑人啊！"

不过即便如此，吕男男也没想过去向陆弘求助，而是转身往前走，决定走上大马路就打个车，要不是她手机流量用完，她其实还是比较倾向于用打车软件叫个车的。

陆弘的车子开到吕男男身边，然后猛地刹车，声音刺耳得让吕男男皱起了眉头，却不想回头看陆弘。

陆弘下了车走到吕男男身边，也不说话，就是陪在她身边一直走着，走了许久才开口："你认为，我的出轨对象就是那个孩子？"

吕男男翻了个白眼，孩子？他还知道人家是孩子啊？不过有这么老的孩子吗？她瞪着陆弘：“你想干吗？”

陆弘低头看了看她的脚：“就是想问问你脚冷不冷。”

吕男男愣了下，这才发现自己的脚快要冻僵了，她穿的是运动鞋，水是直接灌进她鞋里，她仔细感受了一下，哎哟，怎么感觉竟然有水在晃悠？

这么想着，她点了点头：“好像是挺冷的。”

陆弘和她商量：“那我背你回车里坐着好不好？车里有暖气。”

吕男男有些纠结，一方面觉得有暖气挺好的，另一方面觉得有车坐也不错，脚也不用再受冻。她心里出现了两个人打架，一个魔鬼，一个天使。魔鬼张着血盆大口尖叫着：“快去快去，去了你就不用受冻了，还有美男可以看！”吕男男本来指望着天使能给自己指一条明路，给自己一些勇气，谁知道天使说：“我觉得好好好好好！”

……

还能有点原则吗？

纠结完了，吕男男说：“那先说好了，咱俩可没和好。”

陆弘已经在她面前蹲了下来：“上来吧。”

吕男男心不甘、情不愿地爬上他的背，就像是以前那样把下巴搁在他肩膀上，为了报复一般，死死勒住陆弘的脖子。陆弘却任何反应都没有，吕男男有些泄气，稍微松开了一些力道。

没一会儿陆弘主动和吕男男说话：“上次见面我已经和林檀说过不会再见她了，新的赞助人我也已经给她找好了。”

吕男男撇嘴，不心虚你解释什么啊，漫不经心地“哦”了一声。

陆弘想了想，还是对她道：“那孩子是庞秀的女儿，她还有个弟弟，你见过的。”

吕男男愣了一下：“哪个庞秀啊？”

陆弘沉默了一下，说：“就是你想的那个庞秀。”

吕男男傻了，是当年那个上吊自杀的女人的孩子？当年她自杀之后吕男男也经历了许多事情，并没有关心她家的后续，没想到陆弘竟然赞助了这两个孩子，她喃喃道：“都这么大了？”

“四年多了，都上大学了，是个大孩子了。”

吕男男觉得有些不可思议，明明之前见他们的时候还都只是小孩子，瘦巴巴的，可是现在呢，完全就是小美女，被陆弘养得可真好，想到这里她心里酸酸的，由衷地叹了口气。

陆弘又说：“你不想问我为什么不再见她了吗？”

吕男男幽幽地看了一眼不远处走过来的一群人，拽了拽陆弘的耳朵，把他的耳朵当兔子耳朵，闷闷不乐道：“不想，也不关我的事。”

陆弘这个没眼色的像是听不懂吕男男的话似的，继续自言自语：“因为她亲了我，我不高兴。”

吕男男有些无语，这家伙还要脸不要了？占了这么大便宜竟然还好意思说自己不高兴？她又狠狠扯了扯陆弘的耳朵：“那她睡了你，你是不是就高兴了？”

陆弘就事论事：“我不会让她睡我的。”

……

对面一群人已经和他们狭路相逢，吕男男把脸朝向另外一边，看到这群人就心塞，完全是智商堪忧，而那群人看这两个人都对他们视而不见，越发愤愤不平，却都不敢说什么。

林檀的表现尤为沉默，只看了陆弘一眼便低着头走自己的路，她这才知道什么叫真真正正的面冷心硬，陆弘就是这样的人。可是看他有一搭没一搭地微微转头和背上的女孩子讲话，面上又时有温柔显现，这个连让她拉一下手臂都不肯的男人，竟然会主动去背别人，这大约就是真心吧。

陆弘竟然有这样一颗真心，给了这样一个女孩子，而那女孩子似乎一点都不领情，生气了还扯他的耳朵，捂住他的眼睛指挥他往左往右，把他当傻子似的。他也丝毫不生气，脸上全是纵容。

今天，她才知道什么叫好运气，就像是吕男男那样的，就叫好运气。

而她在获得陆弘赞助的那一刻，已经用完了自己所有的运气。

到了车上，陆弘把吕男男放在车座上，然后把她的鞋子脱了下来，把她的脚放在自己手心里暖了一会儿才脱了外套包住她的脚。吕男男一直看着没吭声，直到看不下眼才道："赶紧关车门，我要冻死了。"

陆弘把她的脚放到位置上，让她蜷着腿坐在那里，自己才上了车，可能是有些累了，暖气大开之后，没一会儿吕男男便睡着了，等到她不知道睡了多久醒过来的时候，车子还在开，看着外面黑透了的天色，吕男男有些无语："你这是准备带我去哪儿？"从市郊到她家里，用不了几个小时吧？

陆弘笑了，路灯透过玻璃打在他脸上，让他的笑容看起来很柔和："带你去吃饭。"

"不吃。"

吕男男坚持，这家伙还没交代完呢，不过就算交代完了，她这会儿也不想原谅他，想到他开着她的路虎载着别的女人去吃饭，她就各种膈应，绝对不能轻易原谅。

"小龙虾？还是大虾火锅？"

"大虾火锅。"吕男男下意识道，说完发现自己又进了他设的圈套，恼怒道，"不吃不吃不吃！"

"那就去吃大虾火锅。"

吕男男抬手就去打人，趁着陆弘开车不敢乱来，她专门朝着他的腹部和脖子上打："你是猪，你听不懂人话？"

陆弘空出来一只手："吃了饭再生气。"

他这么一说，吕男男更生气了。哎哟，这都是什么人啊，她深深有一种和陆弘完全不是一个次元的感觉。

最后陆弘还是把车子停在了一个商场门口，这个商场他们之前来过，这里有一家做虾子的超级好吃，不过停车之后陆弘却没有让吕男男下车，而是拔走了车钥匙去给吕男男买鞋了，吕男男气得要死，这厮防她是不是也防得太紧了？难道她像是会把他的车开走的人吗？

好吧，她确实挺像的。

陆弘还细心地给她买了双袜子，袜子上有她喜欢的粉色猫图案，最重要的是，陆弘竟然亲自给她穿袜子！

吕男男被吓到了，忍不住又问："陆弘！你的男子汉气概呢？这种时候你不是应该很生气我误会你，然后大发雷霆转身离开决心再也不回来吗？"

陆弘淡淡抬头："你要是允许的话，晚上我给你表现一番。"完全忽略了她后面的话。

他一边说着，一边捧着她的脚把袜子帮她穿上了，任吕男男反对无效，穿好之后，还特意扭了一下袜筒，让粉色猫露出在外面。

吕男男气不打一处来，咬牙切齿地说："鞋！"

于是陆弘又帮吕男男穿了鞋子，还帮她绑了个蝴蝶结的鞋带，掐着她的腰把她从车上抱下来，却没有放开她，而是一直抱在怀里，在她耳边低语："男男，我想你了。"

吕男男捂住他的耳朵："不让你想！"

陆弘的声音低哑且好听："想你想到睡不着。"

吕男男捂住他的眼睛："说了不让你想！"她觉得自己的智商又被拉低了，为什么和陆弘在一起总是智商堪忧地说一些幼稚的话呢？

"昨天怕你更生气才没有去追你，今天问了琳琳你在哪里，就去找你了，想跟你说说我出轨的事，”顿了一下，陆弘的声音严肃了起来，“吕男男，你怎么会认为我会出轨呢？”

“你摸她的头，还对她笑！还亲她！还给她开车门！给她拿衣服！随便说出来一条都是死罪！”

“我不知道她喜欢我。”陆弘有些无辜，而且知道之后他已经立刻处理了，以为永绝后患了，谁知道吕男男根本不给他分辩的机会就自己跑了。

吕男男无理取闹：“关我什么事！”她现在是一个需要人哄的大孩子。

陆弘扯住她的手：“吃饭去。”

吕男男那叫一个气啊，哎哟，哄几句会死吗？吕男男这股气一直持续到了回家，陆弘就是一个大棉花，任她怎么出拳头，他都轻易给你弹回来，吕男男已经败给他了。不过作为已经分手的人，吕男男还是坚持要回自己家，陆弘没有拒绝。

不过在吕男男关门的时候，陆弘问了一句：“那你什么时候生完气？”吕男男怒瞪他一眼，吆喝道：“等我矫情完的时候！”说完啪地一声关了门。

神经病！绝对神经病！

就算是没谈过恋爱，总会哄人吧？真是猪一样的队友。

完全不能忍。

虽然吕男男依旧很不想原谅陆弘，但是她也觉得自己矫情过头了，陆弘绝对是二十四孝男朋友，早送晚接，现在好了，连中午饭都送来了，完全不给吕男男任何拒绝的理由。对此，吕男男也算醉了，这陆弘讨老婆讨得是不是也太认真了点？以至于陆弘说起家庭聚餐的时候，吕男男连怎么拒绝都忘记了。

虽然两个人还处于分手状态，当然，这是吕男男自认为的，所有长眼睛的、没长眼睛的都认为两人早已和好了，不过，吕男男对于第一次见陆弘的爸爸还是有些期待的。

陆弘这么帅，啊呸，丑，他爸肯定更帅。果然，丝毫不出她所料，陆爸爸完全就是电影里面的帅大叔，而且给的见面礼竟然也很奇葩，依旧是一个信封袋子，不用拆，吕男男已经知道里面是什么了。

吕男男无语了，这一家子人都有神经病吧？早上的时候，陆弘还偷偷往她包里塞了一个信封，她脸上难道已经写上了“我只爱支票”几个大字吗？

陆爸爸还问她：“工作有没有困难？要不要家里帮你？我认识你们台的台长，以后没人敢欺负你。”

吕男男又是一阵无语，这明显是把她当家人了啊，可是，叔，我跟您儿子正分手呢，您说话是不是太不见外了？

果然，陆爸爸又开口了：“你们什么时候结婚？”

一系列问题把吕男男砸晕了，实在忍不住好奇道：“您为什么也不反对我们在一起啊？”

陆爸爸反问：“为什么要反对？”

说好的豪门家庭是非多呢？

一直到离开他们家，吕男男都在心里感慨，这年头这么平易近人的有钱人可真是不多了啊，而她之所以比见到林子华的时候感触更深刻，是因为陆弘家的大别墅，可……真大啊！

本来林子华和陆爸爸是极力想要留下两个人住在家里的，虽然吕男男也很想感受一下大别墅，但是没听说过第一次见男方父母就要住人家家里。作为脸皮薄的少女，吕男男坚持拒绝了。

陆弘家的大别墅是在半山半海的地方，环境很好，而且道路也很安静，很适合情侣走一走。

吕男男步子很快，走在前面，陆弘不远不近地跟着，看着吕男男没头没脑地只管往前走，皱着眉头想自己哪里得罪她了，结果他还没想明白呢，吕男男忽然停了下来，嘴里喃喃道："大别墅啊！"

陆弘："……"

吕男男扭头看着陆弘："要是咱们结婚了，你爸会送我这么大一个别墅吗？"

陆弘点点头："你想要的话，会的。"

吕男男点点头："你早说你家别墅这么大，我早就原谅你了啊。"

还是临海大别墅，吕男男以前来这种地方都是当旅游的，可是想到有一天自己也可以在这里安家落户，这种感觉可真是……不真实啊！

陆弘也没想到吕男男会这样想，但吕男男绝对不是那种喜欢钱的女孩子，所以就算是知道林子华给了她支票之后她才离开的，他也从未往这上面想过，不过喜欢这种环境的房子，应该是每个人的梦想吧，他不介意给她一个。

谁知，吕男男又开口了："你爸你妈这么做可真不对。"

陆弘点头："难道他们应该千方百计地阻挠我们在一起，然后我们为了真情冲破重重障碍在一起才算对？"

吕男男翻白眼，这厮怎么越来越喜欢和她抢话说了？故意的吧？

咬咬牙，吕男男说："应该把你关在楼上，然后你为了出来见我爬阳台，结果摔下来，摔了个半身不遂，结果去医院却查出了脑癌，然后你爸妈为了你又去求我，让我看在真爱的分儿上回来照顾你。"

陆弘："……"

吕男男又开口了："为了大别墅，我决定原谅你了。"

陆弘觉得吕男男找了这么多天借口要原谅他都没找到，智商虽然令人着急，但是他还是欣然接受了："那我就先谢谢你了。"

吕男男严肃认真地看了眼大别墅，然后点点头："不必客气。"

陆弘二话不说走上前，一手搂住她的腰，一手放在她后颈便吻了下去，既然原谅了，就让他做点他忍了很久的事情吧。

到了晚上，自然要面临怎么睡的问题，吕男男觉得即便两个人和好了，也要矜持一下，所以她坚持不肯回陆弘家里，好吧，说白了就是作。

现在，两个人面对面坐在她家的客厅里，吕男男抖着腿喝饮料，陆弘又恢复了“我其实是大忙人”的状态，不知道从哪里变出来一个档案袋的卷宗坐在那里津津有味地看了起来。吕男男看了一会儿电视，觉得无聊，看看陆弘，再看看陆弘，哎哟，你倒是看我一眼啊！

好吧，不看拉倒。

又过一会儿，吕男男彻底不想看电视了，便再次开始看陆弘，说好的警觉性呢？说好的资质最好的警探呢？

我呸。

吕男男忍了又忍，然后实在不好意思主动开口，便给陆弘发了个微信：“抱我。”

陆弘的电话响起来，吕男男的目光赶紧瞥到了电视上，余光看到陆弘打开了电话，再然后……再然后陆弘忽然走过来，就在吕男男期待他给自己来一个温柔的拥抱的时候，吕男男发现自己想多了，陆弘的拥抱可一点都不温柔，甚至有些粗暴，将她抱起来便往室内走去，在她还没反应过来的时候就把她丢到了床上，然后欺身压下。

后面，她就不一一赘述了……

番外一

林檀很早便认识陆弘。那个时候她还小，家住在一个离从崀山不远的偏僻的村子里。陆弘喜欢去登山锻炼身体，每天早上都去，她总是偷偷跟在他身后，直到她家出事，来办案的人竟然是陆弘，还带着吕男男。吕男男的话可真多，从头到尾都只能听到她一个人说话，什么“这种亲戚就应该千刀万剐”、“我要去打他一顿出出气”之类的话。她妈妈给舅舅担保的钱出了那么大的问题，陆弘都没有来关心一下他们，他关心的只有案情，那个时候林檀就知道他是一个心硬如铁的男人。

后来她妈妈上吊自杀了，陆弘却跑来关心他们了。她和弟弟被送到福利院，他来福利院找过她，问她想被领养还是想和弟弟在一起留在福利院。她自然想留下的，于是陆弘便承担了她和弟弟所有的开销，大到学校选择，小到衣食住行，他都打理得妥妥帖帖。陆弘每周来看望他们一次，直到她考上大学，他们依旧会一周见一次。

林檀从来不觉得自己被陆弘养着有什么错，她想过以后报答他，想过用自己所有的感情来回报他。可是陆弘从来没有逾越的举动，反倒是她，总是扯扯他的衣袖，和他说几句俏皮话。时间久了，陆弘对她的态度也温和了许多，她以为他总会等她长大的。

可是她错了，他等的人，一直都是另外一个人。

陆弘告诉她他有了结婚对象的时候，她整个人都恍恍惚惚，做什么错什么——原来这么久以来都是她一厢情愿，陆弘那些礼貌的微笑从来不是对她的回应。

那天在饭店里，陆弘说："改天我带你见一个人，你做好心理准备。"

"为什么？"她傻傻地问陆弘。

陆弘笑了，那是她第一次看到他发自内心的笑，而这个笑容却不是给她的："因为她如果知道你们这么好，肯定高兴。"

哦，原来都是为了心上人啊。

"好啊，那她什么时候有空？"林檀已经看到了橱窗外猫着腰蹲在花坛里的吕男男。这个女人可真可笑，她是不信陆弘还是不信自己？可笑，可笑，可笑，可她偏偏是陆弘的心上人。

出门的时候她故意扯了陆弘的胳膊，陆弘顿了一下，却没有推开她。一直到了学校门口，她不知道吕男男有没有跟来，但是她还是忍不住了，迫不及待地想要陆弘知道自己的心意，于是她踮起脚亲了他一下。陆弘没有防备，被吻上了唇。

可是下一刻，陆弘便推开了她，似乎有些嫌弃地擦了擦自己的嘴，眉心拧成了一道结，阴着脸不说话。

林檀的声音都在颤抖："我……我，陆弘，我喜欢你。"

她说了，终于说了，仿佛压抑了很多年的委屈一下子爆发出来了，说完她便哭了。自小她就知道自己是个美人，也懂得美人的眼泪对男人的杀伤力，可是陆弘只是站在那里冷冷地看着她，她的眼泪对他毫无影响力。

林檀觉得透心凉，心脏都要缩在一起。

陆弘开口了，就像是神的宣判："以后我不会再见你了，我会另外找一个赞助人给你们。"

"为……为什么？"林檀害怕至极，从来没料到自己的表白会换来这样的后果。

"没有为什么，你我之间本来就只是赞助人与被赞助人的关系，而现在，我们没有任何关系了。"说完，陆弘转身便走。

林檀小跑着上前去拉他的手臂，陆弘有些嫌恶地躲开，她结结巴巴地说："对……对不起，你原谅我，我以后不会再这么说了，我不会再烦你的。"

陆弘似乎叹了一口气，看向她的目光带着些许怜悯："我们没有结果的，我不能让你毁了自己。这些年是我错了，我应该只在金钱上赞助你们，不该出现在你们面前，以后你会知道什么是真正的爱情。"

看着陆弘的背影，林檀觉得整个人都陷在绝望之中，那个她以为很接近的人，原来从来都站得远远的。

一个人，怎么能这么多年都把一颗心放在不喜欢自己的人身上呢？

陆弘可怜，殊不知，她更可悲。

番外二

陆弘第二次见到吕男男是在商场里。当时他正陪他妈妈逛商场，吕男男一个人捂着肚子便跑了进来，左看看，右看看，不知道该往哪边走，瞧她一副着急的样子，陆弘好心地给她指了一个方向：“卫生间在那边。”

吕男男看了他一眼，说：“谢谢。”可能是因为急，说完这话她便跑走了。陆弘当即无心陪林子华逛街了，说去休息一下，便跟在吕男男身后，唯恐她找不到方向。

而吕男男也确实没看清陆弘的模样，她只想迅速解决自己的“人生大事”。可是谁能告诉她，为什么她上个厕所也能这么倒霉？

她只是上厕所的时候正好没有位置，然后去了残疾人专用厕所而已，为什么上完厕所出来之后自己门口就多了这么多排队的人？这一个个又是轮椅又是拐杖的是怎么回事？

没有见过这么大阵仗的吕男男晕了，而且看这些人略带愤怒的表情，吕男男更晕了。这些人可一个都不能得罪啊！不过幸好她机智，在众人的怒目之下她毫不犹豫地选择了一瘸一拐地往外走去。这下子众人看她的眼神不是愤怒而是同情了——看着这么正常的一个闺女，怎么是个瘸子啊！

出了厕所吕男男还在暗自庆幸自己机智，结果一不小心就看到厕所门口站着的帅哥眼嘴抽搐的表情，活见鬼了似的，再看自己，正瘸着腿歪着身子畸形地往前走呢。

吕男男下意识地准备站直了，结果帅哥说：“慢点，别把另外一条腿也摔瘸了。”

一边说着，一边竟然好心地去扶她。

吕男男真想眼睛一翻，晕死过去。她说：“帅哥，嘴巴这么毒，找得到女朋友吗？”

陆弘笑起来：“找你当女朋友怎么样？”

吕男男上下打量他一眼：“我才不喜欢你这样的。”

“那你喜欢什么样的？”

“为人民服务的。”吕男男说的时候颇有些骄傲。

陆弘点点头：“政府人员？”

吕男男黑了脸：“警察！哼，就知道你不懂。”

“那我以后要是当警察了，追你行不行？”

吕男男想着自己上个厕所也有人追，不由得嘚瑟道：“再说吧，我走了，我妈还等着我呢。”说完便甩着马尾辫跑走了。

陆弘站在那里看了许久，然后笑了，这姑娘，还真够……傻的。

他苦练了两个月象棋，成功地把吕大鹏“勾搭”到手了，如果他愿意的话，他也会是一个交际高手，在接下来一个月的时间里，他展现了自己的各种才能，终于和吕大鹏成了忘年交，吕大鹏甚至带他去他家吃饭。陆弘觉得吕男男简直就是手到擒来的猎物，可是很快他便发现自己想多了。

到了吕大鹏家里，他故意磨蹭到晚上吕男男放学，吕大鹏自然要介绍两个人认识。陆弘以为小姑娘肯定会吃惊，可是他发现吕男男甚至都不记得他了，只是在他和吕大鹏之间看来看去，然后喊了句："叔，你来了。"

显然，吕男男把他归到了吕大鹏那个年纪的行列里。

陆弘第一次知道了什么叫咬牙切齿。

不过，原来喜欢一个人，竟然会这么在意她说过的每一句话，这大约就是心动吧。

番外三

吕大鹏是个“老狐狸”，在意识到陆弘经常出现在他家后没多久，他便找陆弘谈心了。他递了一支烟给陆弘，陆弘犹豫了一下没有接：“我不抽烟。”

吕大鹏点点头：“不抽烟倒是个好孩子。”

陆弘适时说：“也不喝酒。”

吕大鹏笑了：“年轻人，以后你都会学会的，不抽烟不喝酒，以后怎么混？”

陆弘也笑了，笃定地说了一句话：“靠实力混。”

这次吕大鹏笑得更爽朗了：“年轻人，有志气是好事。”

陆弘纠正他：“不是志气，是实力。”他学东西向来比别人快许多，任何事情，只要他肯用心，绝对是第一名，这一点他很自信。

吕大鹏不再纠正他，而是问他：“你喜欢我们家男男？”

陆弘的脸上果然染上了红晕，不过却并不逃避：“喜欢。”顿了下，他又道，“我喜欢一个人是长久的，不是说着玩玩的，也不会半途而废，我会很认真很认真地对待自己的感情。”

吕大鹏对年轻人的誓言向来不以为意，但是陆弘确实是他见过的为数不多的优秀的年轻人之一，如果真是个好机会的话，他自然也不会放过："我不反对你们，但是男男现在还在上高中呢，她上大学之前你们不能谈恋爱，能答应吗？"

陆弘点点头："我不会耽误她学业的。"

吕大鹏抽着烟，在烟雾里看着陆弘："小伙子，你这眼光还挺独到的。"

陆弘听不出他这话是褒义还是贬义，但是既然是出自一个父亲之口，想来是要夸赞自己的女儿了，于是他说："男男很可爱。"

吕大鹏喃喃自语："只是可爱？"

陆弘愣了一下，补了一句："也挺好看。"

这下换吕大鹏不淡定了，压低身子小心翼翼地看了看门外，确定没人了才小声问他："你就一点都不觉得我这闺女特别傻？"

……

陆弘简直不知道该怎么回答，吕男男看起来确实有些傻，但是……这么形容一个女孩子似乎有些过分，最后他还是选择了维护她："不觉得。"

吕大鹏看他的目光立刻变了，原本的欣赏变成了嫌弃："小伙子，眼神不大好啊！"

陆弘下意识地要反驳，最后到底忍住了，只说了一句："她很好。"

吕大鹏扬扬自得："那是，那可是我闺女。"

……

番外四

我和陆弘第一次结怨是在我上高中的时候。他比我大三岁，是我的英语家教老师，因为即将高考，而我的英语成绩却仍在八十分上下徘徊，要知道，总分可是一百五，这种分数想要考取好大学，用吕大鹏的话来说就是做梦！

哦，吕大鹏是我爸，也只有我爸能有这么浮夸又隐含着朴实的名字了。

鉴于吕大鹏对我考取好大学有着殷殷期待，陆弘就出现在了我家里。他的性格就像是他的名字那般，沉稳认真，而且对我很严格，至于怎么严格呢，打个比方，有一次他抽查我某个单元的单词，我背错了两个，他就让我举着凳子在院子的雪地里站了足足两个小时，而发生这件事的前一天，我才刚刚向他表白过。

哦，他不答应，我还把他打了一顿。

当然，表白失败了，不然那会儿我正在和他浓情蜜意呢，他怎么可能这么罚我。也是从那一年开始，我的手上开始出冻疮，每到冬天就奇痒无比，每痒一次，我就讨厌他一分。

也正是因为这件事挫败了我那仅剩的、少得可怜的自尊心，似乎是为了向他示威，也因为叛逆，高考考试我故意考了一个奇差无比的成绩。吕大鹏看到我的成绩单的时候瞪大眼睛翻来覆去瞧了半天才说了一句话：“亏我找了全市第一名来给你补习，好家伙，你竟然考出了新低，只有二十分？！”

结果自不用想，吕大鹏让我做足了两百个俯卧撑才罢休，我做完的时候整个人就像是死狗似的趴在地上。而陆弘出现在我家的时候看到的就是这样一幅画面，当然他也没能讨得了好，被吕大鹏拿着大扫把直接打出去了。看着他狼狈的模样，我心里别提有多痛快了。

不过后来我还是考到了他所在的学校，原因无他，这所学校是Z市最好的大学，而我又不想离家太远，再加上吕大鹏从小就以警察的要求来培养我。我必须强调，考这所警察学院绝对和陆弘没有任何关系，我只是想更好地为人民服务……这话听起来好像有点不靠谱。

当然，能上这所学校是因为我其他科目的成绩都几乎满分。

看着陆弘仔细地在一堆石头间挑挑拣拣的时候，我先是觉得郁闷了几分，陆弘从来不假以辞色。我喜欢东西是有阶段性的，比如我现在喜欢赌石，可是没几天我就发现陆弘每次运气都比我好，每次挑的石头都比我好许多，以至于我逢赌必输。我想告诉陆弘：亲，我已经掌握了九十九种藏私房钱的方法，接下来就剩下钱了，哎哎哎，你倒是给我留点面子，别再赢了好吗！

最后，我想说的是，我去陆弘的学校当然是为了他，不要怀疑，我可没有放弃陆弘的心思。

番外五

安一正第一次见到姜蓉还是在人嫌狗憎的年纪，看到毛茸茸一团的姜蓉，他二话不说掐着她的腰就把她抱起来晃来晃去，想吓唬她，可姜蓉不但没哭还笑了起来，拿手去拍他的脸，没一会儿安一正的脸上就出现了一条红痕。安一正生气了，把她放在地上，在她头上挑了一根他看得顺眼的头发愤恨道：“我也要拔你一根头发。”

姜蓉不喊疼：“给你给你。”

安一正愣住了，在年幼的他的心里，觉得这个时候姜蓉应该大哭大闹才对，可是她没有。也因此，他总喜欢找姜蓉玩，从她很小的时候开始，一直到她十几岁。

姜蓉却越来越烦他，总是坐在凳子上踢着腿问他什么时候走，她已经不喜欢跟在他身后当跟屁虫了，反而去跟着陆弘了。

陆弘是什么人，能受得了这个小屁孩？几次下来姜蓉就被打击得灰头土脸，安一正得意极了。不过姜蓉却越挫越勇，少女心事总是诗，她喜欢陆弘这件事不用她说，所有人都看出来了。

安一正去找陆弘谈过，意思是陆弘喜欢姜蓉的话就好好地对她，不喜欢的话就离姜蓉远点。陆弘却摆出一张嫌弃的脸，让安一正管好姜蓉。

安一正生气，非常生气。

所以最后在遇到吕男男的时候，他毫不犹豫地“勾搭”了她。

然后，姜蓉又不高兴了。安一正觉得他和姜蓉就像是老鼠碰到大米，屎壳郎遇到粪球，天生冤家，相爱相杀。姜蓉不喜欢安一正喜欢吕男男，她自己却喜欢吕男男，因为吕男男不但孔武有力，还能制得住安一正，不像她，每次都被安一正欺负，她当初想跟在陆弘身后也是因为陆弘看起来实在不像是会欺负人的人。

而且，她喜欢看安一正跳脚。

安一正喜欢看陆弘不高兴，真是一个怪圈。

现在，吕男男成了姜蓉最大的靠山，只要安一正说话声音大一点，她就把吕男男喊来把安一正打一顿，有时候吕男男下手重了，她又心疼，就会蹲在那里告诫安一正：“你要听我的话哦。”

安一正龇牙咧嘴：“我又不是狗！”

姜蓉笑得狡黠：“你是猪嘛。”

……所以说，安一正不喜欢姜蓉和吕男男玩在一起绝对是有原因的。

番外六

林子华和陆爸爸向来理念不合，就像是喝酸奶一个非要舔酸奶盖，一个非不要舔，当然，他们玩的肯定不会这么低级，他们所谓的理念不合是指投资方向。

吕男男知道他们这种理念不合后，虽然有心撮合，却不知道从哪里下手，所以只能频繁地去他们家的大别墅吃饭。他们都是很顾家的人，只要吕男男来，他们肯定都会在家，吕男男觉得有这样的公公婆婆也是很好的一件事。

久而久之，连吕男男都发现林子华和陆爸爸在见到彼此的时候表情都温和了许多，照着这样的趋势，和好是早晚的事情，所以吕男男没有再继续担心下去。

不过让吕男男没想到的是，陆弘的爷爷奶奶竟然还活着，而且居住在加拿大。于是在某个春暖花开的日子里，一家人去拜访爷爷奶奶了。

爷爷奶奶都是很新潮的人，不过奶奶得了老年痴呆，总是记不得人和事，第一次见到吕男男的时候就抓住她的手："这是男男啊，来，拿着奶奶给你的见面礼。"说着就塞了一块玉在吕男男手里。

但是当天晚上，奶奶就各种开始翻箱倒柜了，找什么？找她的玉，怎么都找不到了。

吕男男吓得赶紧把玉放在她不远处，奶奶找到了玉小心地摸了摸，然后又拉着吕男男的手说："乖，这是我家传家宝，奶奶专门给你留的。"

吕男男在玉质博物馆见过这样的玉，通体透明，没有任何杂质，一看就价格不菲，她爽快地收下："那就谢谢奶奶了。"

在接下来的几天，这样的情景每天都要上演好几次，有几次奶奶还非要塞给她一堆零花钱，说那是她的私房钱，每次吕男男都要谢上半天。最后一天，吕男男正要找自己的补丁裤穿的时候，发现找不到了，最后在哪里找到了呢？

垃圾桶。

她正要发脾气呢，奶奶找来了，拉着她的手："孩子，家里穷啊？"

吕男男愣愣的："是不大好。"

比起陆家，确实是不大好。

奶奶一脸心疼："没事没事，奶奶有钱，奶奶给你啊！孩子，别伤心。"

吕男男摆手："奶奶你已经给我很多次钱啦，我的钱够花。"

奶奶脸色不变，还在笑着："我已经让我孙子去给你买裤子了，现在都解放了，以前的破裤子就不要穿了。"

……好吧，吕男男又学到了新知识。

"奶奶还有块玉，都给你。"

……

奶奶，其实你也给了我好多次玉了！

在吕男男他们准备离开加拿大的时候，奶奶竟然哭了，急得团团转："你们等等！等等！玉还没找到呢，我给男男留的玉！"

吕男男心里既温暖又难过，奶奶这种病恐怕是治不好的，他们能做的只有让她在有生之年开心点。吕男男展开手心：“哒哒哒，奶奶看这是什么？”

奶奶用自己枯瘦的手包住了她的手：“好好拿着，好好拿着，这是奶奶送给你的。”

吕男男感慨万千，回去的时候还问陆弘，爷爷奶奶为什么不回国？陆弘说他们习惯了加拿大的生活。只是他们还没回国几天呢，奶奶就打来电话说要回来，一家人高高兴兴地把人接回来。在机场见到吕男男，奶奶就拉着她的手：“乖孩子，奶奶给你传家宝，是一块玉，回家我就拿给你。”

……

“好的，奶奶。”

番外七

吕男男最近学会了秀恩爱，除了喜欢在自己的微信朋友圈和QQ空间里发两个人的合照之外，还偷偷拿了陆弘的手机发了一条朋友圈："老婆我爱你，这辈子只爱你一个人。"发完之后还自己去点了个赞，评论道："老公我也是。"

没一会儿陆弘的朋友圈便炸开了锅，比如"队长，你越来越明骚了"之类的留言足足七十多条，点赞两百多个，最可笑的是有一条："队长，什么时候带嫂子出来玩玩？"

然后有人在下面回复："嫂子是你想玩就能玩的？"

再下面是一连串的"+1""+2"足足加了三十多条，吕男男看得都着急了，有些后悔自己拿了陆弘的手机，正想删除这条朋友圈，结果陆弘从外面回来了，心虚的某人立刻放下电话假装提着水桶出门浇花了，一浇浇到了天黑，也不敢进门，完全是做错事的小孩儿，可怜巴巴地等待主人把自己领回家。

翻翻自己的电话，再翻翻，然后看到陆弘的回复："听说要集训了，你们准备好。"

瞬间，陆弘的朋友圈便沉默了下来，不过吕男男更担心了，收拾完别人，接下来终于轮到她了……自己的劫数又要到了，陆弘这么沉默，这绝对不是他的风格啊。

于是她讨好性地用自己的朋友圈发了一条：“我家陆弘越看越美，用个词形容一下——良辰美警。”

陆弘终于不再沉默了，不过也没有评论她，更没有点赞，而是用微信发了过来：“你说什么？”

吕男男：“我是说，队长，你真帅！”

陆弘：“删了。”

吕男男：“不好吧？那么多人都看到了。”

陆弘：“删了。”

吕男男：“为什么？”

陆弘：“明明是帅警，和美没有任何关系。”

吕男男：“可你也很美啊，比杀阡陌还美。”

陆弘：“呵呵。”

吕男男后背发凉，赶紧讨好某人：“又帅又美。”

陆弘：“再说我美，就修理你。”

吕男男瞬间想到了每个夜晚陆弘身体力行修理自己的场景，立刻回复：“我妈刚给我打电话，晚上让我回家呢，晚上就不陪你啦，我这会儿就走。”

陆弘：“你敢。”

吕男男发了个“嘚瑟”的表情：“你看我敢不敢，你要是敢来我家，我就让吕大鹏打死你。”

陆弘：“呵呵。”

吕男男：“傻了吧你，呵呵个没完。”

话是这么说，可是蹲在花园的小角落里，吕男男到底没敢走。

陆弘："你爸给我打电话了，让我看好你，让你晚上不准回家。"

吕男男："不巧，我已经在回家的路上了。"

假话，这厮这么久都不出来找自己，骗一骗是没关系的吧？待会儿偷偷跑吧。

陆弘："的确不巧。"

确实不巧，吕男男下一刻便看到了陆弘挺拔的身影，正站在小树苗后面看着自己呢，她黑了脸："你怎么找到我的？"

"想找你有什么难的？面壁思过好了？"

吕男男干笑两声："我得回家了。"说完转身就跑，才跑没两步便被捉住了，陆弘低沉的声音传来："去哪儿啊？"

吕男男转头毫不犹豫地在他脸上亲了一下："老公，我回屋去，你去哪儿？"

陆弘原本黑着的脸略微缓和："再叫一声。"

吕男男乖乖道："老公。"

陆弘点头："嗯，回屋。"说完就拉着她要进屋。

吕男男趁机讨好："老公，刚刚真是我错了。"

"嗯，原谅你一次，以后不准在朋友圈发那种话。"

吕男男点头："是，老公，以后绝对不说我爱你。"

陆弘黑了脸，咬牙切齿："我是说，不许发美不美！"

吕男男错愕："你不生气我偷用你的手机呀？"

陆弘挑眉："生气什么？"

吕男男笑嘻嘻地抓住他的胳膊，说："没什么， 我们快回屋。"说着就拽着人往前走，陆弘在后面若有似无地笑了，他怎么有这么傻一个老婆呢，刚看到她的回复的时候他自己一个人都笑了半天，又怎么会生气。

真爱问答时间——

问题：你明明有一百万，为什么非要分期付款？

陆弘：这样就可以有更多理由见她。

问题：什么理由？

陆弘：比如故意晚还几天，她就会主动跑来问我要。

问题：你不觉得这样很不要脸吗？

陆弘：不觉得。

问题：为什么这么多年都不谈女朋友？

陆弘：因为男男说了让我做“备胎”，等她和安一正分手了就考虑和我在一起。

问题：在遥遥无期的等待时间里，你有想过放弃吗？

陆弘：没有，只要一直守候，总会有机会。

问题：这么多年有过伤心失望的时候吗？

陆弘：经常。

问题：你是怎么处理这种情绪的？

陆弘：买机票去英国看她。

问题：去了多少次？

陆弘：九十三次。

问题：一个月将近三次？

陆弘：是的。

问题：她没有发现过吗？

陆弘：我不会让她发现的。

问题：为什么？

陆弘：时候未到。

问题：每次来回要坐那么久的飞机，会觉得累吗？

陆弘：去的时候不觉得，回的时候满身疲惫。

问题：有这么爱她吗？

陆弘：很爱，很爱。

问题：你不是要征求吕男男的意见辞职不再做警察吗？

陆弘：已经做了决定，自从程豪的案子之后她便一直睡不好，特别是我出任务，她会担惊受怕。这件事不需要再征求她的意见，我已经决定了。

问题：这样好吗？

陆弘：我永远都会给她最好的。